I0762704

NO DORMIRÁS

ORIOL CANALS

NO DORMIRÁS

Traducción de Noemí Sobregués

Rocaeditorial

Título original: *No dormiràs*

Primera edición: enero de 2026

Printed in Spain – Impreso en España

ISBN: 979-13-87629-63-2
Depósito legal: B-19.641-2025

Compuesto en Punktokomo, S. L.

Impreso en Unigraf
Móstoles (Madrid)

RE 2963 A

Para Maria, la mejor yaya del mundo

Primera parte

Nessun dorma!
Nessun dorma!
Tu pure, o principessa,
nella tua fredda stanza,
guardi le stelle
che tremano d'amore e di speranza!
Ma il mio mistero è chiuso in me.
Il nome mio nessun saprà!
No, no, sulla tua bocca lo dirò
quando la luce splenderà!
Ed il mio bacio scioglierà
il silenzio che ti fa mia!
Il nome suo nessun saprà...
E noi dovrem, ahimè, morir! Morir!
Dilegua, o notte!
Tramontate, stelle!
Tramontate, stelle!
All'alba vincerò!
Vincerò!
Vincerò!

1

Víctor Alemany se puso un reloj Patek Philippe en la muñeca izquierda y un Blancpain en la derecha. Después, la pajarita. Peinó el mueble bar con la mirada y eligió el Dalmore Oculus para servirse un vaso sin escatimar. De un trago, y con la correspondiente mueca, el whisky se deslizó garganta abajo.

La hora en los dos relojes, perfectamente sincronizados, marcaba las 21.25. Tenía el tiempo justo. Rebuscó en el bolsillo y sacó un gramo de cocaína. Encima del piano del camerino, preparó una generosa raya que esnifó con avidez. Después del cosquilleo nariz arriba y de pasarse la lengua por los dientes, ahora sí, estaba preparado para dirigir el espectáculo *Viaje al corazón de Europa* con la Orquesta Filarmónica de Barcelona en el Palau de la Música Catalana.

Entre bastidores, buscó con los ojos a Leo Duart, que enseguida se acercó a él negando con la cabeza.

—¿Lo has buscado bien?

—Por todas partes. ¿Qué hacemos?

La cocaína le hacía ir a muchas más revoluciones de la cuenta. Lo hacía sentirse con más energía y estar más alerta. Le aceleraba la concentración, la toma de decisiones y las sensaciones visuales y auditivas. También la agresividad y la ansiedad. Y, según y cómo, la paranoia. Pero, como buen dependiente, creía que todo aquello que fuera nocivo no le concernía.

—Que lo sustituya el chaval.

Leo Duart dio la orden al chaval, que se dirigió a toda prisa al camerino para ponerse el frac, que le daba un aire de campesino endomingado. Los timbales no eran su especialidad, pero, con Toni Guasch desaparecido, las dos mil entradas agotadas y las autoridades más importantes del país en el palco, qué remedio, ¿verdad?

Era el primero de una serie de conciertos que llevarían a Víctor Alemany por todo el mundo y que lo consagrarían como el gran maestro contemporáneo. El hombre que había dirigido el concierto de Fin de Año en Viena, caballero de la Orden de las Artes y las Letras de Francia, Cruz de Sant Jordi y un montón de condecoraciones más. *The New York Times* decía de él que era el hombre que había rejuvenecido la música clásica. Uno de los nuevos iconos globales del país. ¿Por qué, si no, el palco estaba lleno de autoridades?

Ninguna de esas personas quería perderse el primer concierto en el que el maestro cogía la batuta bajo uno de los símbolos de Barcelona: la claraboya de cristal situada en la gran abertura rectangular del techo del Palau de la Música Catalana. La parte central, en forma de cúpula invertida, era un sol de cristales dorados rodeado de un cielo de cristales azules. El inigualable efecto lumínico de la claraboya era mundialmente famoso y admirado.

Cuando Víctor Alemany pisó el imponente escenario del Palau de la Música, los más de cincuenta músicos de la orquesta y los espectadores le regalaron una generosa ovación. El maestro, agradecido, les correspondió con una reverencia desde el atril. Mirando al público, se tocó el corazón con la palma de la mano, cerró los ojos e inspiró profundamente el dulce perfume de la vanidad. Con el ego tocando el cielo, se volvió hacia la orquesta y, batuta en mano, un, dos, un-dos-tres, empezó el concierto.

Verdi, Strauss y Wagner. El maestro desplegaba su magia balanceando la batuta en el aire, y la orquesta respondía. Jaume Muntaner, primer violín, y Samuel Ros, clarinetista, tocaban como los ángeles. Incluso el chaval debutaba con nota. Todo bordado.

Avanzado el concierto, llegaba el turno de la lírica. Víctor Alemany presentó al tenor Marc Pombo y después a la soprano Nàdia Abad, a la que le dedicó una pomposa genuflexión. Si era por su belleza o por su talento, solo lo sabía él. Ambas cosas las tenía.

Después de las interpretaciones de Nàdia Abad de «Vissi d'arte», de *Tosca*, y «Sempre libera», de *La traviata*, el director agitó la batuta, y las notas de «Nessun dorma», de *Turandot*, empezaron a sonar para delirio del público barcelonés. Desde la boca escénica, la voz aguda de Marc Pombo llenaba la sala sinfónica con un timbre claro y brillante a la vez.

Tramontate, stelle!
All'alba vincerò!
Vincerò!
Vinceeeeeeeeeròòòòòòòòò!

De repente, un estruendo lo cambió todo.

Una visión infernal.

Un escalofrío en la espina dorsal.

Una sensación de esas que nunca se olvidan.

La preciosa claraboya modernista que presidía el Palau de la Música estalló en mil pedazos. Una lluvia de minúsculos cristales de colores regó la platea y, tras ella, a plomo, cayó un hombre colgado de una soga al cuello. La explosión provocó un instante de silencio. Después llegó el caos.

2

A menudo, la oscuridad ampara lo prohibido. Esta vez no sería diferente, pero la oscuridad iba acompañada, eso sí, de una dulce brisa que le acariciaba el rostro. Con luna llena, sin viento y sin apenas oleaje, la noche era agradable para navegar. Con las manos en el timón, inspiró con fuerza para llenarse los pulmones del intenso olor a mar y soltó el aire poco a poco.

Después de acabarse el cigarrillo, lo pinzó con el índice y el pulgar y lo lanzó al agua, que golpeaba el casco con timidez.

En el horizonte distinguió una lancha: blanca, con cabina y no muy grande. Debía de ser como la suya, más o menos. Él, que en el agua había ganado tantas carreras en las que se había jugado el cuello, sabía distinguir un bólido como ese a una hora de distancia. Solo los tontos se tragan eso de que por la noche todos los gatos son pardos.

Había llegado el momento. No podía perder la concentración ni medio segundo o todo podría irse al garete rápidamente, lo que significaría veinte años en chirona, en el mejor de los casos. En el peor, la muerte. E irse al otro barrio, ahora mismo, pues no le apetecía mucho, la verdad. Además, seguro que lo facturarían directo al infierno sin derecho a devolución. Que cada uno sabe sus cosas.

La otra lancha fue reduciendo la velocidad hasta detenerse paralela a la suya en un vaivén acompasado con el oleaje tranquilo de la noche. Desde los mandos, un armario alto como un pino dio por fin señales de vida cuando rompió la calma del mar.

—¡Q!

Sin necesidad de nada más, lanzó por los aires un fardo de una embarcación a la otra que Q cazó al vuelo. Con un movimiento ágil, abrió una navaja de tipo mariposa y la hundió en el fardo. Estaba tan afilada que perforar las capas de cinta aislante fue coser y cantar. La punta metálica salió blanquecina. Se la acercó a la nariz e inspiró con fuerza. El olor a química maridaba con el salitre que flotaba en el aire. Una mezcla extraña. Se pasó la lengua por el paladar y por los dientes. Un sumiller de lo prohibido, por decirlo de alguna manera.

—¡Adelante!

De lancha a lancha empezaron a volar gran cantidad de fardos. Dos gorilas los lanzaban y otros dos los cogían al vuelo. Terminado el trabajo, ni un triste «que vaya bien». La gente del oficio no perdía el tiempo en cortesías. Cada uno se largó por su lado dejando una larga estela de espuma de mar detrás. Hasta la próxima. O hasta nunca, según y cómo.

Con doscientos kilos más de peso, la lancha del narcotraficante siguió el trayecto por el litoral de Barcelona en dirección norte. Al fondo, la torre Agbar, la Sagrada Familia y el Puerto Olímpico. Todo muy iluminado y bonito. Ajeno a las fechorías perpetradas mar adentro.

Navegó con la lancha hasta la playa de las Tres Chimeneas, frente a la central térmica de Sant Adrià de Besòs, hoy desmantelada. Había que descargar la cocaína y, de allí, al laboratorio para cortarla. Del ochenta por ciento de pureza con que llegaba de Colombia, saldría a la calle con menos de un veinte. Aumentarla era aumentar los beneficios. Disolvente, laxante, analgésicos, cafeína, piracetam, yeso, sosa cáustica... Cualquier porquería servía. Lo que menos tiene una raya de cocaína es precisamente eso, cocaína.

Al pie de las fantasmagóricas chimeneas, la lancha se acercó a la orilla de la playa hasta que el casco tocó tierra. El calzado deportivo de Q quedó empapado al pisar en el punto donde morían las olas. El agua estaba helada, y un escalofrío en las piernas fue la consecuencia. Q avanzó unos metros hasta la arena. Con cada paso parecía que se desmenuzaran galletas bajo sus pies.

Ya fuera del agua, y con los pies rebozados de arena, levantó la mirada hacia los tres cilindros gigantes de hormigón. Desde ahí abajo te abruman: setenta y dos metros de altura son muchos. Te hacen sentir un enano. La soledad en la que estaba inmerso ese mastodonte decadente abandonado de la mano de Dios era tenebrosa. El tiempo se había detenido y había dejado como testigo el vestigio de un pasado energético.

De la oscuridad salieron los dos hombres. Dos rocas con piernas, pero sumisos como corderitos frente a Q. Sin decir ni pío —ya hemos dicho que el gremio no está para formalidades—, trasladaron los fardos de cocaína a una furgoneta en un abrir y cerrar de ojos.

La negrura de la noche fue el telón de fondo de esa actuación. De nuevo, lo de la oscuridad y lo prohibido.

3

Creada por Antoni Rigalt i Blanch, lo que un día fue la pieza modernista más famosa de la historia era ahora un cráter de cristal boca abajo del que colgaba un hombre con una soga al cuello.

Una chispa puede desencadenar el caos; de lo demás ya se encarga el pánico humano. Una estampida de público enloquecido corrió hacia la salida principal de la sala sinfónica del Palau de la Música Catalana. El gentío, todo a la vez, provocó un cuello de botella que obstaculizó la puerta. La bandada, que nunca atiende a razones, embistió todo lo que encontró por delante: ancianos, niños, personas con problemas de movilidad y ciudadanos de buena fe; a todos los engulló el tsunami. Quedaron atrapados bajo los cabestros desbocados. La claustrofobia los encapsulaba y les robaba un oxígeno que no sabían de dónde sacar.

La angustia, traicionera como ella sola, se contagia con rapidez. Y va a más. Y a más, y a más, y a más. No puedes respirar, no puedes moverte y no puedes hiperventilar por la insoportable presión que sientes en el pecho: la presión psicológica, porque ves el final de la vida a un paso, y la presión física, porque unos salvajes te pisan el cuello, literalmente. Si esperas una pizca de humanidad en determinadas situaciones, eres mucho más ingenuo de lo que creías. Cuando el pánico se apodera del ser humano, la razón ya puede decir misa, que no tiene voz ni voto.

Desde su posición privilegiada, los preciosos caballos alados de yeso, la escultura de Beethoven y las valquirias de Wagner veían cómo la histeria se había apoderado de la sala sinfónica. Los espectadores se caían, tropezaban, empujaban y saltaban los unos sobre los otros mientras intentaban huir del horror. Chillidos, desmayos, espectadores con cortes por la lluvia de cristales y vestidos carísimos ensangrentados de arriba abajo. Un caos absoluto.

Ojalá fuese una pesadilla, pero era muy real. Vaya si lo era. Aunque la realidad es diferente dependiendo del estatus. En el palco presidencial, cuerpo a tierra, los guardaespaldas se abalanzaron sobre las autoridades: un presidente, una ministra y una alcaldesa. Un atentado hace que aumenten los votos, pero hay que salir vivo para poder sonreír en el próximo cartel electoral. Si no, ya me dirás tú qué gracia.

Alfredo Chacón, jefe de seguridad del Palau de la Música, saltó sobre Maribel Verdejo, la directora general. En sus diez años al frente de la seguridad, Chacón nunca había invadido el espacio vital de su jefa. A escasos centímetros de ella percibió una fragancia fresca en el cuello y un sutil olor a crema hidratante. Seguro que ambas de gama alta. Pese a la adrenalina del momento, se permitió un instante para ruborizarse. Cincuentona, guapa, deportista, elegante, empática, más lista que el hambre y con una sonrisa que cuando te dabas cuenta ya te había ganado. El día que se repartían las bondades, a Maribel Verdejo Dios se las concedió todas.

Con carreras del público hacia la obstaculizada salida principal, Chacón señaló una alternativa para las autoridades: una puerta situada al final del primer anfiteatro de butacas que conectaba con el edificio de oficinas del Palau. Ventajas del poder y de conocer las instalaciones mejor que la palma de su mano. Sin embargo, debían ir a contracorriente de la marea humana unos escasos treinta metros, que, con la gente totalmente histérica, no era poco.

Así pues, a abrirse camino se ha dicho. A codazos, a puñetazos, a patadas y a golpes de lo que fuera. Cuando se entra en pánico, toda jerarquía moral salta por los aires. Ni niños primero ni hostias. Todo se reduce a la primera persona del singular, y a los demás que los zurzan.

Entre gritos, empujones y mamporros, los guardaespaldas consiguieron abrir paso a los políticos y llegar al final del pasillo del primer piso. Una vez allí, la mano de Chacón —gemelos en el puño de la camisa, reloj más bien clásico y anillo de casado— acercó una tarjeta magnética al lector, y una luz roja cambió a verde. Puerta abierta, adentro y puerta cerrada.

Las autoridades, los escoltas, Verdejo y Chacón bajaron a toda prisa por la escalera interior de la zona de oficinas del Palau de la Música, decoradas con carteles de conciertos míticos en las paredes: Richard Strauss, Ígor Stravinski, Pau Casals, Montserrat Caballé y Herbert von Karajan.

Los políticos corrían tanto que cualquiera habría dicho que les habían alquilado un pulmón extra. De cara a la galería podrían decir misa, pero el susto no se lo quitaba ni Dios.

Ya abajo, Chacón volvió a colocar la misma tarjeta magnética en un lector. Luz verde y cataplán: puerta abierta con salida directa a la calle.

—¡Corran! —les gritó el jefe de seguridad.

Los políticos y sus musculadas sombras se perdieron entre el gentío enloquecido por el horror que huía hacia la vía Laietana. Quizá esa sería la única vez en toda la legislatura que se mezclarían entre el populacho y que catarían los problemas reales de la gente con los que tanto se llenaban la boca.

Verdejo y Chacón respiraron aliviados. Pero sabían que era momentáneo. Sus problemas tan solo acababan de empezar.

4

Con las autoridades ya fuera, Maribel Verdejo y Alfredo Chacón tenían que volver a la boca del lobo, donde un rosario de quebraderos de cabeza los esperaba con los brazos abiertos.

—Ve a la salida principal. Quiero a todo el mundo fuera de aquí. Yo voy al escenario con Dani.

—No la dejaré sola.

—Es una orden, Alfredo.

—Si me lo permite...

—No. No te lo permito. Quiero a todo el mundo fuera.

Y, cuando la directora general se cuadraba, ya sabías lo que tocaba: callar, agachar la cabeza y obedecer sin decir ni pío.

En pleno follón, analizar minuciosamente una situación de incertidumbre no está al alcance de cualquiera. Mantener la calma y pensar con serenidad. Fácil decirlo, pero difícil hacerlo. Te atacan por sorpresa, de acuerdo.

¿Cómo?

¿Cuántos?

¿Por dónde?

¿Qué quieren?

Quién lo hace y por qué, en realidad, no importa a estas alturas de la película. Salvar el pellejo es el único objetivo.

Verdejo tenía en mente una ciudad: Moscú. Año 2002, toma de rehenes en el teatro Dubrovka por parte de rebeldes chechenos: sesenta horas de cautiverio, ochocientos cincuenta secuestrados, setecientos heridos y ciento setenta y tres muertos, terroristas incluidos. Año 2024, ataque del Estado Islámico en el Crocus City Hall: ciento treinta y nueve muertos y el teatro reducido a cenizas después de rociarlo con gasolina y prenderle fuego. Dos ataques que fueron portada en todos los medios del mundo. Dos berenjenales de calibre planetario. Esa noche, en el Palau de la Música había más del doble de gente que en el Dubrovka. Así que todo el mundo fuera. Era una orden.

Mientras se dirigía hacia la salida principal, la de la calle Sant Pere Més Alt, Chacón esprintó sobre la moqueta verde del *foyer* —la zona de descanso durante los entreactos de los conciertos— esquivando mesas, sillas tiradas por el suelo, paneles publicitarios volcados y todo tipo de pertenencias que los primeros espectadores en huir habían perdido de camino a la salida. Cerámicas, cristales, mosaicos, esculturas, pinturas y estucos modernistas fueron testigos de una carrera de obstáculos para llegar a la puerta principal. Allí, con el aliento entrecortado, el jefe de seguridad presenció la desoladora imagen de la desbandada.

Carreras de personas ensangrentadas por el estropicio de los cristales de la claraboya.

Una madre que daba vueltas sobre sí misma mientras gritaba desesperada el nombre de su hija. Buscando por todas partes con la angustia de quien pierde lo que más quiere.

Un hombre acurrucado en una esquina. Totalmente bloqueado. Con el culo en el suelo y la cabeza entre las rodillas. Santiguándose. Temblando. Sobrepasado. Rendido a un destino que no había elegido.

Una mujer de unos sesenta años, que chorreaba sangre a raudales, rodó escalera abajo. Chacón se acercó a ella, la ayudó a levantarse y, del brazo, la acompañó a la calle, donde empezaban a llegar las primeras ambulancias.

Una explosión, un ahorcado, heridos; la histeria en forma de gritos y nervios no cesaba.

Sálvese quien pueda.

El equipo de seguridad había hecho un buen trabajo y todas las salidas estaban abiertas. Chacón y sus hombres metían prisas a los espectadores para que se largaran lo antes posible.

Vamos, vamos, vamos.

Por su parte, la directora general, resoplando, llegó entre los bastidores, donde encontró a Daniel Mañaricúa en el control de sonido. El director técnico, micrófono en mano, emitía un mensaje por la megafonía de la sala sinfónica.

—Por favor, mantengan la calma y evacúen la sala ordenadamente. Por favor, mantengan la calma y evacúen…

—¡Dani! —lo interrumpió la directora general—. ¡Apaga las luces de encima del ahorcado! ¡No quiero fotos!

—¡Demasiado tarde! ¡A estas alturas ya lo ha visto todo cristo en las redes!

—¡Hazlo!

—¡Que no podemos, Maribel! Tendríamos que apagar todas las luces de la sala. ¿Y cómo saldría la gente? ¿Eh? No puedes dejarlos a oscuras. ¿Qué quieres? ¿Todavía más follón?

Verdejo miró a Daniel Mañaricúa con desconcierto. Tras unos breves instantes, hizo una mueca de impotencia. Tenía razón, joder. El director técnico le devolvió una mirada condescendiente.

Regla de oro de todo cargo de dirección: rodearse de personas que lleven la contraria cuando sea necesario y mantenerse alejado de lameculos que digan amén a todo.

Desde el escenario, el maestro Víctor Alemany, solo y más elevado que nadie junto al atril, miraba el drama del patio de butacas desde una posición privilegiada. No era su debut soñado en el Palau de la Música. Hombres que pasaban por encima de niños, mujeres que empujaban a ancianos y personas en silla de ruedas a las que habían dejado en la estacada. El tumulto en la sala sinfónica era máximo. Un pinchazo creciente le aguijoneaba la espina dorsal sin piedad. Necesitó una buena dosis de voluntad para dominar el miedo, que iba acompañado de sudor frío y el corazón a toda pastilla. Seguro que la cocaína que le corría por las venas no ayudaba. La dantesca imagen del ahorcado que presidía la noche, tampoco. Lo veía de espaldas. Inerte. De punta en blanco. ¿Por qué alguien había maquinado tal locura?

Víctor era famoso. Y rico; en egolatría, pero también en dinero. Se sabía que tenía una fortuna de cuarenta millones de euros. La que no se sabía estaba bajo la cálida manta de la opacidad en las islas Caimán, Bahamas y Belice. Mejor no saber su procedencia. El coco, traidor como él solo, no dejaba de mortificarlo. De darle por el saco. De hacer suposiciones a mansalva. Y si, y si, y si…

La sombra del secuestro adquiría forma en la cabecita del maestro. Si querían dinero, lo querrían a él. Si querían dar un escarmiento, también. Por el pasado, por el presente, por los secretos y por el daño infligido. Había motivos para dar y vender. Todos igual de despreciables. Cada uno sabe lo suyo. Puta farlopa.

Para ahorcar a una persona en pleno concierto se necesitaba, como mínimo, un par de cosas: un buen plan y tenerlos muy bien puestos. En un gesto instintivo, se agachó poco a poco detrás del atril. Se empequeñeció ante ese desbarajuste de padre y muy señor mío; un caos nunca visto.

En el escenario, los músicos de la Orquesta Filarmónica de Barcelona se arremolinaban al fondo con el terror esculpido en el rostro. Hay situaciones en las que sabes cómo reaccionar, pero sencillamente no puedes. Escondido detrás del tambor, el chaval cerraba los ojos con fuerza como el niño que oculta sus miedos bajo una sábana.

Al pie del gran órgano, atemorizados, Jaume Muntaner, el primer violín, y Samuel Ros, el clarinete, se miraban el uno al otro. Esperando que alguien tomara las riendas.

Los dos vieron a la soprano, Nàdia Abad, y al tenor, Marc Pombo, entre el público de la platea mientras huían hacia la salida.

El primer violín y el clarinete volvieron a mirarse y asintieron a la vez. De repente, Jaume corrió tras los bastidores por la puerta lateral del escenario. Samuel lo siguió a toda prisa. Ambos se encerraron en el camerino y bloquearon la puerta con mesas, sillas y bancos. Atrincherados.

Transcurridos unos minutos, la sala sinfónica se había vaciado. Los gritos quedaron sustituidos por un murmullo decreciente que fue agonizando hasta morir.

La calma, de lo más falsa, parecía haber vuelto. Fue entonces cuando Víctor, agazapado detrás del atril, levantó muy despacio la cabeza, como si fuera un tímido periscopio. El maestro consiguió incorporarse. De un salto bajó del escenario a la platea. El corazón le irradiaba potentes martillazos que le resonaban por cada rincón del cuerpo.

Empezó a caminar por el pasillo central con pasos pausados. Como si el suelo fuera de cristal, como si pudiera hundirse en cualquier momento. Poco a poco, avanzaba por ese campo de batalla. Había algún bolso, programas de mano, gafas, trozos de cristales de colores y un montón de pertenencias esparcidas por aquí y por allá. Víctor avanzó, lento, por la platea hasta los pies del ahorcado. Levantó la mirada y los ojos se le empaparon de terror. Había reconocido a la persona que colgaba de la destrozada claraboya modernista. Desesperado, gritó su nombre.

5

La cantante —afrodescendiente, pelo como una escarola y aire *boho chic*— daba un concierto acústico para unas cuarenta personas en una azotea del barrio Gòtic. Amiga de una amiga. Bien llevada podría hacer un montón de pasta en la música, y quién sabe si llegar a ser una estrella. No necesitaba mucho para brillar: una guitarra, un taburete, un micrófono, un chorro de voz y ese talento con el que los dioses tocan a los elegidos.

And so Sally can wait
She knows it's too late
As we're walking on by
Her soul slides away
But don't look back in anger
I heard you say
At least not today

No mires atrás con rencor. Al menos, hoy no. Tengamos la fiesta en paz. Difícil no llevar rencor en la mochila con todo lo vivido. Aunque sea un poquito.

Cerveza en mano, Martina tenía la cabeza, rapada al cero, apoyada en la de Irene. Nariz con nariz, frente con frente.

Desinhibidas, cantaban con complicidad. Mientras se daban un beso de esos de película, los asistentes a la fiesta aplaudían el final de la canción. Después, las dos se unieron a un grupo que charlaba animadamente. Batallitas, risas y chismorreos. Dicen, dicen, dicen. De fondo arrancaba una versión acústica de «Born to Run».

—Voy a buscarte una —dijo Martina levantando una cerveza.

Irene, a la que se le caía la baba mientras repasaba a su novia, la siguió con la mirada mientras cogía una cerveza de un cubo lleno hasta arriba de cubitos y botellas.

Qué bien puede sentar una birra según con quién te la tomes.

Irene vio que Martina sacaba el móvil del bolsillo. Después de mirar la pantalla, su rostro risueño se puso serio de golpe. Lo que veía la hizo abrir los ojazos azules como dos grandes ventanales. Ya había observado ese cambio de rictus otras veces. Se acabó lo que se daba. Adiós fiesta. No te preocupes, en unas horas estaré en casa. Ya había oído esa canción. Las dos sabían que era una mentira, quizá piadosa, pero una mentira al fin y al cabo.

Martina hundió el mentón en la palma de la mano. Pensaba. Con la mirada fija en un punto indeterminado de esa azotea decorada con guirnaldas de luces. Lo que fuese era grave.

Martina se apartó a un lado con el teléfono pegado a la oreja. Unos minutos en los que escuchó mucho y habló poco. Asentía cada dos por tres.

Después de colgar, hizo una última consulta en el móvil. Esa mirada auguraba lo peor. La fiesta a la mierda. Habría podido hacerse la sorda y no responder. Total, por un día, tampoco pasaría nada; pero ¿qué clase de poli sería si no cogía el teléfono? Una buena poli no hacía estas cosas.

Con pasos pesados y la cerveza todavía fría, se acercó a Irene, que la esperaba con una pregunta de la que ya sabía la respuesta.

—Te vas, ¿verdad?

Martina asintió con un peso en el estómago; lo tenía cerrado como un puño. El sentimiento de culpa, seguramente. El trabajo era el trabajo, pero la vida iba primero; aunque sin trabajo no había vida. Al menos para ella. Ambas cosas convivían en perfecta armonía a pesar de los sacrificios como el de esa noche.

—Joder, Martina, es mi cumpleaños...

Martina tiró de eso de que una imagen vale más que mil palabras. Lo cierto es que esa vez era verdad. Y, siendo así, pues lo aprovechó. Sin decir nada, hizo una búsqueda en el móvil, extendió el brazo y mostró una cuenta de Instagram a la que Irene prestó toda su atención.

Del teléfono salió la potente voz de Marc Pombo, que interpretaba «Nessun dorma» con un completo dominio de la escena. De repente, una explosión, y un ahorcado cae a plomo desde el vitral del techo del Palau de la Música dejando una estela de gritos de pánico. Irene, poco acostumbrada a según qué cosas, abrió mucho la boca y después se la tapó con la mano.

—Hostia... ¿Y lo han filmado?

—Hoy en día la gente filma hasta cuando va a cagar. Ni te cuento si vas a un concierto de Víctor Alemany.

—Pero ¿qué tarado hace algo así?

—Precisamente eso es lo que tengo que descubrir.

Un gruñido fue la única respuesta que Irene logró articular.

—Pásatelo bien mientras pillo a los malos... Que después ya te pillaré a ti en casa. Serán solo unas horas.

La cantinela de siempre. Irene exteriorizó una sonrisa traviesa y le deslizó a Martina una caricia mejilla abajo hasta los pendientes de aro talla XXL que le colgaban de las orejas. Luego se despidió con un beso de esos de «ten cuidado, no vaya a pasarte algo».

Mientras caminaba por las calles mal iluminadas del Gòtic, Martina oía sus pasos, que resonaban en la noche. Superiores policiales, superiores políticos, ruido mediático. *True crime* retransmitido en directo. Pensaba en el fangal que la esperaba unas calles más allá. Plaza de Sant Jaume, calle del Bisbe, Pont del Bisbe, plaza de la Catedral, vía Laietana y Palau de la Música; el epicentro del follón. Allí había quedado con su equipo: Aran Bosch y Fede Marín.

Los cabos la esperaban al pie de *Carmela*, la escultura de Jaume Plensa, justo delante del Palau de la Música. La calle estaba inundada de coches patrulla y ambulancias que teñían la noche con estroboscópicas luces azules de sirena.

—La sargento, puntual como siempre.

—Venga, Fede, no seas así. Es el cumpleaños de Irene. Debe de haber echado un polvete rápido y estará en camino... ¿Y tú qué? ¿Qué plan tenías esta noche?

—He dejado a Imma cenando en casa con mis suegros.

—Guaaau...

—Sí, ya ves.

—Vaya, que este circo te ha ido de perlas.

Una sonrisa traviesa de Fede Marín corroboró la suposición de Aran Bosch.

Los dos cabos eran la noche y el día. Aran, de treinta años recién cumplidos, pelo corto, voz asexual y estatura media, vestía siempre ropa holgada. Sus rasgos corporales externos no tenían un género definido. Un día podía parecer un hombre, y otro día, una mujer, sin suscitar la menor duda. No había mejor manera de definir a una persona andrógina. Para rematarlo, Aran, como Reyes en castellano y Michelle en francés, es nombre tanto de mujer como de hombre, lo que añadía aún más confusión a su alrededor. Con una carrera meteórica en el cuerpo, recientemente había ascendido de rango.

A lo lejos, los cabos vieron a Martina Roca, que se acercaba. La charla se había acabado. La sargento mostró la placa y un agente del cuerpo de los Mossos d'Esquadra levantó el cordón policial. Se acercó al pie de *Carmela*, donde la esperaban los dos cabos.

—¿Qué? La noche del sábado a tomar por saco, ¿no? Venga, vamos.

6

Martina Roca, Fede Marín y Aran Bosch entraron por la puerta principal del Palau de la Música, después de mostrar las placas, por descontado.

En el lujoso vestíbulo, el miedo lo había arrasado todo. Había un montón de objetos por el suelo que la multitud, presa del pánico, había dejado atrás en la huida: bolsos, programas de mano, gafas, chaquetas y una barbaridad de cachivaches esparcidos por aquí y por allá. Curiosamente, ningún teléfono móvil. Ni por esas la gente lo soltaba.

Los investigadores pasaron ante un enfermero que cosía la ceja de una mujer con el vestido salpicado de sangre. Sesentona y bien conservada, aguantaba cada puntada con una expresión de dolor, pero sin dejar escapar ni un «ay» por la boca.

Los detectives dejaron atrás a la mujer y sus muecas de dolor. Mientras subían por la gran escalinata doble que llevaba al primer piso —barandilla de piedra tallada, grandes farolas y techo de cerámica ornamentada—, Fede puso al día a Martina.

—El ahorcado es Toni Guasch, treinta y siete años, miembro de la Orquesta Filarmónica de Barcelona. Minutos antes de empezar el concierto lo han echado en falta. Lo han buscado por todo el recinto, pero no lo han encontrado. Al acercarse la hora de inicio, han puesto a un sustituto en su puesto.

—¿Hay más víctimas?

—No, gracias a Dios. Varias personas con cortes por los cristales que se han desprendido del techo a causa de la explosión y algunas lesiones por las aglomeraciones, pero ninguna víctima más. Un milagro.

—¿La escena está preservada?

—Sí, sargento. La científica ya está trabajando.

Fede —pelo ralo, retaco e indumentaria de misa de domingo— enmudeció al llegar al primer piso, donde estaba la puerta de acceso a la platea. Los investigadores tuvieron que mostrar de nuevo la placa a un agente. Ahora, para entrar en la sala sinfónica.

Una vez dentro, con andar pausado, avanzaron por el pasillo de la platea observando cada detalle a su alrededor. El rastro del caos estaba presente por todas partes. Una legión de miembros de la policía científica —monos, patucos, guantes y mascarillas— manejaba las torundas, el negro de humo, el *bluestar* y un montón más de material con nombre impronunciable para buscar vestigios que pudieran convertirse en pruebas.

Los investigadores siguieron recorriendo el pasillo de la platea hasta llegar al cordón de seguridad colocado por la científica que preservaba la escena. El silencio era de plomo. El suelo crujía bajo sus pies; los trocitos de cristal de lo que había sido el elemento modernista más conocido del mundo tenían la culpa. Con cada paso, el crujido se ramificaba por todo el cuerpo, desde el talón hasta la nuca, poniendo la directa por la espina dorsal. Una sensación bastante desagradable. Aún más punzante cuando, ya en medio de la sala sinfónica, los investigadores levantaron la mirada para enfrentarse a una imagen de esas que no se olvidan. El macabro péndulo humano levitaba por encima de sus cabezas. Inerte, elegante, con la cabeza arqueada, los ojos cerrados y la boca desencajada.

—La madre que me parió. —La sargento Roca no fue muy original, pero es que si la pinchaban no le sacaban sangre.

Toni Guasch, el ahorcado, destacaba en medio de esa maravilla arquitectónica. Ni los vitrales multicolores, ni los mosaicos de cerámica vidriada, ni el majestuoso grupo escultórico de la boca escénica, ni la explosión de luz y de color de la sala le robaban una pizca de protagonismo.

—Fede, Aran, revisad si queda algún espectador en la sala y tomadle los datos.

—Aparte de algunos músicos que se han escondido en los camerinos y de personal del Palau, me temo que no encontrarán a nadie.

La sargento y los cabos se volvieron y se toparon con el propietario de esa voz nasal que acompañaba a Verdejo y a Chacón.

—He pedido que desalojen la sala por megafonía.

—Encantada de saludarlo, señor Me-ha-fastidiado-los-testigos-a-los-que-interrogar.

—Mi apellido no es tan largo..., pero casi. Mañaricúa, Daniel Mañaricúa.

—¿Y usted es...?

—El director técnico del Palau.

Mañaricúa extendió la mano, y la sargento Roca se la estrechó con una desgana que no tuvo ningún interés en disimular.

—Martina Roca. Sargento de la División de Investigación Criminal de los Mossos d'Esquadra.

—Sargento, soy Maribel Verdejo, directora general del Palau de la Música. Creo que tengo una solución a su problema.

—¿A cuál de ellos, señora Verdejo?

—Al de los testigos.

La sargento, resignada, se encogió de hombros, gesto que Verdejo interpretó como permiso para explicarse.

—La mayoría de las entradas para los conciertos se venden a través de nuestra web. Y para eso los compradores deben dejar sus datos.

Martina se dirigió a Mañaricúa guiñándole un ojo.

—Bien jugado, su jefa. Sí, señor. La invitará a un café, ¿no? —La sargento cambió de tono y de registro para dirigirse a la directora general—: Se lo compro, señora Verdejo. Necesitaré la lista de asistentes con todos los datos que tengan. También las IP de los móviles o de los ordenadores de las compras.

Verdejo miró a Chacón, que asintió. Para no quedar como un pasmarote, qué remedio, tuvo que romper su timidez crónica para presentarse.

—Soy Alfredo Chacón, jefe de seguridad. Lo pediremos a los informáticos.

—Ya puestos, pida también las grabaciones de todas las cámaras de seguridad.

Chacón asintió de nuevo. Para qué hablar cuando se puede responder en silencio.

Justo en ese momento sonó el teléfono de Aran. Era la llamada que esperaba. Deslizó el índice por la pantalla para descolgar mientras se alejaba unos metros.

Mientras tanto, los de la científica levantaron el cordón. El cabo Edgar Dalmau, todavía vestido con el mono blanco, dio vía libre a Martina para que los investigadores hicieran la inspección ocular por la platea.

—Todo suyo, sargento. Ya pueden entrar. Nosotros hemos terminado.

—Un festival de vestigios, supongo.

—Ni que lo diga. No sé cuánto tardaremos en catalogarlo todo. Por aquí ha pasado una manada de caballos salvajes.

El equipo de Edgar Dalmau abandonó la platea en el momento en que Aran colgaba la llamada y hablaba a la sargento al oído con un hilo de voz casi imperceptible.

—La comitiva judicial ya está aquí.

—¿Quién ha venido?

—El juez Mir.

—Mierda.

7

El juez Primitivo Mir lo tenía todo: homófobo, machista, clasista y, con estos precedentes, era fácil adivinar que también era franquista. Un digno representante del ala rancia de la judicatura. Por si fuera poco, su señoría era amigo personal del consejero de Justicia. Culo y mierda, por así decirlo.

Que Primitivo Mir estuviera de guardia esa noche tenía una cosa buena: no llevaría la instrucción. Pero comportaba una mala: los superiores políticos conocerían el caso con pelos y señales antes de que saliera el sol. Y, en consecuencia, habría filtraciones interesadas a los medios de comunicación, que esto va en cascada. Ya se sabe.

El magistrado —repeinado con cantidades ingentes de gomina— entró por el pasillo de la platea con el resto de la comitiva judicial: Maria del Pino, patóloga forense, la letrada de la Administración de Justicia y dos miembros del servicio funerario.

—Míralo. Ya tenemos aquí al baboso —susurró Martina Roca.

—¿Mir?

—Sí, Aran, sí. Mir... Un depravado.

—Pero si con esa barriga debe de hacer años que no se la ve...

Pese a la presencia del juez, la sargento Roca hizo un recibimiento a la comitiva judicial que cualquier persona imparcial habría homologado como protocolario. Les contó las novedades, más allá de las recibidas en un primer momento por la sala de mando, y los condujo hasta el centro de la platea. A los pies de Toni Guasch, el juez, la forense, la letrada de la Administración de Justicia y los del servicio funerario contemplaron la escena a caballo entre la incredulidad y el horror. ¿Cómo una mente podía ser tan retorcida para ocurrírsele algo así?

—Cuando me lo han dicho, no me lo podía creer.

—Pues créaselo, señoría. Aquí lo tiene —respondió la sargento.

El juez Mir se volvió hacia Martina y, maldito instinto animal, le plantó los ojos en la pechera. La sargento, que con los años había decidido que ya no se cortaba ni medio pelo, se agachó para que su mirada se topara con la del magistrado.

«Tengo los ojos en la cara, no en los pezones», parecía decirle.

Primitivo Mir, sonrojado, desvió la mirada, que fue a parar a los ojos de Aran, que había presenciado la escena con una sonrisa traviesa.

—¿Y usted es...?

—Cabo Aran Bosch, señoría.

Con impunidad total, Primitivo Mir repasó a Aran de arriba abajo intentando adivinar con qué estaba hablando.

—Aran... ¿es nombre de hombre o de mujer?

—Es de persona, señoría.

Aran tampoco se cortaba.

Dos collejas en medio minuto quizá era demasiado para un hombre acostumbrado a las reverencias. Mientras el juez Mir hacía honor a su fama, la patóloga forense, Maria del Pino, había centrado toda su atención en Toni Guasch en un perfecto plano contrapicado. Al final, un chasquido de dedos imaginario la activó y la mujer verbalizó una obviedad.

—Sargento, deberíamos descolgarlo. ¿Cómo procedemos?

«Pues buena pregunta», murmuró Martina para sus adentros. Tenía una larga experiencia en levantar cadáveres, pero nunca se había encontrado con un hombre colgado en medio de una sala sinfónica.

—Si me lo permite, sargento... —Daniel Mañaricúa, el simpático.

La sargento lo miró como a una mosca cojonera de esas que apetece aplastar. Empezaba a estar hasta el gorro de él. Aun así, asintió, a ver qué coño decía.

—Sugiero que suban a la sexta planta, a la zona de oficinas. Es la que está justo por encima de la sala sinfónica. Desde allí se accede al otro lado de la claraboya, el que no se ve desde la platea. Aten una cuerda a la del ahorcado y podrán bajarlo. En las obras de mantenimiento del techo del verano pasado tuvimos que hacer algo similar. Desde la sexta podrán operar bien.

—Caramba, gracias. Le quito el negativo por la evacuación de los espectadores. —Al final, quizá no era solo un gilipollas.

—Espero aprobar el examen final.

—No pueden tocar el cuerpo. Bajo ningún concepto —advirtió Maria del Pino como patóloga forense.

—No se preocupe —replicó Mañaricúa—. Si lo hacen como les digo, nadie tocará el cuerpo.

—¿Quién tiene acceso? —preguntó la sargento.

—Yo tengo acceso a todo el Palau —intervino Chacón—. Si quiere, podemos acompañarlos e indicarles cómo hacerlo.

—Muy bien. Pero primero tiene que subir la científica. Cuando ellos acaben, nos tocará a nosotros. No querrá que contaminemos la escena, ¿verdad?

Dicho y hecho. Chacón acompañó al cabo Edgar Dalmau y al equipo de la científica con todos sus trastos hasta la sexta planta.

Después de un tintineo, las puertas del ascensor se abrieron. Los de la unidad científica salieron del ascensor y, detrás de ellos, Chacón. En el rellano de la sexta planta, Edgar Dalmau se detuvo frente al jefe de seguridad con el brazo extendido hacia delante.

—Usted no.

—¿Cómo dice?

—Que usted no entra.

—Pero si no les he indicado dónde está...

—Estamos en la sexta, ¿no? Pues no se preocupe, ya lo encontraremos.

—Pero soy un compañero. Soy expolicía.

—Usted lo ha dicho, ex. —Con el índice muy recto, el cabo Dalmau le señaló la puerta del ascensor. Una clara invitación. Fue-ra—. Ya me ha oído. No quiero que me contamine la escena.

—Si trabajo aquí... Mis huellas ya están por todas partes.

—¿Teme que encontramos algo?

Medidas las fuerzas, Chacón asumió que tenía las de perder y que esa conversación solo podía empeorar las cosas. El mosso no cedería ni un palmo. El jefe de seguridad dio media vuelta y entró en el ascensor para bajar de nuevo a la platea.

Edgar Dalmau, en el rellano de la sexta planta, y Chacón, dentro del ascensor, se sostuvieron la mirada hasta que las puertas se cerraron.

8

La sala de ensayo del Orfeó Català fue el lugar elegido por los Mossos d'Esquadra para interrogar *in situ* a los miembros de la Orquesta Filarmónica de Barcelona. Un espacio íntimo y acogedor, pensado para conciertos de pequeño formato o ensayos de coros. Cuatro grandes columnas ornamentadas, vitrales y decoración típica del modernismo catalán vestían esa pequeña joya donde, un día de Sant Jordi de 1905, se puso la primera piedra del templo creado por Lluís Domènech i Montaner.

En medio, abrazados por un arco semicircular de butacas rojas aterciopeladas, el equipo de investigadores improvisó los interrogatorios. Mientras se llevaran a cabo, cada uno de los testigos estaría aislado para no contaminar las declaraciones de los demás. En esas circunstancias, quizá era ser más papista que el papa; perfectamente habían podido hablar antes, durante e incluso después del caos, pero, aunque solo fuera por mantener las formas, los investigadores siguieron el protocolo. La mujer de César no solo debe ser honesta, sino que además ha de parecerlo.

La sargento Roca, flanqueada por los cabos Marín y Bosch, dirigió los interrogatorios, en los que, uno tras otro, los testigos de la OFB iban prestando declaración. El informe que redactarón los investigadores hacía la siguiente cronología de los hechos:

Leo Duart (jefe de comunicación de la OFB):
«Antes de los conciertos, siempre hago fotos en el backstage. Ya sabe, para las redes sociales. No encontraba a Toni y se lo he comentado a Víctor».

Víctor Alemany (director de la OFB):
«Cuando me lo ha dicho Leo, nuestro jefe de comunicación, nos hemos puesto a buscarlo por todas partes».

Leo Duart (jefe de comunicación de la OFB):
«Pasillos, camerinos, salas...».

Jaume Muntaner (músico de la OFB):
«Había movimiento. He visto a Leo y a Víctor muy nerviosos».

Leo Duart (jefe de comunicación de la OFB):
«Lo he buscado por todas partes, incluso por la platea. Pero nada».

Víctor Alemany (director de la OFB):
«Entonces he decidido sustituirlo».

Aurora Molina (gerente de la OFB):
«¿Qué podíamos hacer? La sala llena, todas las entradas vendidas, las autoridades en el palco, los patrocinadores...».

Samuel Ros (músico de la OFB):
«¿Toni? ¿Un comportamiento raro? No. En absoluto».

Leo Duart (jefe de comunicación de la OFB):
«No».

Jaume Muntaner (músico de la OFB):
«No».

Víctor Alemany (director de la OFB):
«No».

Aurora Molina (gerente de la OFB):
«Ha estado la mar de normal todos estos días». *(La testigo niega con la cabeza).*

Leo Duart (jefe de comunicación de la OFB):
«No sé de ningún hecho que pueda haber provocado esto».

Jaume Muntaner (músico de la OFB):
«Ni idea». *(El testigo se encoge de hombros).*

Víctor Alemany (director de la OFB):
«Lo desconozco, la verdad».

Aurora Molina (gerente de la OFB):
«No sé quién ha podido hacerlo».

Samuel Ros (músico de la OFB):
«¿Enemigos? ¿Toni? Si era un trozo de pan...».

Víctor Alemany (director de la OFB):
«¿Lo saben su madre y su hija?».

Leo Duart (jefe de comunicación de la OFB):
«Es imposible que alguien quisiera hacer daño a Toni».

Todos, de forma fingida o no, estaban conmovidos por el suceso. La pregunta era obligada: ¿alguno de ellos mentía?

9

La fachada principal del Palau de la Música estaba ornamentada con esculturas que aludían a la música y a elementos, tanto arquitectónicos como decorativos, de estilo modernista. En uno de ellos, en el balcón de la sala Lluís Millet —justo debajo de los bustos de Palestrina, Bach, Beethoven y Wagner—, Aurora Molina, la gerente de la OFB, manipulaba un Nokia 8210, una reliquia difícil de rastrear. Ella, prudente, no era amante de los teléfonos inteligentes para según qué menesteres. De esos que geolocalizaban, guardaban historiales de búsqueda y sugerían publicidad de laxantes si decías en voz alta que andabas estreñida. No estaba el panorama para facilitar las cosas al enemigo. Así pues, un Nokia clandestino para algunas cosas, y el iPhone oficial para otras.

Iba de un lado al otro del balcón de la fachada principal, hecha un manojo de nervios entre columnas cubiertas de mosaicos y vitrales de colores. El puño que sentía en el estómago amenazaba con subir garganta arriba, y no era para menos. Una noche intensa. Tanto por los hechos públicos como por los clandestinos. Miró el reloj. Las doce de la noche pasadas. Había llegado el momento. Nokia en mano, pulsó la tecla verde.

—¿Dónde estás, Q?

—En la guarida.

«Guarida» era una buena definición del tugurio: un sótano de cemento visto, mal ventilado y húmedo como un antro. En el ambiente flotaba un tufo rancio, mezcla de salfumán, tabaco y lejía, que se impregnaba en las fosas nasales, en el paladar, en la piel y en todas partes. Repugnante. Medio en la penumbra, una luz cálida iluminaba una mesa en la que había fajos de billetes que Q estaba contando hasta que la llamada de Aurora Molina lo interrumpió.

—¿Todo bien?

—Todo bien. Descarga hecha. Ningún problema.

—Aquí se ha montado un follón de narices.

—Sí, lo he visto. Está en todas partes. ¿Quién es?

—Toni.

—Hostia...

—Sí... Llama a Trinidad. Que tranquilice a O Pai. Yo ahora mismo no puedo, con la policía rondando por aquí.

—¿Y no puedes hacerlo después?

—Mejor adelantarnos y llamarla nosotros.

—De acuerdo. —Q soltó un largo resoplido. Hablar con Trinidad Torquemada no era plato de buen gusto—. ¿Quién cuelga a una persona en medio de un concierto, Aurora? ¿Quién declara así una guerra?

—Ojalá lo supiera. Te dejo, Q. Ya hablaremos.

A través del vitral, Aurora vio llegar a Leo y Víctor a la sala Lluís Millet, contigua al balcón. Entró —suelo de mármol, techo altísimo y circundada por vitrales de valor incalculable— para reunirse con el jefe de comunicación y el director.

—Ya es portada en todo el mundo.

—¿Y qué coño esperabas, Leo? —Los pelos de la poblada y famosa barba de Víctor se movían al ritmo de sus palabras.

—¿Nos calmamos y pensamos qué movimientos hacemos? ¿Por favor? Nos jugamos muchísimo —dijo Aurora.

—¡No jodas! ¿Nos jugamos mucho? No lo sabía, fíjate... Gran aportación de la gerente de la OFB. ¡Bravo! ¡Bra-vo! —Los aplausos sarcásticos del director, que llenaron la sala Lluís Millet, irritaron a la gerente.

La convivencia entre Aurora y Víctor era como un jarrón de porcelana: podía romperse en cualquier momento. Pero los dos sabían que estaban condenados a entenderse. Era un *win-win*, como se decía ahora. La estrella mediática versus la gestora. El ímpetu versus la sensatez. Un matrimonio de conveniencia que reportaba a ambos los objetivos que perseguían en la vida: mucho dinero para la gerente, y fama y mucho dinero para el director. El dinero era el denominador común. Como en tantas relaciones: amorosas, familiares, políticas, comerciales, empresariales y mafiosas. Siempre de por medio, el muy puñetero.

El director y la gerente se desafiaron con la mirada. A ver quién los tenía más cuadrados, a ver quién era más débil y cedía antes.

Mira que son malos los nervios. Víctor —con las pupilas dilatadas y la mandíbula bailando *hula hoop*, gentileza de la cocaína— podía perderlos en cualquier momento. La tensión duró los segundos que Leo tardó en poner paz.

—Venga, va. Haced el favor. Que esto no es culpa de nadie.

Los tres sabían que no era del todo cierto. Pero, ya se sabe, cosas que se dicen para calmar los ánimos.

—Tengo mil mensajes y llamadas de medios de comunicación. Debemos reaccionar rápidamente con un comunicado. Hay que consensuar el mensaje.

Aurora asintió a Leo mientras Víctor seguía mirando a la gerente y maldecía a toda su familia.

—Hasta que todo se aclare, yo sería muy pragmático. Que nos ponemos a disposición de la policía, que tienen nuestro apoyo...

—Y bla, bla, bla —concluyó Aurora.

—¿Y que lamentamos la muerte de Toni, tal vez? —protestó el director.

—Por supuesto, Víctor.

—Leo, cuando lo tengas, ¿te importa si lo vemos juntos? —Más que un ruego, era una exigencia de la gerente.

—Claro.

—Leo, tenemos que ganar el relato ante los medios o esta mierda nos devorará. Si al público le da miedo a venir a vernos, la hemos cagado.

—Víctor tiene razón. Si esto se nos vuelve en contra, las consecuencias serán muy jodidas... Suspensión de conciertos, retirada de patrocinios...

Leo, muy serio, gesticuló afirmativamente con la cabeza. Aceptaba el reto, qué remedio. En la vida hay ocasiones en las que no puedes elegir. Como jefe de comunicación, hablaba con periodistas culturales, no con los de sucesos. Se puso manos a la obra y se marchó de la sala Lluís Millet dejando a Aurora y a Víctor solos.

—¿Tengo que preocuparme, Víctor?

—No.

—¿Los chicos se han portado bien?

—Yo pongo la mano en el fuego por mí. Pero, hasta donde sé, sí.

—Más os vale que así sea.

—¿O qué, Aurora? ¿O qué?

—O cuento a quien tú sabes vuestros saraos, que ponen en peligro el tinglado, y verás la gracia que le hace.

10

Las puertas del ascensor se abrieron y salieron Martina, Aran, Fede, Mañaricúa y Chacón. La sexta planta, la que estaba justo encima del techo de la sala sinfónica, era un espacio circular, rodeado de los despachos en los que trabajaban los empleados del Palau de la Música. Programadores, protocolo, mecenazgo, gestores, contratación, técnicos, administración, y así varios departamentos más. Cuatrocientos conciertos por año no se organizaban solos.

Los de la científica ya habían recogido todos los trastos y salían hacia comisaría a catalogar. El cabo Edgar Dalmau se cruzó con Chacón e intercambiaron una mirada penetrante, más larga de lo que sería habitual. Una pelea de gallos marcada por el moco que el cabo le había clavado al jefe de seguridad hacía un rato.

En un pequeño aparte, Dalmau dio el relevo a Martina.

—¿Se fía de este tío? —Señaló a Chacón con la barbilla.

—Yo no me fío ni de mi madre.

—¿Y por qué lo deja entrar?

—Quiero ver cómo reacciona. En una situación así, no es fácil no delatarse. Veremos si es capaz.

—¿Está convencida?

—Del todo. —Y lo decía con tanta seguridad que a ver qué podía responder Edgar Dalmau.

—En fin... Usted manda. Ahora la escena es suya. Nosotros ya hemos terminado.

—¿Han encontrado algo?

—Aquí trabaja muchísima gente. Esto es un festival. Ahora bien, la escena de la claraboya está bastante limpia. Quizá algún rastro de explosivos, pero ni huellas latentes ni vestigios biológicos.

—¿Podemos...? —preguntó la sargento señalando con el índice el interior.

—Todo suyo. Suerte. La necesitará.

Martina soltó un ruido a medio camino entre el gruñido y la risotada ante los augurios de su compañero.

El cabo Dalmau se marchaba hacia la comisaría de Les Corts, donde la noche sería larga. Después llegarían días de una cantidad de trabajo ingente. Su labor no era tan sencilla como la de sus afortunados homólogos en las series de la tele. La ficción había creado un imaginario colectivo absolutamente falso en lo relativo a esta materia. No existía ningún programa informático que en el momento de introducir una huella latente encontrara en un minuto, por arte de magia, una coincidencia en la base de datos de detenidos. Era un trabajo manual que hacían los técnicos de laboratorio contrastando crestas papilares una a una. Un proceso muy manual, casi artesanal, que dependía de la pericia del operador. Había que encontrar doce similitudes entre las huellas de un sospechoso y las huellas latentes descubiertas en el lugar de los hechos. En un informe pericial no servían las medias tintas: si se acusaba a alguien, debía ser con todas las garantías.

Con este panorama por delante, los de la científica se marcharon de la escena para dejar paso a los investigadores.

Nada más entrar en la zona de oficinas de la sexta planta había un suelo de cristal transparente desde el que se veía el escenario, que estaba exactamente debajo. Un plano cenital perfecto que daba la sensación de flotar suspendido en el aire. Martina se paseó por él. Había estado en alguna atracción turística similar en Chicago, con Irene. No recordaba en qué coño de piso de qué coño de rascacielos. Irene lo sabría; a ella le encantó. Y con eso Martina ya estaba más que contenta.

La sargento volvió a mirar hacia abajo. No era Chicago, pero tampoco estaba mal. Por suerte no tenía vértigo. Unos treinta metros bajo sus pies, instrumentos, sillas, atriles y partituras esparcidos por el escenario de cualquier manera.

Allí mismo, junto al suelo de cristal, Aran alzó la mirada y señaló una cámara de seguridad con el objetivo tintado de negro.

—¿Hay más? —preguntó al jefe de seguridad.

—Dentro.

Con Chacón haciendo de guía, el grupo dejó atrás puertas de despachos hasta plantarse en una muralla de vidrieras que protegían el agujero donde estaba la claraboya. Justo allí, Aran señaló otra cámara de seguridad, también tintada de negro.

—¿Hay más? —volvió a preguntar.

Chacón negó con la cabeza.

«Mierda», pensaron los policías. Adiós muy buenas, imágenes de la sexta planta.

—¿Por qué están abiertas las oficinas a esta hora de la noche? —Ahora era Fede quien preguntaba.

—Cuando se realiza un concierto en el que trabaja el personal que tiene el despacho aquí, se deja abierto para que puedan dejar sus cosas.

—¿Quiénes son?

—Protocolo, técnicos, la señora Verdejo... Depende.

—¿Y no queda nadie aquí?

—No. Están abajo, trabajando en el concierto.

—Esto no lo sabe cualquiera, supongo.

—Supone bien, cabo.

—Vaya, que los autores conocen el Palau a la perfección.

El rostro de Chacón mostró una preocupación que a Martina, con un sexto sentido para desenmascarar el mal aunque se disfrazara muy bien, le dio la impresión de que era sincera. El cabo de la científica, Edgar Dalmau, quizá había juzgado demasiado rápido.

Los investigadores y sus anfitriones ya estaban en la zona cero del desastre: el otro lado de los vitrales. La visión desde la sexta planta era bastante menos glamurosa que la que se conocía en todo el mundo. Circundada por un cubículo de vidrio, una estructura de vigas de acero pintadas de blanco sostenía la maravillosa claraboya modernista, ahora destrozada. De un travesaño colgaba, bien atada, una cuerda que se perdía por el agujero provocado por la explosión.

—Aquí.

Martina señaló el cubículo de cristal; había una abertura cortada en un cuadrado perfecto. Lo bastante grande para que pasara el cuerpo de Toni Guasch.

En el suelo, delante de la abertura, se extendía una alfombra de minúsculos fragmentos de cristal esparcidos por todas partes. A pocos metros, arrinconada, una silla de ruedas.

—¿Siempre está aquí?

—No, sargento. En recepción tenemos dos por si se necesitan.

—¿Y qué hace en la sexta planta?

—Quizá ya sabe cómo han trasladado al ahorcado hasta este piso.

—La silla, los vidrios tintados... Vaya, que podemos descartar el suicidio.

—Exacto. Quien está detrás de esto lo ha planificado muy bien.

La reflexión de Chacón tenía sentido. Martina se quedó unos instantes mirando la silla de ruedas, como si de un momento a otro fuera a confesar quién demonios la había empujado unas horas antes.

—Han entrado por aquí. —La sargento señaló la abertura y elucubró—. Han dejado la silla de ruedas, han asegurado la cuerda, han colocado a Toni Guasch en el agujero y…, ¡bum!, ha empezado el mambo.

El pulgar de Martina imitó la activación de un detonador.

—Nunca mejor dicho. Se ha oído con fuerza desde la dirección técnica, detrás del escenario. —Mañaricúa también quería meter cucharada.

La sargento miraba, dubitativa, la cuerda de la que colgaba Toni Guasch.

—¿Ve lo que le decía? —añadió Mañaricúa—. Si atan una cuerda a la otra, podrán bajar el cuerpo a la platea.

Al compás de las explicaciones del director técnico, los investigadores no apartaban la mirada del entramado de vigas.

Martina, pensativa, reflexionó unos segundos. Al final, asintió con la cabeza.

—Fede, Aran, preparadlo.

Los cabos siguieron punto por punto los consejos de Mañaricúa. La visión del cuerpo mientras descendía era escalofriante. Difícil de asimilar. Cuatro agentes de los Mossos recogieron a Toni Guasch y lo tumbaron en una camilla. Alrededor, todos los miembros de la comitiva judicial y los investigadores.

La patóloga forense, Maria del Pino, se puso guantes de látex para proceder al examen externo. Colocó los dedos índice y corazón en el cuello de Toni Guasch. De repente, se le tensaron los músculos de la cara. Electricidad de alto voltaje se le expandió a través de los nervios. Había que correr.

—¡Está vivo! ¡Está vivo! ¡Una ambulancia! ¡Rápido!

Martina, incrédula, miró el agujero del techo y a Toni Guasch. ¿Quién puede sobrevivir a treinta metros de caída colgado de una soga al cuello?

11

Maria del Pino cortó la camisa de Toni Guasch con tijeretazos apresurados y desiguales. Quería examinar su ritmo cardiaco y, si era menester, hacerle un masaje de reanimación. Con el torso del músico desnudo, la patóloga descubrió por qué había sobrevivido.

Espóiler: no era un milagro. Los milagros no existen.

Maria del Pino, los investigadores y el resto de la comitiva judicial pensaron lo mismo, pero solo la patóloga fue capaz de verbalizarlo.

—¿Qué cojones es esto...?

Las formas de la forense no eran las más refinadas, pero, teniendo en cuenta lo que acababa de encontrarse, no era para menos.

Bajo la camisa, un arnés atado a la cuerda sujetaba al músico colgado. La soga alrededor del cuello era de atrezo y estaba cosida a la cuerda.

Un silencio incrédulo flotó por la sala sinfónica. ¿De verdad todo ese caos era una macabra broma de mal gusto?

Hay situaciones en las que sabes, al instante, que no las olvidarás en tu vida. Sin duda, esa era una de ellas. El arnés sujetaba a Toni Guasch con un anclaje dorsal, esternal, ventral y lateral. Y también con un ajuste pectoral, en los muslos y en la cintura. La cuerda que lo había sujetado estaba atada a una anilla posterior. De locos.

Superado el shock inicial, el instinto profesional de Maria del Pino flotó por encima del desconcierto. Con una linterna, levantó los párpados de Toni Guasch. La patóloga arqueó una ceja y las comisuras de los labios. Luego, con un fonendoscopio, le auscultó el ritmo cardiaco. En los humanos, la frecuencia normal en reposo oscila entre cincuenta y cien latidos por minuto. Toni Guasch tenía sesenta y cinco.

Con cara de quien se las sabe todas, rebuscó en su maletín hasta sacar la aguja de una jeringa. Descalzó al colgado y se la clavó en la planta del pie, ante el desconcierto de los presentes. El músico no reaccionó.

—Pero ¿qué hace, Maria?

—A ver, señoría, ¿quién es la forense, usted o yo?

—Usted, usted...

—Pues déjeme hacer mi trabajo.

La forense abrió la boca de Toni Guasch y le examinó los labios. Después le cogió los dedos como morcillas para inspeccionar las uñas. Ni los labios ni las uñas habían adquirido un tono azulado, lo que habría significado envenenamiento.

—Ausencia de respuesta a órdenes verbales y a estímulos dolorosos, pero el patrón respiratorio, el ritmo cardiaco, la respuesta pupilar y el reflejo corneal son normales.

—¿Entonces? —inquirió el juez.

—Está sedado.

—¿Está segura?

Maria del Pino fulminó a Primitivo Mir con la mirada. El magistrado se hizo pequeño, camuflado en su silencio. Pero un milhombres con la genética de Mir no acepta del todo bien que una mujer le baje los humos en público. Qué mejor que otra mujer de rango inferior para contraatacar.

—Ya puede ponerse las pilas, sargento. Alguien está riéndose de usted.

«Y de ti también, baboso de mierda. De todos nosotros, de hecho», pensó Martina. Pero la sargento prefirió no verbalizar lo que se le pasaba por la cabeza para no liar más la madeja. Se limitó a mirar al magistrado con cara de te-soltaría-una-buena-cerdo-seboso-pero-tengo-que-callarme. Bien mirado, quizá se cortaba más de lo que ella misma estaba dispuesta a admitir.

En ese momento, los sanitarios que la patóloga forense había reclamado entraron a toda prisa por el pasillo de la sala sinfónica. Desconcertados, no entendían absolutamente nada: que alguien vuelva del otro barrio no sucede todos los días.

Los sanitarios se lo llevaron corriendo al hospital. De camino le comprobarían las constantes, la tensión, el azúcar y la saturación de oxígeno.

Cuando la camilla que transportaba a Toni Guasch desapareció de la platea, la sargento Roca se quedó mirando la claraboya, pensativa, mientras se peinaba la cabeza rapada con la palma de la mano. Si creía que ya lo había visto todo en la vida, se equivocaba de todas todas. Escocía admitirlo, pero Primitivo Mir tenía toda la razón: alguien estaba desafiándolos. Pero ¿por qué?

12

El sol despuntaba sobre Barcelona cuando el taxi dejó a Víctor en su residencia de la zona alta. Aún llevaba el frac, un reloj en cada muñeca y un susto como una catedral. Un cansancio que empezaba no sabía dónde se le extendía por todo el cuerpo, que ya había eliminado la cocaína. Con la droga reducida a trazas, decía adiós a la euforia y daba la bienvenida al bajón. Era duro, desagradable. Siempre lo era. El cansancio, la irritabilidad y la somnolencia acudían muy puntuales a la cita. El paquete completo. Sentía el cuerpo de plomo, el alma vacía, un desánimo cruel y una angustia claustrofóbica que lo encapsulaba. No era como habría querido terminar la noche, pero necesitaba tumbarse en la cama, dormir, y mañana sería otro día.

Con el cuello de la camisa y la pajarita desabrochados, atravesó el jardín con los ojos medio cerrados, que instintivamente se protegían del sol madrugador. Ignoró el aire fresco de primera hora y las privilegiadas vistas de Barcelona con el Mediterráneo al fondo. Ese era su día a día; los mendrugos de un pan que otros habrían matado por probar. Se había ganado fama, estatus y dinero para que así fuera.

Entró en casa. La construcción era moderna, elegante y ostentosa en su justa medida. Toda acristalada, entraba la luz natural. Muy bonito, sí, pero, con la cabeza a punto de estallar, tanta claridad no era precisamente lo que le pedía el cuerpo.

Dejó las llaves en un cenicero situado delante de un marco de plata con una foto de él y su mujer, Cristina. La miró fugazmente. Unos ojos preciosos ante los que caías a cuatro patas y lo perdías todo. Esto último también incluía el oremus.

Al pie de la escalera, miró hacia arriba como si se dispusiera a hacer el mayor esfuerzo de su vida. Poco a poco, con pesadez y resoplidos, dejó atrás escalones de madera. Debía de tener la tensión por los suelos. En momentos como ese se preguntaba por qué demonios a algunos diseñadores de interiores no les gustaban las barandillas. Las seis y media de la mañana no eran horas para practicar deportes de riesgo.

Entró en el dormitorio —amplísimo, con muebles de diseño y un cuadro pop art de colores estridentes en una pared blanca—. Nada más pisarlo, medio en la penumbra, se topó con un rastro de ropa tirada por el suelo que conducía hasta la cama: blusa, falda, pantalón, tanga, sujetador, camisa y calzoncillo. Avanzó con pasos silenciosos hasta ver a Cristina con un hombre. Estaban dormidos, profundamente. Desnudos, en pelota picada. En la mesita de noche había dos preservativos y un billete de diez euros enrollado.

La cara de Víctor no mostró sorpresa ni enfado. Seguramente Cristina había pensado que, como siempre, después del concierto habría una fiesta. Con cautela para no despertarlos, se retiró de la habitación y bajó la escalera que tanto le había costado subir.

Se mojó la cara en el fregadero de la cocina para intentar mitigar un bajón que, con la cocaína que había consumido esa noche, había augurado más fuerte.

Se descalzó y abrió el mueble bar. Un trago seguro que lo ayudaría. Un médico quizá diría que era para minimizar el estado de alteración que provoca la cocaína, pero él conocía su cuerpo. Sabía escucharlo. Sabía decir basta. Controlaba.

En el mueble bar tenía un amplio abanico de los mejores whiskies del mercado: Cardhu Gold Reserve, Macallan Triple Cask, Dalmore, Talisker Storm y Lagavulin de dieciséis años. Cogió este último y se sirvió un vaso generoso —bajo, ancho, de cristal tallado libre de plomo, diseñado para potenciar el sabor del licor mediante la oxigenación—. Lo miró fijamente, como si allí estuviera la respuesta a todo lo que había pasado esa noche en el Palau de la Música. Se bebió el whisky de un trago y se sirvió otro. Vaso en mano, dirigió la mirada a la vitrina de las vanidades que tenía en el salón: la medalla de la Orden de las Artes y las Letras de Francia, la Cruz de Sant Jordi, el premio Grammy al mejor álbum de música clásica, fotos con Barack Obama, Lionel Messi y el santo padre. En los momentos en que el bajón se ensañaba contra él, recordar los méritos era sanador.

Sentado en el sofá, se desabrochó un par de botones más de la camisa y dejó medio al aire sus musculados pectorales de gimnasio. Se quitó el Patek Philippe de la muñeca izquierda y el Blancpain de la derecha y los depositó en una mesita con especial cuidado. Notó su peso, su tacto. Uno, de oro rosa. El otro, de titanio. Después los alineó hasta dejar las esferas con fondo de cristal de zafiro exactamente a la misma altura. Comprobó que las agujas y el segundero de los dos estaban perfectamente sincronizados.

Tic-tac. Tic-tac. Tic-tac.

Las siete en punto.

Dormiría en la habitación de invitados.

Mientras se bebía a sorbos el Lagavulin, cogió el móvil para revisarlo. En el WhatsApp había un montón de mensajes de colegas de profesión, políticos, asesores de políticos, asesores de los asesores de políticos, mánagers y gente del gremio. Todos ellos, más o menos sinceros, se interesaban por lo sucedido y le daban el pésame por la muerte de Toni. El desenlace todavía era una información reservada.

Entre todos los mensajes, había uno con un remitente desconocido. Una nota de voz. Era larga, de casi un minuto. En la imagen que acompañaba al número podía leerse un premonitorio «Nessun dorma». Curioso, pulsó el Play.

Hola, maestro.

Una larga jornada, supongo. Pero me temo que todavía no ha terminado. De hecho, ahora es cuando empiezan de verdad sus problemas.

Junto con la voz, distorsionada como la de un robot, se oían de fondo las notas de «Nessun dorma». La misma aria que Marc Pombo interpretaba en el Palau de la Música cuando la claraboya modernista había estallado.

Hoy habrá ensayado, comido, descansado y, claro, habrá hecho su ritual antes de salir a escena: una raya y un whisky con un reloj en cada muñeca. Después habrían llegado las ovaciones y, una vez terminado el concierto, la fiesta... Pero hoy... Hoy le he jodido la noche, ¿verdad?

El público, las autoridades y los principales auditorios del mundo rendidos a los pies del genio que superó a Gustavo Dudamel. ¿Saben que usted es en realidad un monstruo?

USTED y los suyos han causado sufrimiento, dolor... Y MUERTE.

Esta última frase le provocó un pavor que le recorrió todo el cuerpo hasta el tuétano. Cogió aire para continuar. Cada aliento raspaba como el papel de lija.

Nápoles, la cocaína, el pacto de silencio. He aquí el origen de todo. ¿Recuerda lo que pasó después del concierto en el Teatro di San Carlo? Creo que sí. ¿Sabe?, creo que es injusto que su maldad quede impune. Pero dicen que, si errar es humano, perdonar es divino. Y, mire, me siento generoso y le daré una oportunidad de redención. Confiese, maestro. Confiese sus culpas, pida perdón públicamente y señale a los otros tres culpables. Quiero que le quede clara una cosa: aquí mando yo. Yo fijo las normas. Y hay una muy importante: solo autoinculparse no basta; solo señalar a los demás tampoco basta. Tienen que ser las dos cosas. Y en público.

Piense en la fatalidad que supondría no hacerlo: para Cristina, su mujer; Montserrat, su madre; Jordi, su padre; su hermano Jordi; su sobrino, el pequeño Nico, y por supuesto para usted.

El extorsionador había hecho los deberes. Se sabía al dedillo los nombres de todos los miembros de su familia. No se había dejado ni uno. Una batería de imágenes de todos ellos desfiló por su cabeza. No tenían ninguna culpa.

Cumpla, maestro. Cumpla, o la próxima vez no habrá ningún arnés en la cuerda. Ni para usted ni para sus seres queridos.

La cuenta atrás ha empezado.

Le advierto que no dormirá.

Con las últimas notas de «Nessun dorma», la voz robótica se apagó y la mirada de Víctor deambuló por el jardín a través de los grandes ventanales que rodeaban el salón mientras procesaba el mensaje. El whisky, que seguía bebiendo a sorbos, parecía más amargo y quemaba al bajar por el esófago.

El bajón ya no era su principal inquietud.

La ira empezó a aflorar en varios formatos. Su mirada se enfurecía cada vez más. El puño, catalizador de la rabia, apretó el vaso con fuerza hasta que lo estrelló contra la pared con todas sus fuerzas. Trozos de cristal y restos de whisky quedaron esparcidos por todas partes.

Una cuenta atrás, una amenaza. A él. Al gran Víctor Alemany. Al maestro. ¿Cómo se atrevían los muy hijos de puta?

13

Martina entraba en el Recinto Modernista de Sant Pau con una carga nebulosa interna. Los ojos, hinchados y turbios, se le cerraban de forma instintiva. Apenas había podido tumbarse un par de horas, y el café, por mucho que bebas, tampoco hace milagros.

Al llegar a casa se había encontrado a Irene dormida delante del televisor encendido. La investigación, como siempre, se había alargado y la que debía ser una noche loca acabó con un beso en la frente y para de contar.

Mientras subía la escalera del monumental Recinto Modernista de Sant Pau, Martina levantó la cabeza para contemplar la magnífica fachada coronada por la torre del reloj, a sesenta y dos metros de altura. Estaba edificada bajo vitrales, ventanales y un grupo escultórico que simbolizaba la separación por sexos que antiguamente se llevaba a cabo en el hospital: las mujeres en un ala y los hombres en otra.

Martina entró por debajo de uno de los arcos peraltados, atravesó el vestíbulo majestuoso entre columnas de mármol y se adentró en los jardines que unían el conjunto de diecinueve edificios modernistas construidos a principios del siglo pasado. Y hasta aquí la parte lúdica del día.

Una vez dejado atrás el recinto, sede del antiguo hospital, accedió al actual Sant Pau: triste, impersonal y escaso de recursos. Lo que vendría a ser un hospital de la sanidad pública, vaya.

Mientras caminaba por un larguísimo pasillo, la sargento enseguida percibió un fuerte olor a antiséptico que se mezclaba con el aroma de las delicatessen que servían a los enfermos para comer. Un festival de «itas»: sopitas, cremitas, verduritas y tortillitas. Todo sin sal, claro.

A medida que avanzaba, Martina esquivó a sanitarios, médicos y algún celador, hasta llegar a la puerta de una habitación escoltada por un mosso d'esquadra vestido de paisano. Le mostró la placa y, tras obtener el visto bueno del agente para acceder, se asomó con discreción por eso del respeto a la intimidad del enfermo.

La habitación era individual y de lo más corriente: terrazo, cama articulada y fría luz fluorescente. Toni Guasch —bata verde manzana y conectado a un suero— estaba en la cama mientras una doctora lo visitaba. Sentada en un sillón, Aurora Molina, que había ido a interesarse por *su* músico, presenciaba la escena en silencio.

—Sigue mi dedo con la mirada.

La doctora movía el índice horizontalmente y el paciente obedecía.

—Perfecto... Si los análisis de sangre salen bien, mañana te irás a casa. ¿Vendrá tu familia a recogerte?

—Mi madre tiene que quedarse con la niña.

—Yo lo llevaré a casa —dijo Aurora Molina.

Ninguno de los presentes se había dado cuenta de la presencia de Martina en el dintel de la puerta. La sargento, cansada de hacer el pasmarote, carraspeó y entró.

—Oiga, usted no puede estar aquí.

La investigadora mostró la placa y la doctora respondió encogiéndose de hombros.

—Si fuera así, el compañero no me habría dejado pasar. ¿Cómo está? —preguntó señalando al paciente con la barbilla.

—Tiene contusiones en la espalda por el tirón de la cuerda cuando cayó. Y el susto... Que no es poco.

—¿Qué le inyectaron?

—Propofol, un sedante potentísimo.

—¿Como para no enterarse de nada?

—Con la dosis que le administraron, absolutamente de nada.

Toni Guasch, con cara de cordero degollado, y Aurora Molina, con semblante de lobo hambriento, seguían la conversación.

—Tengo que hablar con él.

—Todo suyo. Yo debería haber terminado mi turno hace dos horas y todavía tengo para un buen rato. Así que...

La doctora se marchó de la habitación a la francesa, sin acabar la frase.

Martina, al pie de la cama, fijó la mirada en Toni. La prolongó, acompañada de un silencio deliberadamente hostil; quería examinar su reacción, que no fue otra que poner expresión de pena. Después hizo lo mismo con Aurora, que en ningún momento desvió los ojos de los de la sargento. Las dos medían sus fuerzas.

—Aurora Molina, ¿verdad?

—Veo que recuerda mi nombre.

—Solo han pasado unas horas. ¿Qué hace aquí?

—He venido a interesarme por el estado de Toni.

—Así me gusta, que sea una buena jefa. Ahora, ¿podría dejarme sola con el señor Guasch? No quisiera que su presencia contaminara la declaración.

Aurora, de mala gana, se levantó del sillón mientras dirigía a Martina una mirada antipática. Fugazmente, clavó los ojos en Toni, como si quisiera advertirle de algo. Los pasos de la gerente resonaron en la habitación hasta que un portazo anunció que la sargento y el músico estaban solos.

—¿Qué recuerda, señor Guasch?

Movió ligeramente la cabeza a izquierda y derecha.

—Poca cosa. No me acuerdo exactamente de dónde estaba cuando, de repente, sentí que todo se desvanecía a mi alrededor. Lo siguiente que recuerdo ya es aquí, en el hospital.

—¿Una imagen? ¿Una palabra? ¿Un sonido?

—Nada.

—¿Un olor? ¿Algo? Inténtelo.

—De verdad, sargento, que no recuerdo nada.

—¿Dónde estaba antes de que perdiera el conocimiento?

—No lo sé.

No puede decirse que Martina no lo intentara del derecho y del revés. Con amabilidad, empatía y un tono reposado. Después de una carretada de preguntas con respuestas vacías, dejó la careta de poli buena para ponerse la de mala.

—Supongo que también me dirá que no tiene ni idea de por qué le han hecho esto, ¿verdad?

—No tengo ni idea. —Toni Guasch hablaba con un finísimo hilo de voz.

—Ya lo decía yo... —Chasqueó la lengua—. Si es que más sabe el diablo por viejo que por diablo. Debo de estar haciéndome vieja. Me cago en la mar... ¿Está diciéndome que alguien lo ha secuestrado, ha fingido su asesinato y ha destrozado patrimonio mundial de la Unesco... por nada? Mira que llega a ser gamberra la gente, ¿eh?

La mirada de Toni se desvió furtivamente hacia la puerta por donde había salido Aurora.

—La gerente no le oye, puede estar tranquilo.

—Le digo que no sé nada —insistió en tono airado.

—¿Alguien con quien tenga una cuenta pendiente?

—No.

—¿Una aventura con la mujer de alguien...?

—No.

—¿O con el marido de alguien?

La puntualización, hecha con toda la intención, no gustó nada al músico, que por primera vez dio la sensación de que tenía sangre en las venas. Negó enérgicamente con la cabeza, como si de este modo reafirmara su condición de macho.

—Si recupera la memoria, llámeme.

Martina le entregó una tarjeta a Toni mientras, con la mirada, le perdonaba la vida.

Al salir de la habitación, la sargento se topó con Aurora, con su cara de palo habitual. Añadida a las pocas horas dormidas, ríete tú de la bruja de Blancanieves.

—La felicito, señora Molina.

—¿Por?

—Tiene a sus cachorros muy bien adiestrados. Puede estar tranquila, que no ha dicho ni pío.

14

El agente —todo él piel y hueso— acompañó a Maribel Verdejo por las entrañas de la comisaría de Les Corts en un silencio pesado. Pasillo arriba, pasillo abajo, los pasos se amplificaban como si caminaran por una cueva solitaria. Verdejo, obediente, seguía la nuca canosa del mosso, hasta que por fin la hizo entrar en una sala.

Era la primera vez que la directora general del Palau de la Música pisaba una comisaría: curiosa, examinó cada detalle de la estancia. Una pantalla, un proyector, paredes desnudas y mobiliario de baratillo que pedía a gritos la jubilación. Bastante grande, eso sí. Percibió un tufo a lejía flotando en el ambiente que, en ayunas, le habría dado ganas de vomitar. Supuso que debían de haber fregado el suelo no hacía mucho. El examen de la sala acabó en cuanto la puerta se abrió y Martina, Aran y Fede entraron uno detrás del otro.

—Buenos días, señora Verdejo. Gracias por venir. —La directora general del Palau de la Música hizo el gesto de incorporarse—. No, por favor. No se levante.

Verdejo, haciendo caso de las indicaciones de la sargento, estrechó la mano a los tres mossos con el culo pegado en la silla. Los investigadores se sentaron delante de la testigo en formación de tres contra uno, en modo pelotón de ejecución. Cualquier otra persona se habría puesto nerviosa, pero hacía falta algo más para impresionar a una mujer que había edificado su carrera profesional batallando en ecosistemas históricamente masculinos y masculinizados, con todo lo que eso comportaba: primero la prensa, después el fútbol y ahora la música. Abriéndose paso, rompiendo dinámicas y trazando líneas rojas. Para ella, responder ante tres policías era coser y cantar. Al fin y al cabo, iba a decir la verdad.

—Les traigo lo que me pidieron.

Verdejo —manicura perfecta, rociada de fragancia fresca y con poco maquillaje en el rostro— les entregó un expediente impreso que los investigadores empezaron a devorar como leones hambrientos.

Primero, un interminable cuadro de Excel con un montón de casillas, una para cada persona que tenía entrada para el concierto de la Orquesta Filarmónica de Barcelona en el Palau de la Música Catalana. Nombre, apellidos, DNI, fecha de nacimiento, género, correo electrónico, teléfono, dirección postal, tarjeta de crédito, IP y el consentimiento o no para tratar todos esos datos. El color de la ropa interior todavía no figuraba, pero tiempo al tiempo.

Segundo, un cuadro de Excel con la recaudación del concierto, ligeramente superior a los trescientos cincuenta mil euros; entradas vendidas, zona por zona, y a qué precio cada una.

Los tres investigadores leían con avidez. Documento a documento. La sargento, primero; después se los iba pasando a los cabos en cadena.

En esos minutos de silencio, Verdejo se quedó atrapada intentando descifrar a Aran. Todo un rompecabezas. No tenía pecho, pero tampoco tenía nuez en el cuello, pero era imberbe, pero llevaba el pelo corto, pero llevaba las uñas pintadas, pero no tenía voz femenina, pero tampoco la tenía masculina, pero llevaba un pendiente, pero hoy en día eso no significa nada. Un «pero» tras otro.

Las cavilaciones se prolongaron hasta que Verdejo se sacudió de encima la curiosidad —sin riesgo a equivocarse también podría llamarse «fisgoneo»—. Tras dejar un rato a los policías a lo suyo, decidió hacer una aportación que creía importante.

—Si me permiten una observación... —Los investigadores levantaron la mirada de los papeles en perfecta compenetración coral—. He estudiado los datos de los informes antes de venir y hay algo que me chirría.

Martina la animó a continuar con un gesto de la barbilla.

—En el informe generado por el Departamento de Entradas hay mil ochocientos cuarenta y cinco registros. Espectadores con nombres y apellidos. Sin embargo...

—Se vendieron dos mil quince entradas —se anticipó la sargento con un ojo en los documentos.

—Exacto. Lleno total. Pero, según la liquidación del concierto, hay noventa entradas anónimas... —Verdejo fijó la mirada en los papeles sin necesidad de gafas—, que suman más de diecisiete mil euros de recaudación. Diecisiete mil cien, para ser exactos.

—¿Y las entradas anónimas son...?

—Las vendidas en taquilla. Compradas en efectivo. A tocateja.

—¿En la taquilla no se puede pagar con tarjeta de crédito?

—Claro que sí. Pero, curiosamente, todas las de este concierto se compraron en metálico, y los primeros días tras ponerse a la venta.

Los policías se miraron sin necesidad de verbalizar que ese era un hilo del que debían tirar.

—¿Y no hay registro de quién compró esas entradas anónimas? —preguntó Fede.

Resignada, Verdejo negó con la cabeza.

—¿Y a ciento noventa euros la entrada? Sí que cobra caro esta gente.

—Pues aún me parecen baratas. Víctor Alemany, junto con Gustavo Dudamel, es actualmente el mejor director del mundo.

—¿Qué porcentaje supone la venta en taquilla en cualquier otro concierto?

Ahora era Aran quien preguntaba. Verdejo intentó no perder el contacto visual con sus ojos para mantener el fisgoneo a raya, pero, mierda, una mirada traicionera se escapó fugazmente hacia la axila, por debajo de la manga de la camiseta. Otro punto que añadir a la lista de peros: no se depilaba.

—Hoy en día, cabo, casi toda la venta es por internet... Lo que se vende en las taquillas no suele llegar a las diez entradas por concierto.

Verdejo fue capaz de verbalizar la respuesta sin que su expresión filtrara las curiosidades internas.

—De diez a noventa... No está nada mal.

—Ya les he dicho que me chirriaba.

—¿No tienen una alerta de que les salte si se sobrepasa una cantidad determinada?

—Ya he dado órdenes para que así sea, pero hasta ahora nunca me lo había encontrado, la verdad.

—¿Tienen cámaras de seguridad en las taquillas? —Martina cogía de nuevo el relevo.

—Sí, sargento. Tanto dentro como fuera.

—Necesitaremos las grabaciones de los días que se vendieron esas entradas anónimas.

—Ningún problema.

—¿Quién es el promotor del concierto?

—¿Qué quieres decir, Fede? ¿El promotor? —La jerga descolocó a Aran.

—El promotor es la empresa que organiza el concierto y que alquila la sala —le aclaró Fede.

—Y lo más importante: el que se queda la pasta recaudada —añadió la sargento.

Unos segundos de silencio dieron peso a la respuesta de Verdejo.

—El promotor es T&M Events, una empresa de T&M Group. Aun así, la información que les interesará es que T&M Group es un holding empresarial del que forma parte la propia Orquesta Filarmónica de Barcelona.

—¿Está diciéndome que la propietaria de la OFB organiza un concierto que recauda más de diecisiete mil euros en efectivo?

—Exactamente, sargento.

Zas. Esta no se la esperaban. Los investigadores volvieron a mirarse. Ahora, más allá de lo que sería razonable.

Esta última respuesta puso el punto final al testimonio de la directora general del Palau de la Música. Maribel Verdejo —«muchas gracias, que vaya bien, seguimos en contacto»— abandonó la sala, pero los investigadores se quedaron para reflexionar sobre la declaración de la testigo.

—Noventa asientos de dos mil quince pasan desapercibidos.

—Cierto, Aran. Y son diecisiete mil euros en metálico —dijo Fede.

Martina y Aran intercambiaron una mirada cómplice, de esas que son fruto de un montón de horas trabajando codo con codo. Aran asintió y consultó su portátil de inmediato. Una bala tecleando. En cuestión de segundos, fijó los ojos en la pantalla mientras contaba con un hilo de voz casi imperceptible. Resopló augurando que lo que estaba a punto de verbalizar era gordo.

—Cuarenta y seis conciertos en todo el año. Para ser música clásica, es una barbaridad.

—Si este tío es tan bueno, debe de llenar allí donde vaya —supuso Martina—. Pongamos que, de esos cuarenta y seis conciertos, T&M Events organiza... ¿Cuántos? Hagamos una suposición... ¿Veintidós? A diecisiete mil cada uno...

—¡Tenemos que investigarlo! —exclamó Fede.

Los cabos salivaban ante una posible investigación mediática, de esas que catapultan la carrera de un policía —o que la desgracian, porque, cuando los medios te hacen la cruz, la has cagado—. Pero Martina estaba allí para echar agua al vino.

—Lo siento, pero sin cadáver no tenemos caso. Esto se va directamente a la unidad de delitos económicos.

15

Martina esperó unos instantes hasta la hora en punto, las 12.00, y llamó a la puerta con los nudillos. No muy fuerte, no fuera que el señor se lo tomara a mal. Después de oír una especie de gruñido, entró.

El despacho —huérfano de decoración, de luz natural y de un mínimo de empatía— estaba presidido por un enorme escritorio amurallado por una pila de libros y documentos. Atrincherado al otro lado, el juez Evaristo Salazar: obeso, calvo, mostacho prominente, silla de ruedas, una porrada de años ejerciendo, maniático y gilipollas como él solo.

—Buenos días.

Ninguna respuesta. Como siempre. Algunos policías ni lo saludaban. Pero Martina era de esas personas que pensaban que eso era ponerse a su nivel. ¿Qué clase de poli sería si no respetaba a un juez? Una buena poli no hacía estas cosas.

La sargento se sentó delante de su señoría, que repasaba documentación mientras murmuraba, como si rezara el rosario. Con la cabeza gacha, la bola de billar parecía la bandera japonesa.

La sargento ya conocía a Salazar. La gente lo esperaba a él, nunca al revés. Ese murmullo podía durar un minuto o una hora. Que ella supiera, a un día nunca había llegado. Así que paciencia.

La sargento paseó la mirada por el muro de libros que circundaban el escritorio, perfectamente alineados y ordenados alfabéticamente. Al lado del último volumen, un expediente sobre el proyecto de ley orgánica de garantía integral de la libertad sexual. «Mira que les gusta poner nombres pomposos a las cosas», pensó. Inevitablemente, Irene aterrizó en sus pensamientos. En una reacción espontánea del cuerpo, pero sobre todo del corazón, relinchó un largo suspiro. Salazar, al que debía de haber desconcentrado, levantó la mirada para fulminarla. A ver quién le explicaba que el suspiro no tenía nada que ver con su señoría ni con su absurda manía de hacer esperar a la gente. Ella solo había pensado en su novia, de la que estaba enamoradísima.

Salazar volvió a los documentos, y los pensamientos de Martina, a Irene. Había tenido mucha suerte de encontrarla. Y eso que el principio no fue fácil. Normal. A Irene le costaba diferenciar a la Martina persona de la Martina policía. La veía como parte del sistema que había fallado. Así que no tuvo más remedio que picar piedra con horas y horas de WhatsApp de ida y vuelta. Le costó mucho conseguir esa primera cita en el Michael Collins. De allí ya salió con la barriga llena de mariposas y un «tú no te me escapas ni de coña». Desde entonces, se ponía sentimental con canciones de amor, con películas azucaradas y con una puesta de sol frente al mar. El recuerdo de cuando la vio por primera vez sin ropa todavía le erizaba la piel. De sentir su cuerpo desnudo, su melena rizada entre los brazos y sus labios besándole la espalda. La ayudaría a superar sus miedos y a vencer el pasado. Construirían un futuro juntas y algún día se casarían.

Hostia, cuando se ponía tan cursi no se reconocía. Con lo canalla que había sido. ¡Quién lo iba a decir!

Evaristo Salazar estampó un garabato en un documento y levantó la mirada hacia la sargento. Durante largos segundos la examinó de arriba abajo. Su mirada se detuvo en la cabeza rapada, en los pendientes de aro enorme y en la manicura de colorines. Un buen repaso. Silencioso. Molesto. Incómodo, pero en ningún caso lascivo, todo sea dicho. El juez le dirigió por fin la palabra.

—Pues usted dirá.

El tono impertinente sí que no tenía remedio. Venía de serie.

Martina dio explicaciones, aportó documentación y mostró imágenes en su portátil para articular una exposición en la que gesticuló enérgicamente.

«Dinero en metálico», «grandes cantidades», «entradas» y «holding de empresas» fue el podio de términos más destacados. El magistrado, inmóvil e inexpresivo, prestaba total atención.

—Según lo que le he expuesto, señoría, creo que procede solicitar el traslado de la causa al juzgado de delitos económicos.

Su señoría plantó su mirada de reptil en los ojos de la sargento. Era penetrante. Dura. La sostuvo durante segundos. Siete, ocho, nueve, diez segundos que, con Salazar, se hacían eternos. Al final, el hombre reaccionó como si un clic invisible le hubiera chasqueado dentro.

—Pues tramitemos el traslado.

Martina podía respirar tranquila. Adiós muy buenas al caso del Palau de la Música Catalana. Y a despachar con Evaristo Salazar, que no era poco.

16

Desde el asiento del copiloto, Toni miraba fugazmente hacia la izquierda. Todavía aturdido, buscaba un mínimo de complicidad —pedir cariño ya sería pasarse—, pero Aurora, gélida, seguía muda al volante de su todoterreno de gama alta. Ni un «cómo estás», ni un «te duele aquí» o un «cómo van los ánimos». Solo silencio. Absoluto. Granítico. Violento, incluso. Una de las técnicas pasivo-agresivas que más daño emocional pueden causar. Ejerciéndola hacia Toni, Aurora pretendía manipularlo para que tomara conciencia de que salirse del guion, aunque fuera un milímetro, no estaba permitido. Él no lo haría; conocía el percal en la organización.

Aurora detuvo su cochazo ante la residencia de Toni y rompió puntualmente la ley de hielo para hacerle una advertencia. No tuvo que señalar con el índice ni que elevar el tono de voz. Con su expresión habitual de manzanas agrias era suficiente.

—Cuando vuelva esa poli, porque volverá, te harás el imbécil. ¿Queda claro?

—Tranquila. Sé lo que tengo que hacer.

Y hasta aquí la cordialidad entre los dos. Sin dar opción a réplica, Toni bajó del coche con los ojos de la loba al volante siguiéndolo con la mirada. Él, que lo sabía, no se volvió para darle la oportunidad de clavárselos. No le proporcionaría esa satisfacción.

Toni entró en el portal con pasos cortos, casi telegráficos. Cada uno iba acompañado de una mueca de dolor que se le ramificaba por todo el cuerpo.

Pero eran los últimos instantes en que se permitía quejarse. Cuando entrara en casa, delante de su madre y de su hija, todo sería de color de rosa. Ellas dos eran lo que más quería en este mundo. Precisamente porque las quería, no había dejado que fueran al hospital para ahorrarles el mal trago de verlo en la cama y con esa cara de corderito que se le pone a uno cuando se siente débil. La mochila de la mala conciencia también tenía un poco que ver, todo sea dicho.

El ascensor —enrejado, con espejo, de esos regios que corren por el Eixample— lo dejó en el rellano. Última mueca y adentro.

El recibidor era antiguo. Baldosas hidráulicas, techo alto y biblioteca de punta a punta de la pared. Llegar a casa era balsámico. Allí había crecido, había sido feliz y había vuelto, liberado, después de divorciarse. Era su casa. SU CASA. El lugar al que siempre podía volver, donde siempre había un plato en la mesa y un hombro en el que llorar. Allí siempre había sido feliz. Seguramente, el hecho de que ni su padre ni su hermano hubieran muerto entre esas cuatro paredes ayudaba a mitificar el lugar.

Nada más dejar las llaves en el cenicero de la entrada, Francina Garçon, la madre de Toni, y Marta Guasch, su hija, corrieron a echársele al cuello. La reacción espontánea fue otra mueca, pero, abrazado a las dos mujeres de su vida, quizá el dolor tenía incluso un toque dulce. Aun así, se prometió que ese sería el último lamento, ahora en serio. Empezaba el teatro. Se deseó mucha mierda.

—¿Cómo te encuentras, papá?

—Bien, bien. Estoy bien. Los análisis han salido perfectos. Todo bien, todo bien. La doctora me ha dicho que haga un par de días de reposo y vida normal.

—¿Qué te duele?

—Un poco la espalda, pero nada más. Me han dado analgésicos, pero no los necesitaré. Seguro.

—¿Quieres comer, hijo?

—Después, mamita. He comido algo antes de salir del hospital. Ahora quiero tumbarme un rato.

Toni, contento de estar en casa, les dio un beso en la frente a su madre y a su hija.

Después de cerrar la puerta de la habitación, pudo soltarse un poco y permitirse un par de gemidos hasta llegar a la cama. Percibió el olor de las sábanas limpias, secadas al sol, sobre el colchón muy duro. Espiró largamente. Su casa.

Vestido de calle y tumbado, consultó el teléfono. WhatsApp, X e Instagram, antes de dormir un rato. Mientras cogía la postura, la espalda protestaba de lo lindo. Ya cómodo, los maullidos internos se acabaron y el móvil acaparó su atención. Entró en el WhatsApp. Tenía un montón de mensajes: de Víctor, de Jaume, de Leo, de Nàdia, de Samuel. Una vez contestados con agradecimientos sinceros, se topó con un número que no tenía identificado. Lo abrió. Era una nota de voz de apenas un minuto. En ese momento llamaron a la puerta. Su madre tenía esa costumbre. Metió el móvil debajo de la almohada antes de que ella asomara la cabeza.

—¿Puedo?

—Claro, mamita.

Francina se sentó en el borde de la cama. Toni percibió la fragancia que siempre iba asociada a ella. Rive Gauche: colonia, no perfume.

—¿Se sabe algo de quién lo hizo, hijo?

—La policía lo está investigando —le contestó encogiéndose de hombros.

—Hijo, ¿por qué a ti?

—No lo sé.

—Para que te hagan algo así… Si te has metido en un lío, puedes confiar en mí.

—Tuve mala suerte, mamita. Habría podido ser cualquiera. Me tocó a mí.

—Si tú lo dices…

—No te preocupes por nada. Déjame descansar, por favor.

Francina fingió que se lo tragaba, como hacen las madres.

Con la cabeza gacha, se marchó de la habitación con la esperanza de sacarle la verdad a su hijo en otro momento.

Una vez que su madre salió, metió la mano debajo de la almohada y de nuevo tuvo el móvil en la mano. Pulsó para escuchar el mensaje del número desconocido.

La voz robótica le provocó un escalofrío, primero. La sensación de que le hervían las mejillas llegó después.

Hola, señor Guasch, ¿cómo se encuentra? Supongo que todavía con el miedo en el cuerpo.

El mensaje iba avanzando. Sudor en la frente, el corazón desbocado y un ligero temblor en las piernas fueron sus consecuencias.

¿Recuerda lo que pasó después del concierto en el Teatro di San Carlo?

El mensaje era básicamente el mismo que había recibido Víctor la noche de los hechos en el Palau de la Música.

Mismas exigencias: «Confiese sus culpas, pida perdón públicamente y señale a los otros tres culpables».

Mismas amenazas: «La próxima vez no habrá ningún arnés en la cuerda. Ni para usted, ni para su madre, Francina, ni para su hija, Marta».

Misma despedida: «Le advierto que no dormirá».

«Nessun dorma» y la voz robótica desaparecieron para dar la bienvenida al miedo. Al sudor —ahora frío— y al corazón acelerado se añadieron unas náuseas con epicentro en el estómago que se abrieron paso hasta el esófago. El regusto a bilis fue el preludio de un vómito que puso las sábanas hechas un asco y un tufo flotando en el aire. Los espasmos combinados con el dolor de espalda lo dejaron destrozado. Le dolía todo. Tumbado en un extremo de la cama, inspiró y espiró intentando encontrar una calma que no sabía de dónde sacar.

Cogió el móvil. Pasó el índice por la pantalla hasta encontrar el número de Víctor. Tras unos segundos mirando al vacío, se decidió y pulsó el botón verde.

17

Víctor, caprichoso por naturaleza, eligió la terraza del hotel W, Vela entre los barceloneses por su singular silueta, para que el núcleo duro de la orquesta se reencontrara después del incidente en el Palau de la Música.

Una situación muy extraña. Reencontrarse comportaba, por narices, afrontar la raíz del problema. Ahora sí, era inevitable tener una conversación guardada conscientemente en el cajón de las procrastinaciones. O eso creía Toni, que llegó con andares cansados a la mesa con vistas a la playa de la Barceloneta donde los demás ya lo esperaban. Primero, saludó a Víctor, por lo de respetar las jerarquías. Los gorilas, los camorristas y los militares también lo hacen en sus respectivas junglas.

—Mira a quién tenemos aquí. —Víctor y Toni se abrazaron—. Qué susto nos diste, capullo.

—Ni que lo digas.

Terminado el ritual con el capo, Toni tendió su mano de dedos como morcillas a Jaume Muntaner y Samuel Ros. Después se acomodó en una silla, con la correspondiente protesta de la espalda; un par de pinchazos cargados de mala baba.

Una brisa agradable con olor a mar lo acarició. Inspiró con fuerza para llenarse los pulmones de ese aire perfumado. Adoraba el salitre. Allí, cerca de la playa, experimentó una pequeña sensación de libertad después de días siendo el centro de atención. A él, siempre en un segundo plano, estar en el foco de todas las miradas no le hacía sentir nada cómodo.

—Qué sitio tan chulo.

—¿Verdad que sí, Toni? Pues díselo aquí al amigo —Víctor señaló a Jaume—, que tan cerca del mar le cogen todos los males.

—No me gusta el agua, joder. Ya lo sabéis. —Jaume, de repente incómodo, se llevó la mano al esternón con cara de dolor.

—¿Qué te pasa con el agua?

—Déjate de lo que le pasa con el agua. Hablemos de temas importantes. ¿Vienes a Hamburgo? —Pregunta y trago de whisky de Víctor.

—Sí, sí. Voy. Estoy entumecido y me duele la espalda, pero estoy bien. Más asustado que otra cosa.

—Venga, va... No seas dramático. —Y más whisky para dentro.

—¿Quién coño lo hizo? —La voz de Jaume tembló más de lo que él habría querido.

—Por el mensaje, alguien que sabe lo de Nápoles.

Estas palabras de Toni provocaron un silencio incómodo. El nombre maldito. No hubo que verbalizarlo. La cara de Víctor cambió en un instante. La mirada, la expresión y el rictus se le endurecieron. La postura, también. A la defensiva. Piernas cruzadas y brazos cruzados; probablemente los cables también se le cruzarían si no se le habían cruzado ya. A partir de entonces, todo iría cuesta arriba.

—Estás paranoico, Toni. ¿Se puede saber qué tenemos que ver nosotros? Que yo sepa, la policía lo certificó como suicidio. ¿O es que empiezo a tener alzhéimer? —Víctor, déspota como siempre.

La reacción del director había contaminado el ambiente y también la conversación.

—¿Cuándo recibisteis el mensaje? —preguntó Víctor.

—El sábado por la noche. —Samuel.

—Yo igual. —Jaume.

—Yo el lunes. Cuando salí del hospital.

—O alguien lleva mucho tiempo siguiéndonos o es alguien de dentro.

—¿De dentro, Samuel? ¿Acusas a alguno de nosotros?

—No he dicho eso, Víctor. Pero puede ser alguien de la orquesta. Somos muchos. Si no, ¿cómo saben el nombre de mi madre? ¡Que vive en Mallorca, hostia!

—Mi hermano vive en Chicago —recordó Jaume.

—También han amenazado a mi familia. Pero tenemos que aguantar, ¿me oís? Tal como están las cosas hoy en día, te montan una caza de brujas en un abrir y cerrar de ojos. —Víctor chasqueó la lengua—. Lo peor que puede pasarnos es que llegue a saberse. ¿O queréis que nos jodan la vida?

—¿Y cómo sabremos quién está detrás?

—De eso me ocupo yo, Samuel. Es lo que hace un buen líder, ¿no? Parar los golpes a los de abajo. Yo lo haré por vosotros.

Contradecir al director después de esa proclama era tanto como decir que no estabas en su barco. Víctor se situaba por encima de todo y de todos. Siempre había sido así, y ahora, a sus cuarenta y tantos años, ya no ibas a cambiarlo. Para él no había medias tintas; o estabas a favor o en contra. Todo era blanco o negro. No había espacio para los grises.

—Tenemos que aguantar. Si Víctor dice que lo arreglará, lo hará. ¿Cuándo nos ha fallado? —Jaume eligió el bando fácil.

—Yo estoy con vosotros. —La aparente seguridad de Samuel era del todo impostada.

Conmigo o contra mí. Blanco o negro. Cero grises. Cero matices.

El primer violín y el clarinete, sumisos y atemorizados, habían claudicado. El percusionista, Toni, no elegiría el mismo camino.

—Se nota que a vosotros no os han colgado de una claraboya delante de dos mil personas.

—Creía que se te había dejado claro cuál era el camino que seguir. —No hizo falta que Víctor mencionara a Aurora.

—Se me dejó clarísimo. Pero eso fue antes de recibir el mensaje y de que amenazaran a mi madre y a mi hija.

—Mira, no quiero discutir... —Conociendo a Víctor, un «pero» era inevitable. Y, efectivamente, llegó—. Pero ¿te has preguntado por qué te colgaron a ti?

Antes de que Toni pudiera responder, Víctor continuó, ahora señalándolo con el índice de forma amenazante. A partir de ese momento escupiría las palabras con una mezcla de rabia y ganas de hacer daño.

—Te eligieron a ti porque eres el más flojo. Porque eres débil.

—No quiero que ni a mi hija ni a mi madre les pase nada. ¿Es tan difícil de entender?

—Va, hombre, va... ¿Y por culpa de tu paranoia tenemos que caer los demás? ¿De verdad, Toni? ¿De verdad me harás algo así? ¿A mí? ¿Quién te ha tratado mejor que yo? Después de que te divorciaras, ¿quién convenció a Aurora de que te arreglara el sueldo? ¿Y ahora cederás?

—¿Puedo tener mi propia opinión, Víctor?

Toni desafió al director sin resquebrajarse lo más mínimo. Algo que nunca había sucedido hasta entonces y que los demás observaron sin atreverse a abrir la boca.

—No. De ninguna forma puedes tener opinión propia. No puedes porque me jodes. A mí y a tus supuestos amigos. Con lo que yo he hecho por ti, no me harás esto a mí. No nos harás esto.

Víctor señaló a Jaume y a Samuel, que miraban a Toni con cara de quien espera el veredicto del juicio final.

—Y, si lo hago, ¿qué? ¿Qué pasa, eh, Víctor?

Víctor lo miró fijamente durante unos segundos larguísimos. Estaba probando el sabor amargo de la traición. Para él, la frontera entre el bien y el mal no tenía trazada ninguna línea roja. No se dejaría pisar.

—¿Quieres saber lo que pasa, Toni? Que eres hombre muerto.

18

En la comisaría central de delitos económicos, el cabo Fèlix Fanés buscaba el auto del juez en su escritorio, que, dicho suavemente, podría calificarse de desastre. Informes, atestados, expedientes y papeleo diverso convivían en lo que un día él mismo había bautizado como el orden dentro del caos. El caso es que siempre sabía dónde encontrar las cosas y, con este pretexto, no veía razón objetiva para cambiar de rutinas. El tiempo que otros perdían ordenando, él lo pasaba buscando. Y esto es paz y después gloria. Sin estresarse.

La agente Laura Molinero, irritada hasta el extremo, echaba chispas. A veces le pegaba bronca a su superior, eso sí. Se había ganado este derecho a fuerza de años de fidelidad y paciencia.

—¿Dónde está el auto del juez?

—Tiene que estar por ahí… —Fèlix Fanés revolvía papeles como nadie. Sin hacer apenas ruido, rápido como un empleado de banca contando billetes. Un superdotado en la materia.

—¡Me cago en todo, Fèlix! Esto es una pocilga. —La agente Molinero no fue diplomática.

—Está… ¡aquí! —Levantó un documento como si fuera un genio del ilusionismo—. ¿Lo ves? No hace falta perder los nervios… Y, si no, se vuelve a imprimir y listos.

—Qué cojones tienes... Si por ti fuera, dejarías los bosques sin árboles de tanto volver a imprimir.

—No sé por qué te pones nerviosa. Si ya sabes que acabo encontrándolo todo.

Lo peor era que tenía razón. Y eso a Laura Molinero le daba una rabia inmensa; lo miró con cara de «no me provoques, que te suelto una fresca».

En medio del toma y daca, la secretaria se acercó al escritorio y, sin saludar, dejó un documento. Sabía que corría el peligro de sumergirse entre el mar de papeleo, así que prefirió anunciar su contenido.

—Ha llegado la citación. El día 21 testificas en el juicio del caso Duvnjak.

Fèlix Fanés, ausente, levantó la mirada. Proyectada en el vacío, la prolongó durante unos segundos. La secretaria —sarcástica, condescendiente y odiosa toda ella— canturreó como si le hablara a un niño que todavía iba con chupete:

—El caso Duvnjak, blanqueo de capitales, evasión de impuestos, pillaste a los chorizos...

Fèlix no reaccionaba. Daba la impresión de que tenía la cabeza en otro sitio. Entonces la secretaria optó por montar aún más el numerito.

—Llamando a Fèlix Fanés, cabo de delitos económicos... —gritó como si hablara por un megáfono.

—Ya te he oído, joder, pero el 21 es el cumpleaños de Rebeca y quería marcharme con ella.

—¿La de ahora se llama Rebeca?

Fèlix fingió no haber oído el comentario. Era capaz de tragarse montañas de impertinencias con tal de no entrar en conflicto. Un hombre de paciencia infinita.

La secretaria, cuyo tono evolucionó de sarcástico a insolente, señaló la citación con el índice.

—Pues lo siento, querido, pero el polvete de cumpleaños tendrás que echarlo después. No se puede tener todo en esta vida.

—Eso es lo que tú te crees... —la amargada se marchó y Fèlix aprovechó para terminar la frase—, pedazo de imbécil. —Habiéndose quedado a gusto, prosiguió con la agente Molinero—: ¿Por dónde íbamos, Laura?

—La orden del juez. Ya ha llegado.

—Pide las liquidaciones de los conciertos. ¿Tienes la lista de cuáles son?

Laura hizo una rápida consulta en su ordenador. Como persona ordenada y cuadriculada, lo tenía todo escrupulosamente documentado, clasificado y calendarizado. Era fácil entender por qué el cabo la sacaba tanto de quicio.

—En el país, T&M Events organizó sus conciertos en el Teatro Real de Madrid, en el Arriaga Antzokia de Bilbao, en la Maestranza de Sevilla y en el Palau de les Arts de Valencia.

—Aparte del de Barcelona.

—Aparte del de Barcelona. —La repetición era a modo de afirmación.

—Si en el Palau de la Música colaron diecisiete mil doscientos cuarenta y ocho euros... —Fèlix alzó unos segundos la mirada al techo mientras calculaba mentalmente—, en toda España pueden haber blanqueado más de ochenta y seis mil.

—Pagar en efectivo no es blanquear, Fèlix.

—Cierto. Pero estarás de acuerdo conmigo en que es un indicio que huele mal cuando hay tanta diferencia con cualquier otro concierto. De toda su gira, ¿en cuántos conciertos son ellos los promotores?

—En veintiocho.

Más cálculos rápidos. Cuando el cabo se dio cuenta de la cifra, soltó un largo resoplido con aliento de caramelo de menta.

—No está nada mal. Podría acercarse al medio millón de euros anual.

19

—Tú no tuviste la culpa de nada.

Irene se encogió de hombros.

—¿Me oyes?

—Yo estaba borracha.

—¿Y crees que eso te hace culpable de algo?

Irene guardó un largo silencio mientras se mordía el labio inferior. No sabía qué responder.

Se había repetido esa frase mil veces, pero su cabeza hacía caso omiso, como si oyera llover. En su mirada, perdida en algún punto de la consulta, era fácil detectar conmoción. Dicen los expertos que, después de una situación límite, es del todo normal.

—Tengo una cicatriz aquí —se señaló la sien— que se quedará para siempre.

—Una cicatriz es algo que una vez dolió, pero que con el tiempo podemos conseguir que no haga daño.

—Las cicatrices nos recuerdan que el pasado fue real.

—Buena frase. ¿Es tuya?

—No. De Hannibal Lecter.

A la terapeuta le hizo gracia y sonrió de forma instintiva. Irene, por el contrario, apenas estiró los labios.

—No puedo evitar sentirme culpable por haberme quedado paralizada. Por no haber hecho más. Por no haberles pegado o haber gritado.

—Muchos animales se paralizan ante una amenaza inmediata y grave. Pueden quedar inmovilizados de forma prolongada. El cuerpo se les detiene completamente.

—¿Estás llamándome perra?

Estas salidas eran muy típicas de Irene. Si se producían era porque ya se tenían bastante confianza. La terapeuta la hacía sentir cómoda. No era de las que te miran con indiferencia ni de las que consultan el reloj cada dos por tres. Ni de las que bostezan, que también las hay.

—Procesos similares ocurren en humanos. Las víctimas de agresiones sexuales a menudo cuentan que no pudieron moverse ni llorar durante la agresión, incluso cuando no estaban físicamente limitadas. En muchos casos, paralizarse es la respuesta neuronal frente a un peligro grave o un hecho traumático. Los circuitos cerebrales que controlan el movimiento del cuerpo se bloquean.

—Si tú lo dices...

—No lo digo yo, Irene, lo dice la ciencia. Quedarse inmóvil es una respuesta habitual. A menudo se cuestiona el relato de una víctima en función de si se resistió activamente o no al agresor, pero muchas víctimas se quedan paralizadas. Es muy frecuente. Creo que la cifra es siete de cada diez. Y a menudo, en el juicio, las defensas de los agresores les reprochan que no opusieran resistencia.

—Ojalá yo hubiera podido asistir a un juicio con mis violadores en el banquillo de los acusados... —Chasqueó la lengua—. Pero Martina y su equipo no consiguieron detenerlos.

—Martina se implicó mucho en tu caso. Tanto que os enamorasteis y habéis acabado siendo pareja.

—Quiero mucho a Martina.

—¿Y tú te sientes querida?

—Muchísimo.

—Con su ayuda, puedes salir adelante y curarte del daño que te hicieron.

—Me siento muy afortunada por tenerla.

—Aun así, le reprochas que no resolviera el caso. ¿Qué sientes cuando lo piensas?

—Siento rabia... Hacia ella por no atrapar a los violadores y hacia mí por no reaccionar.

—Tenemos que trabajar esta emoción, Irene. Estoy segura de que Martina hizo todo lo posible.

—Supongo que sí.

—Y, en cuanto a ti, muchas víctimas declaran haber sufrido inmovilidad durante la violación y la agresión sexual. Suelen utilizar el término «congelación».

Irene asintió con la cabeza al oír esta palabra. Congelación. Como si la terapeuta hubiera encontrado de repente la palabra exacta para describir cómo se sintió.

—La evidencia neurocientífica sugiere que el miedo y la amenaza pueden bloquear los circuitos neuronales corticales que controlan la acción y dar lugar a la inmovilidad involuntaria. Por lo tanto, lo que dices de ti misma es injusto.

Cuando Irene asimilara esta última frase de la terapeuta, habría dado un paso importante para empezar a salir del pozo. Pero necesitaba su tiempo. No se conseguía de un día para otro.

20

Delante de la puerta de embarque, Toni recordó la puñetera gracia que le hacía coger aviones. Se supone que a fuerza de subir a ellos consigues vencer el miedo, que las turbulencias te hagan cosquillas y convencerte de que estadísticamente es el medio de transporte más seguro. La teoría, que está muy bien, no le ahorró ninguno de sus temores.

Para ponerle la guinda, al vuelo hacia Hamburgo se añadía el regusto amargo de la última conversación con sus compañeros de ultimátum, el círculo más cercano a Víctor.

Desde el incidente del Palau de la Música Catalana, pero sobre todo después de que hubiera recibido el mensaje por WhatsApp, las noches en vela empezaban a ser una peligrosa rutina en la que la angustiosa voz robótica tenía un papel protagonista. La amenaza y las imágenes de él colgado en la sala sinfónica eran una prueba desagradable de que el pasado puede volver en cualquier momento a restregarte los errores por la cara. Unos errores, los del pasado, que siempre van de la mano de la culpabilidad, un sentimiento poderoso y a la vez complejo del que es dificilísimo deshacerse. Es una capa que te envuelve y que te aprisiona. A la penitencia de los remordimientos se añade el peso adicional de un juicio a la propia moral. La culpabilidad es muy cabrona. La noche en el Palau de la Música la alimentaba con voracidad. Era raro verse allí, inerte, y no recordar absolutamente nada. Aunque, en realidad, el castigo siempre es mucho más duro para quien puede recordar y querría olvidar.

Toni arrastraba una maleta de ruedas por el finger hacia el avión, a unos metros del núcleo duro de la orquesta, del que hasta hacía poco creía que formaba parte. Los veía, en la distancia, medio cabreado y medio melancólico. Las risas y las bromas de Víctor se prolongaron durante toda la cola hasta subir al avión. Ya dentro, vio sentados en primera clase al politburó de la OFB: Leo, Aurora, Víctor, Samuel y Jaume. Toni dudó unos segundos hasta que, qué narices, se acercó al asiento libre al lado de Víctor. El director colocó su bolso de mano y después lo retó con la mirada. Conmigo o contra mí, y tú ya has elegido. Toni sentía que el corazón le bombeaba con fuerza, pero de puertas afuera no se resquebrajó. Los demás compañeros, punto en boca, ni le dirigieron la mirada. Ya era oficialmente un apestado. Toni, consciente de su recién estrenada condición, siguió por el pasillo y se sentó en la clase turista.

El avión, medio vacío, despegó con el correspondiente nudo en el estómago. El cambio de presión le castigó la espalda y le pinchó desde las cervicales hasta el coxis. Pensó en Francina y en Marta. Siempre lo hacía cuando los nervios asomaban. Lo ayudaba a capearlos, a distanciarse de las cosas y a recordar lo que era importante y lo que no en esta vida. Miró el reloj. La una y media. Su madre debía de haber recogido a su hija de la escuela.

Efectivamente, miles de metros más abajo y cientos de kilómetros más allá, Francina y Marta cruzaban el paseo de Gràcia dejando atrás la Casa Milà. Como siempre, ajenas a los problemas de Toni. Siempre había sido así. Quien no sabe no sufre. Y quien no sufre, todo eso que se ahorra.

Francina y Marta entraron en la finca donde la familia había vivido toda su vida. Era regia, con portalada de madera, techo altísimo y una gran lámpara tan pasada de moda que había adquirido la categoría de antigualla. La abuela recogió el correo del buzón y, ascensor arriba, la pregunta de todo adolescente cuando llega el mediodía.

—¿Qué vamos a comer?

—Fricandó. Ahora lo caliento.

Al entrar en casa, Marta se marchó pasillo allá mientras la abuela revisaba el correo en el recibidor. Factura del agua, factura del gas, factura de la luz, publicidad y, en medio de todo eso, un sobre. Marrón, DIN A5, opaco y de tacto áspero. Estaba escrito su nombre en letras muy grandes: Francina Garçon. La destinataria —manos cubiertas de manchas y sin elasticidad ni firmeza, gentileza de la edad— lo abrió. Al ver su contenido, Francina sintió un escalofrío, primero, y un fogonazo en el pecho, después. Para completarlo, el aire parecía haberse acabado. El pánico la abrazaba. Un temblor en los brazos fue el culpable de que las llaves se le escurrieran de las manos e impactaran ruidosamente contra el suelo. El temblor bajó a las piernas. Sintió que le fallaban. La cabeza empezó a darle vueltas. La estancia se tambaleaba como si fuera a desvanecerse de un momento a otro. Una sensación desagradable. No podía mantenerse en pie. Se derrumbó como un castillo de naipes. Intentó sujetarse a un mueble, el primero que encontró. Una balda cedió y un jarrón se rompió en pedazos que se esparcieron por el suelo de cenefa. El alboroto alertó a Marta, que corrió al recibidor con el corazón en un puño.

—¡Yaya!

La nieta, asustada, se encontró a su abuela tirada en el suelo y se tumbó a su lado.

—¡¿Estás bien?! ¡¿Qué pasa?!

La abuela intentaba en vano articular palabras. Su mano, temblorosa, sostenía una fotografía que se movía como una hoja de árbol cuando sopla el viento. Marta la cogió y la miró. La cara de la adolescente transitó rápidamente de un estado nervioso al miedo. Con los ojos como platos, se tapó la boca con la mano. Sentía que el corazón le martilleaba a toda máquina. ¿Quién se la había enviado? Era una fotografía de Francina y Marta rodeadas por un punto de mira. Enseguida reconoció el lugar; era la salida de la escuela, en la calle de Aragó con Pau Claris.

Marta miró a su abuela. Seguía en shock. Intentaba hablar, pero el cuerpo no obedecía las órdenes del cerebro. La hija de Toni volvió a mirar la foto y examinó el reverso. Lo que estaba escrito era terror en vena. «Cumple, Toni». Una amenaza. Clara. Directa. De muerte. Escrita a mano, con rotulador rojo, el color de la sangre.

Segundos después, Marta, al borde de la histeria, cogió el móvil. Los dedos galoparon por encima y esperó la respuesta. Por fin llegó.

21

—Una buena cagada, una ducha, un plato de espaguetis y adiós resaca.

—Dos de los tres ya los tengo hechos. Pero todavía queda mucho rato para comer. Tendré que pasar con esto —respondió, e introdujo unas monedas en la máquina de café como quien deposita sus esperanzas en una tragaperras.

—Nene, que ya es el tercero y no son ni las diez.

Parecía su madre, joder. Vaya cosas le recriminaba. Como un alma en pena, el cabo Fèlix Fanés —demacrado, con gafas y sin afeitar— miró a la agente Laura Molinero con incomprensión, con un «pobre de mí» dibujado en el rostro. Dando vueltas a un triste café de máquina, el tercero de la mañana, como acababan de recordarle, el cabo, como si nada, caminó por el pasillo hacia el despacho con Laura detrás de él.

—¿A qué hora? —La agente no pudo evitar el tono burlón.

Un gruñido.

—¿A las tres?

Otro gruñido.

—¿A las cinco?

—Déjalo, va.

—¿A las seis?

—No me he metido en la cama.

—Hostia, pues no apestas.

—Muchas gracias, Laura. Es, con mucho, lo más bonito que me han dicho en años.

—En serio. Para haberte pasado toda la noche de fiesta, no hueles mal. Ni a alcohol ni a tabaco. Ah, ni halitosis.

—Pero ¿por quién coño me has tomado? Que soy un tío limpio. He cagado, me he duchado, me he lavado los dientes y a currar como un buen servidor público.

—Y fresco como una rosa.

—Tampoco exageramos.

—¿Cómo se llamaba la de ayer?

—Paula.

—¿Valió la pena?

Fèlix Fanés, *bon vivant* y buen profesional a partes iguales, esbozó una sonrisa de dientes relucientes. Tan traviesa como reveladora. De esas que describen noches memorables. A nivel sentimental, llevaba la vida que quería. Sin complicaciones. Hacía años que había llegado a la conclusión de que lo mejor de las relaciones era el principio. Después todo se echaba a perder. Comenzaban las manías, conocer a la familia, la obsesión por cambiarlo, el compromiso y toda la pesca, que era mucho más de lo que estaba dispuesto a cargar en su mochila vital. A partir de ahí, no fallaba, la relación se convertía en una autopista de mentiras, reproches y celos. Así que, llámalo previsor, Fèlix prefería ahorrárselo y cortaba antes de que el destino lo engullera. A la edad del cabo —a ojo, más cerca de los cincuenta que de los cuarenta—, ya nadie lo cambiaría.

Los dos mossos de la división de delitos económicos entraron en el despacho y se sentaron a la mesa. El caso de la Orquesta Filarmónica de Barcelona los esperaba. Pero antes el cabo envió el café de máquina garganta abajo de un solo trago. Ahora era él contra la resaca. Estaba convencido de su victoria, tenía la ciencia de su lado. La cafeína promueve la estimulación del sistema nervioso central, aumenta la función cerebral y, lo más importante, dentro del cerebro bloquea la adenosina, un neurotransmisor inhibitorio que produce la somnolencia. Sí, ganaría la batalla. Y qué coño, se había levantado después de trompas infinitamente peores, cuando era más joven. Pero es cierto que las resacas a los veinte años duran dos horas, y a los treinta, dos días. A partir de los cuarenta, ya ni te cuento. No obstante, estaba convencido de que saldría adelante. Desde ese momento, con la adenosina agonizando por su cerebro, adiós muy buenas, palique y reunión directa al grano.

—¿Qué tenemos, Laura?

—La Orquesta Filarmónica de Barcelona acaba de empezar la gira mundial. Hará ciento nueve conciertos en todo el mundo, y en treinta y ocho de ellos T&M Events es el promotor. Que ellos mismos se montan sus conciertos, vaya.

—¿Qué es un promotor?

—El que contrata a la orquesta para que toque en un escenario determinado y se queda con la recaudación de la taquilla.

—Por lo tanto, si ellos mismos son los promotores, el caché que cobra la orquesta es la recaudación.

—Correcto. Tenemos los certificados de liquidación de los conciertos de su gira anterior. Repasando los datos, en los conciertos en los que ellos fueron los promotores hay una gran cantidad de entradas compradas en efectivo en las taquillas; un número desproporcionado teniendo en cuenta el comportamiento del mercado. Según la declaración de Maribel Verdejo, la directora general del Palau de la Música, no es normal que se compren tantas entradas en efectivo en los primeros días que salen a la venta. El cartel de entradas agotadas no se cuelga tan rápido como en un concierto de una estrella del rock en el Estadi Olímpic. No funciona así.

—Ya lo supongo, ya. Esta información la tenemos a través de la autorización que nos dio el juez Salazar, ¿correcto?

—Ajá.

—¿De qué ciudades hablamos?

—Barcelona, Valencia, Sevilla... Pero la gran mayoría son de Europa del Este: Pristina, Liubliana, Riga, Tallin, Kaunas.

Laura giró el ordenador hacia Fèlix, que parecía haber resucitado después del tercer café.

—Todas tienen el euro como moneda de curso legal —observó el cabo.

—Bien visto. Ni coronas checas, ni florines húngaros ni leus rumanos.

—¿Cuánta pasta?

—Depende del sitio. En el Palau de la Música fueron diecisiete mil cien euros, pero en la gira anterior, en Kaunas, fueron entradas por valor de veintiocho mil trescientos cuarenta y uno.

—¿Y todo en efectivo?

—Todo. Mira.

Tecleó algo en su ordenador y volvió a girarlo hacia el cabo Fanés. En pantalla, imágenes en blanco y negro, un poco pixeladas: un hombre compraba entradas en una taquilla y pagaba en metálico.

—Son de la cámara de seguridad de las taquillas del Palau de la Música. El día que se pusieron a la venta las entradas para el concierto de la OFB, este hombre las compró en metálico. El mismo tío fue los días siguientes disfrazado de turista y de ejecutivo.

Laura tecleó de nuevo en el ordenador, pulsó el Return y señaló la pantalla con el índice.

—Este es nuestro hombre.

Mostró a su superior una foto ampliada del comprador misterioso a cara descubierta: estatura media, barba, pendiente de aro, rasgos zíngaros y cigarrillo entre los labios.

—¿Cuál es el próximo concierto que se pondrá a la venta?

Tras una consulta rápida en el gran oráculo contemporáneo, la agente Molinero tenía la respuesta.

—Según el señor Google, el de Bratislava.

—¿Cuándo?

Molinero encontró la información en pocos segundos, pero tardó unos cuantos más en verbalizarla. Su mirada valorativa estaba haciendo un análisis de riesgos. Sabía lo zumbado que podía llegar a estar su jefe. Al final, qué remedio, lo soltó.

—Dentro de tres días.

Lo dijo como quien enciende una mecha y se tapa las orejas mientras espera una explosión. El cabo la miró fijamente durante unos segundos interminables. Agárrate que vienen curvas. Molinero, que no tenía un pelo de tonta, adivinó las intenciones de su superior.

—¡No, no, no! De ninguna manera, Fèlix. ¿Estás loco?

—No tenemos tiempo para la burocracia, ni para pedir una orden al juez, ni para hablar con la Interpol, ni con la policía eslovaca, ni para montar un operativo conjunto. Y este tío estará allí. Es nuestra oportunidad de saber quién es.

—Fèlix, por favor, ¡que aquí la cordura tienes que ponerla tú, no yo! ¡Que tú eres el jefe!

—Sabes que tengo razón. —El cabo ahuyentó las excusas como si espantara una mosca con la mano.

—Y tú sabes que podemos meternos en un follón de tres pares de cojones.

—Si no se nos va la olla, no tiene por qué. Laura, solo queremos saber un nombre. Nada más.

Nada más, decía. Así de fácil.

La agente Molinero tenía que negarse categóricamente, decir que hasta aquí podríamos llegar y poner el grito en el cielo. Pero no lo haría. No podía. Su lealtad al cabo era demasiado fuerte. Tenía razones de peso. Durante los primeros meses trabajando juntos, Fèlix había ocultado bajo la alfombra diversas perlas de Laura: ausencias injustificadas después del divorcio, desaparición de pruebas y pérdida del arma reglamentaria encabezaban la lista de las más sonadas. Unas delicatessen en las que la DAI, la División de Asuntos Internos, habría mojado pan. En esta vida, pocos te dan segundas oportunidades, pero el cabo era uno de ellos, y Molinero lo había aprovechado. Así pues, el suyo era un sentimiento de gratitud, muy potente, que había nacido fruto de un conjunto de vivencias. Un reconocimiento a los sacrificios que Fèlix había hecho por ella y que habían contribuido a crear vínculos sólidos, a la ayuda mutua.

Molinero negó con la cabeza.

Incrédula.

Resignada.

La madre que parió al cabrón del cabo. Lo haría por él.

22

En la zona portuaria de la HafenCity, en la corriente del río Elba y rodeada de agua por tres lados, se alzaba la Elbphilharmonie, una de las joyas más apreciadas de Hamburgo. La fachada —de cristal deslumbrante— pretendía imitar las formas de una vela izada, de una ola del mar, de un iceberg y de un cristal de cuarzo. A modo 4×1, como quien no quiere la cosa. Lo mejor del caso es que lo conseguía. Con una vida corta, solo siete años, esa maravilla arquitectónica que se elevaba hasta los ciento diez metros se había hecho un hueco en la silueta urbana de la ciudad.

El edificio acogía dos salas de conciertos, un gran auditorio central, viviendas de alto nivel, bares, restaurantes, salas de conferencias, un spa y un hotel donde, previo pago de una morterada, se podía gozar de unas vistas privilegiadas de esas que dejaban boquiabierto.

El auditorio central de la Elbphilharmonie sonaba con una perfección absoluta gracias a diez mil paneles de fibra de yeso y papel reciclado —cada uno con un diseño único— que difuminaban el sonido hasta conseguir un patrón acústico perfecto. Resultado: una sonoridad inmejorable, considerada la mejor del mundo. Un trabajo de chinos hecho por alemanes.

El conjunto, elegante y espectacular a la vez, se vestía de gala para acoger la actuación de la Orquesta Filarmónica de Barcelona de Víctor Alemany. Como si fuera el Coliseo romano, el escenario se situaba en el centro del auditorio rodeado por filas de asientos que se elevaban unos empinados grados.

Ante más de dos mil hamburgueses que habían pagado el gusto y las ganas, el concierto se desarrollaba con aparente normalidad. De cara al público, Víctor dirigía con la armonía y la maestría habituales. De puertas adentro, sin embargo, la tensión a raíz de los hechos del Palau de la Música y el distanciamiento entre Toni y el núcleo duro de la orquesta habían impregnado el ambiente. Era de lo más áspero. Agrio. Viciado. Enrarecido, por decirlo de forma suave.

Esa noche también, la cocaína hacía ir al maestro a bastantes más revoluciones de la cuenta. Cualquiera que lo conociera se daba cuenta de que las muecas bajo la barba iban a todo gas. Restregaba la lengua con ansia entre los dientes y el paladar como si se acabara el mundo. Aun así, el concierto seguía su curso. Después de la primera hora de clásica con Strauss, Britten y Bizet como protagonistas, era el turno de la lírica.

Marc Pombo pisó la arena de la Elbphilharmonie. Luego le tocó a Nàdia Abad, con la correspondiente reverencia de Víctor, que le besó la mano. Con teatralidad, el maestro alargó el ceremonial inspirando profundamente para embriagarse del perfume de la soprano. Vainilla, dulce, con toques de cítrico. En medio del escenario, se miraron a los ojos; quizá más de lo que sería habitual, y con toda seguridad más de lo que sería necesario. La conexión era evidente. Estas cosas se notan. O quieres creer que se notan. O te la cuelan haciéndote creer que se notan. En cualquier caso, no era la primera vez que esas miraditas se alargaban, y los más cotillas de la orquesta —efectivamente, los había, como en todas partes— lo murmuraban desde hacía unas semanas. Nàdia Abad no era la primera ni sería la última. Lo sabía todo el mundo.

El objetivo de la OFB era vender entradas, ser una máquina de hacer dinero, dinero y dinero. Para conseguirlo, nada mejor que el tándem del mejor director del mundo con los grandes éxitos para reventar las taquillas, como el espectáculo *Viaje al corazón de Europa*.

Con esta filosofía, Marc Pombo y Nàdia Abad interpretaron las principales arias que un repertorio *mainstream* podía incluir: «O mio babbino caro», *Carmen*, *La traviata*, y, para acabar en lo más alto, Víctor había decidido que «Nessun dorma» cerrara el repertorio.

Difícil no tener un flashback.

Difícil no pensar en la voz robótica.

Imposible no sentir el corazón en la garganta.

Los primeros acordes dieron paso al canto de la soprano, que arrancó una entusiasta ovación del público asistente.

En el escenario, Víctor no las tenía todas consigo. Toni tampoco. Ni Marc. Ni Jaume. Ni Samuel. Todos, con más o menos discreción, levantaron la vista hacia la cúpula de la Elbphilharmonie, con el temor de que de allí pudiera caer alguien vete a saber cómo.

«No dormirás», había dicho la voz robótica. *Nessun dorma*. Era el momento.

A medida que la pieza iba consumiendo notas de la partitura, el maestro se empapaba de sudor cada vez más. Por la tráquea, prisionera de la pajarita, el oxígeno parecía circular con cuentagotas. Puta droga, putos nervios y puto pasado. La lengua bailando un twist y la mandíbula como un péndulo no le ahorraron un buen puñado de náuseas. Batuta arriba, batuta abajo, las capeó bastante bien. Habría podido dirigir esa pieza con los ojos cerrados. Y con una mano atada a la espalda, también.

Los acordes se sucedían y Marc encaraba las últimas frases. El clímax estaba a punto de alcanzar la cima.

All'alba vincerò.

Víctor, inquieto, cruzó la mirada con Jaume. Temerosos a partes iguales, de nuevo alzaron sutilmente la mirada al techo.

Vincerò!

Vincerò!

Marc Pombo terminó la interpretación.

Alea jacta est.

¿A quién le tocaría esta vez? Todo el núcleo duro estaba en el escenario excepto Leo.

Desde el atril, Víctor cerró los ojos y los apretó con fuerza esperando el infortunio. Lo inevitable. Como quien espera una explosión, un choque frontal, un puñetazo en los morros. La voz que lo maltrataba por dentro había hecho la cuenta atrás mientras anunciaba lo peor. No obstante, la potencia del final de «Nessun dorma» levantó al público de las sillas para regalar a la Filarmónica de Barcelona la mejor ovación de la noche.

El director abrió los ojos. De golpe. Respiró, agotado. Casi hiperventilando. A juzgar por su expresión, había pasado un calvario. Tuvo un sofoco repentino. Abrumador. Una llama de calor lo envolvió. Dicen que suele pasar con los nervios. O quizá era el miedo. O quizá la cocaína. Seguramente todo a la vez.

Gotas de sudor descendieron espalda abajo hasta los riñones dejando una estela de escalofríos a su paso. De regalo, unos estremecimientos, de esos tan cabrones. Más abajo, las piernas le flaqueaban.

Pero los malos augurios no se hicieron realidad y los aplausos eran ensordecedores. Dio una vuelta de trescientos sesenta grados. La Elbphilharmonie a sus pies, ovacionándolo, era algo que no se veía todos los días. Reconocimiento, fama, dinero, ego y vanidad. Eso lo significaba todo para él.

Era bueno. El mejor.

Un clic procedente de no sabía exactamente dónde le recordó que no hay reconocimiento, ni fama, ni dinero, ni ego, ni vanidad sin el público; así que, venga, manos a la obra. Se inclinó en una reverencia ante el público entendido de Hamburgo. Complacido, paladeó el momento. Era placentero. Una buena dosis de adrenalina en la autoestima, que, por mucha fachada que proyectara, había sufrido alguna grieta en los últimos tiempos. El mundo estaba lleno de desagradecidos como Toni.

Las caras embelesadas con la barba más famosa de la música clásica contemporánea eran media vida. Toda, según y cómo. Normalmente habría sido hipnótico. Aunque esa noche los ojos del maestro seguían clavados en la cúpula de la Elbphilharmonie, como si la voz robótica los hubiera imantado. Pero la cúpula no estalló ni cayó nada de ella.

23

Después del concierto, los bastidores del auditorio central de la Elbphilharmonie se llenaron de invitados que querían saludar a Víctor Alemany. Él, tan bueno en el escenario como detrás de él, tenía siempre una sonrisa para cualquier cara conocida o poderosa que quisiera estrecharle la mano. Siempre con una palabra amable a punto, una anécdota a punto y un comentario oportuno a punto. Antes de cada concierto, por gentileza de Leo, sabía si había alguna personalidad en el palco y leía su vida y milagros para que después la conversación fluyera. Si algo dominaba en este mundo eran las relaciones públicas. Porque ¿a quién bautizan sin padrinos?

Desde siempre había cultivado esta práctica. Cuando dejó de ser un niño prodigio para convertirse en una realidad, empezó a lucir un perfil maduro al dirigir la Filarmónica de Los Ángeles. La barba hípster, el cuerpo musculado y los dos relojes en las muñecas ayudaron a crear el personaje. Después llegarían las direcciones de la Sinfónica de Estocolmo y de la Ópera de París, donde se consagró como referente mundial. Cuando recibió la propuesta de Aurora para dirigir la Filarmónica de Barcelona, no se lo pensó dos veces. Era imposible rechazar la oferta. Una montaña de dinero para volver a casa convertido en una estrella mundial. Este título, talento musical aparte, se lo había ganado gracias a las colaboraciones con Steven Spielberg para el remake de *Cantando bajo la lluvia*, y con U2, que solo habían hecho algo similar con Frank Sinatra y Luciano Pavarotti. Unas credenciales inmejorables para convertirse en el maestro más mediático del mundo.

Víctor sonreía aliviado. La actuación había ido rodada y, seguramente lo más importante, había finalizado sin ningún ahorcado cayendo del techo. Quizá los tentáculos de Aurora habían conseguido silenciar la voz robótica.

En un alemán perfecto, el maestro hablaba amablemente con las autoridades que habían bajado a saludarlo. De entre un reducido grupo de hombres encorbatados, destacaba una mujer. Sesenta y tantos años, pelo corto, traje de chaqueta, rictus serio y antigua cortadora del bacalao. El maestro le regaló a la invitada estrella de la noche la batuta del concierto y un pliego de partituras firmadas. Y el rato de conversación, claro. Que nunca sabes a qué santo tendrás que encomendarte y, ya puestos, mejor que sea uno de quien te hayas declarado devoto.

Leo se encargaba de inmortalizar el posconcierto entre bastidores —postureo en vena— para alimentar Instagram, X, Facebook, TikTok y lo que agrandara la fama del genio con me gustas, retuits, comentarios, nuevos seguidores, *engagement* y la puñetera madre que lo parió. Pero el director —quien manda manda— creía mucho en esto de las redes. Leo —conseguidor de caprichos y coleccionista de secretos ajenos— se había ganado la confianza de Víctor a fuerza de trabajar bien. Conocía al dedillo todas sus manías: el perfil bueno era el derecho, cuidado con las muecas, la pajarita muy recta, barra libre para retocar fotos con filtros, los dos relojazos siempre bien visibles y, sobre todo, cuidado con restos blancos en la nariz, que quedaban feos. Además, había que combinar a partes iguales sonrisas y poses de escuchar con atención. Todo milimetrado, falso, de cara a la galería. Todo mentira, en definitiva. Redes sociales: califato de la vanidad.

En medio del batiburrillo, Samuel y Jaume charlaban con una cerveza en la mano. En la distancia, observaban con recelo a Toni, que en un rincón, quizá el de pensar, miraba un punto indefinido de la sala, donde todo el mundo sonreía menos él. Solo, parecía reflexionar sobre los últimos días de su vida. En lo rápido que cambia todo.

De repente se levantó. Con pasos decididos se dirigió a sus antiguos amigos.

—Después venid a mi habitación con Víctor.

Toni abandonó los bastidores. Él había elegido esa cruz y ya había decidido cómo cargar con ella.

24

El Westin Hamburg Hotel, ubicado en el mismo edificio que la Elbphilharmonie, ofrecía unas vistas espectaculares desde su habitación de la planta once. En el balcón, Toni inspiraba profundamente, como si el aire lo cargara de la energía necesaria para enfrentarse a lo que se le venía encima. Por su cabeza pasaban muchas cosas, pero sobre todo la entrada en la Filarmónica de Barcelona y los años junto a Víctor, una figura tan fascinante como tóxica. De esto último solo eran conscientes los que convivían con él. La vida pública era otra cosa. La gente no sabía de la misa la mitad.

La conversación con sus antiguos amigos no sería agradable, y los nervios, que eran plenamente conscientes de ello, le hacían la pascua oprimiéndole el pecho y encendiéndole las mejillas como brasas. El corazón, por su parte, le latía de lo más acelerado. La onda expansiva de los latidos se propagaba por todo su interior.

Había dado muchas vueltas a si debía tener o no esa charla. No terminaba de saber por qué lo hacía. Un diminuto poso de lealtad tuvo que ser el que acabó decantando la balanza. Fuera por lo que fuese, creía justo avisar de sus intenciones, y después que cada uno tomara el camino que quisiera, el que le conviniera o el que buenamente pudiera. Huir, confesar y entregarse, esperar y verlas venir, negarlo todo o esconder la cabeza debajo del ala. Para Toni, cualquier opción era válida; solo quería tener la libertad de elegir la suya.

Desde el balcón oyó un par de golpes en la puerta. Todavía con la ropa del concierto —frac, pajarita y zapatos—, fue a abrir. Su vida estaba a punto de cambiar para siempre, pero Toni aún no lo sabía.

Jaume, Samuel y Víctor, que lo crucificó con la mirada, entraron en la habitación. Se sentaron en las cómodas butacas sin decir ni mu. El director, visiblemente nervioso, no hacía el menor esfuerzo por enmascarar los efectos de la cocaína, que le campaban a placer por el rostro. No era necesario ser agente de la DEA para intuir que después del concierto había esnifado alguna raya más.

Ya los tenía a los tres allí; había llegado el momento. Ahora debía encontrar el valor. De un lado a otro de la habitación, Toni lo buscaba entre los cajones de la conciencia. Sus antiguos amigos lo seguían con la mirada. Mudos. Expectantes. Impacientes. Inquietos. Centrando en él toda su atención; depositando, de alguna manera, su futuro en esas manos de dedos como morcillas.

—Chicos, he decidido hablar.

Sin rodeos. Sin artificios que adornaran una decisión que para los demás sería una traición. Toni la tomaba convencido de asumir las consecuencias que comportaba: confesión, cárcel, juicio, condena y el qué dirán. Una premisa, eso sí, había pesado por encima de todas las demás: su madre y su hija no pagarían por sus actos. Contárselo sería jodidísimo, y él tendría que pagar los platos rotos. Las decepcionaría, seguro. Probablemente lo repudiarían y lo echarían de casa. Pero no pagarían por sus actos.

Pues ya estaba dicho. Los demás presentes se miraron, entre el temor de lo que pasaría y la rabia de ver que un abrupto cambio de vida los engullía.

—¡¿Quieres confesar?!

—Sí, Jaume.

—¿Públicamente?

—Es lo que nos han pedido.

—Enviarás nuestra vida a la mierda y lo sabes.

—¿Y la mía qué, Jaume?

—Vaya... Quién mejor que un amigo para darte una puñalada por la espalda. Dijimos que aguantaríamos.

—Se nota que a tu hija no la han tocado.

—Ni a la tuya, ¿qué estás diciendo?

Toni sacó el móvil del bolsillo. Después de desbloquearlo, se lo mostró.

—Te equivocas, Jaume. Como puedes ver, precisamente lo haré por mi familia.

Todos focalizaron la mirada en la pantalla. Allí estaba la gota que había colmado el vaso de la resistencia de Toni: la foto de Francina y Marta rodeadas por un punto de mira. Segundos después deslizó el índice por la pantalla para mostrar la nota: «Cumple, Toni».

Toni miró a Jaume con desdén y le dio el teléfono para que él mismo examinara las fotos de la amenaza. Las amplió con el índice y el pulgar. Justo en ese momento sintió un fuerte pinchazo en el esternón que se le reflejó en la cara. Se presionó con la mano la zona dolorida. Pero enseguida volvió al móvil. La cosa se volvía preocupante. Sus ojos, atemorizados, se abrieron como platos. Su hija Zoe le vino a la mente mientras recordaba eso de ver la barba de tu vecino cortar.

Jaume le pasó el teléfono de Toni a Samuel para que las imágenes pasaran por su tamiz.

—Lo han enviado por correo postal a mi madre. No sé cómo detener esto, chicos —alegó Toni en legítima defensa.

—¿Cuándo lo ha recibido tu madre?

—Hoy.

—¿Lo ha denunciado?

—La he convencido de que no lo hiciera. Está esperando a que yo vuelva. Mañana iremos a comisaría.

Los otros músicos miraron directamente a Toni: una especie de jurado popular que lo declaraba culpable de alta traición.

—¿Qué haríais vosotros en mi lugar? Sed sinceros.

—Para ti es muy fácil. —Ahora era Samuel el que atacaba—. Cooperador necesario y libre en unos añitos... Pero ¿nosotros qué? ¿Tus amigos? Hicimos un pacto.

Samuel, con un tic nervioso en la pierna, le dio el móvil de Toni a Víctor. El director se quedó atrapado en la foto de la amenaza. Progresivamente, las voces alrededor del maestro se convirtieron en un murmullo lejano mientras el cerebro le carburaba a cien por hora.

Miró el móvil.

Miró a Toni.

Volvió a mirar el móvil.

Entonces salió al balcón mientras los demás seguían tirándose los trastos a la cabeza. Con el viento de Hamburgo acariciándole la barba, actuó con celeridad.

Eliminó los mensajes del chantajista.

Escribió uno. Corto y redentor.

Después limpió el teléfono con un pañuelo de tela. Volvió al interior de la habitación y dejó discretamente el móvil en el escritorio.

La discusión había subido de tono y los insultos no tardarían en llegar. Ahora era Jaume quien volvía a la carga.

—Samuel tiene razón. Para ti está chupado. Cooperador necesario... Saldrás airoso. ¡Y a nosotros que nos den por el culo! ¡A pudrirnos en la cárcel! No permitiré que me arruines la vida. ¿Me oyes? Por tu culpa, mi mujer y mi hija dejarán de hablarme.

—¿Y qué crees, Jaume, que mi madre y mi hija a mí no? Pero prefiero que me retiren la palabra para siempre a que su vida corra peligro. Quizá tú prefieres que maten a tu hija.

—¡Hijo de puta!

Después del insulto, Jaume se levantó de un bote con el puño cerrado y cargado para romperle la cara al Judas. Las ratas no merecen otra cosa. Pero Víctor, más rápido y mucho más fuerte, interpuso su poderoso brazo y abortó la agresión.

El director apoyó la mano en el hombro de Jaume y lo hizo sentarse, con expresa lentitud, de nuevo en el sofá. Jaume, sumiso, acató. Ganas de bronca no le faltaban, pero mejor reprimirlas. Qué remedio.

Con Jaume ya domado, Víctor se volvió hacia Toni. La mirada de víbora le perforó el cerebro. Tuvo que tragar saliva para no desmontarse allí mismo. El maestro le rodeó la espalda con el brazo. Como hacen los amigos.

—Toni, tu móvil.

Víctor señaló el teléfono con la barbilla. Toni lo cogió del escritorio y se lo guardó en el bolsillo interior de la americana.

La diferencia de corpulencia, uno al lado del otro, era más que notable. Cien kilos de músculo contra los sesenta de un saco de huesos. Con la mano en su espalda, Víctor salió con Toni al balcón. La noche, que protestaba como si presintiera lo que pasaría, dibujaba en el horizonte rayos inquietantes en forma de garabatos.

Al amparo de la noche hamburguesa, Víctor inspiró teatralmente mientras observaba el cielo. Toni lo miró desconcertado. Incapaz de articular una respuesta.

—¿Notas el olor, Toni? Es la libertad. ¿Y sabes qué? Que no nos la robarás.

Víctor, con un brazo rodeando la espalda de Toni y con el otro cogiéndolo por la pechera, lanzó al traidor desde el balcón de la planta once del Westin Hamburg Hotel.

Segunda parte

Nessun dorma!
Nessun dorma!
Tu pure, o principessa,
nella tua fredda stanza,
guardi le stelle
che tremano d'amore e di speranza!
Ma il mio mistero è chiuso in me.
Il nome mio nessun saprà!
No, no, sulla tua bocca lo dirò
quando la luce splenderà!
Ed il mio bacio scioglierà
il silenzio che ti fa mia!
Il nome suo nessun saprà…
E noi dovrem, ahimè, morir! Morir!
Dilegua, o notte!
Tramontate, stelle!
Tramontate, stelle!
All'alba vincerò!
Vincerò!
Vincerò!

25

—Lleva zapatos —observó Hanna Schmidt.

—Pues ya sabes lo que significa...

—Que no se ha suicidado.

—Exacto... Pero, como siempre, dejaremos los tópicos de lado. Dime, ¿qué sabemos?

—Era músico de la Orquesta Filarmónica de Barcelona; han actuado esta noche en el auditorio principal. Se alojaba en el hotel Westin, justo aquí, en el mismo edificio de la Elbphilharmonie. Ha caído desde el balcón de su habitación del piso once una hora después del concierto.

Agachado, observando el cadáver y de espaldas a la comisaria Hanna Schmidt, en el rostro de Jan Petersen ondeaban luces estroboscópicas de los coches patrulla. Asomaban en medio del silencio pesado y de la densa niebla que reinaban en la HafenCity, la zona portuaria de Hamburgo. El frío, de ese húmedo que cala hasta el tuétano, maridaba con el olor que provoca la lluvia al caer en los suelos secos, el llamado petricor.

—¿Qué dice la científica, Hanna?

—Que no podrán extraer ADN de la ropa. Ha estado más de dos horas en el río. El agua y la lluvia se lo han cargado todo. No tenemos nada, Hauptkommissar.

Jan Petersen continuó la inspección ocular mientras se ponía los guantes de látex para palpar el cadáver, que llevaba un elegante frac. En su pecho notó un objeto duro, rectangular, no muy grande. Abrió la americana y sacó un móvil del bolsillo interior. El comisario jefe del Landeskriminalamt lo metió en una bolsa de plástico y a continuación se lo colocó a la altura de los ojos, que entrecerró, concentrado. El teléfono estaba de una pieza, pero, eso sí, tenía la pantalla hecha añicos. Por encima de la bolsa de plástico, pulsó el botón lateral del terminal con la esperanza de que diera señales de vida, pero nada de nada. Intentar reanimarlo sería cosa del servicio informático. Con el propietario sí que ya no había nada que hacer.

Aún agachado y sin retirar la mirada del cadáver, Jan Petersen extendió el brazo hacia atrás para que Hanna Schmidt cogiera la bolsa. Escena número uno, vestigio número uno. Era importante. El móvil siempre lo era para reconstruir las últimas horas del difunto.

El comisario jefe del Landeskriminalamt se incorporó por fin, con las consiguientes protestas de las partes más perjudicadas de su cuerpo. Los pinchazos en las rodillas, que le atravesaban el menisco, los tendones y los ligamentos como lo harían afilados punzones con muy mala leche, eran la herencia de los años de juventud castigando el cuerpo como jugador de balonmano. El deporte es sano, dicen. De sus mejores años ya habían pasado otros veinticinco, y del balonmano quedaban los buenos recuerdos y esos putos pinchazos.

Ya de pie, alzó la mirada hacia el majestuoso edificio de la Elbphilharmonie y estudió la trayectoria de la caída hasta el río Elba. Sesenta metros de salto al vacío para acabar empapado, inerte, con los dedos hinchados, la boca desencajada, los ojos abiertos y la mirada vacía. Muerto. El proceso de descomposición ya había empezado a causa de la autolisis: la ruptura de los tejidos por parte de las enzimas y los elementos químicos del cuerpo, y la putrefacción: la ruptura de los tejidos por las bacterias. Cómo termina este proceso ya se sabe, y no es agradable.

Morir mientras duermes, en paz contigo mismo, en la cama de tu casa, sin sufrir, sin dolor, sin saber que se marchas, sin dejar un montón de mierda a los que se quedan; en definitiva, una muerte plácida. Todo el mundo la desea, pero son pocos los privilegiados que la tienen. Sin duda, el destino no había elegido a ese infeliz para el selecto grupo de los elegidos.

—¿Tenemos filiación, Hanna?

—Toni Guasch, treinta y siete años, nacionalidad española.

Jan Petersen miró el cadáver de nuevo, ahora en perfecto plano cenital, vestido de etiqueta para la actuación.

—Toni Guasch... Subirá al cielo la mar de elegante.

26

La comisaría de Davidwache, sede del distrito 15 de la Policía Criminal Federal de la Ciudad Hanseática de Hamburgo, era la más pequeña y célebre de Alemania. El edificio, considerado patrimonio artístico, era un triunfo del mejor estilo expresionista alemán, con un despliegue decorativo inaudito en el entorno de la comisaría, ubicada en Sankt Pauli, el barrio rojo de Hamburgo. Cuando caía la noche, los neones de los clubes, de los sex shops y de los antros del vicio iluminaban la oscuridad y la cara más depravada del ser humano. Más allá de bares animados, bares de copas y bares de putas, Sankt Pauli era uno de los barrios más emblemáticos y con más actividad de Hamburgo. Allí no todo era perdición.

El comisario jefe, Jan Petersen, sentado en su despacho con vistas a la Spielbudenplatz —muy tranquila cuando todavía no eran las ocho de la mañana—, sostenía el teléfono mientras esperaba una respuesta desde Barcelona que tardaba en llegar. Carraspeó, se peinó la cabellera albina e incluso le dio tiempo a maldecir la humedad de una ciudad portuaria que se ensañaba con sus maltrechas rodillas.

En el teléfono, un tono precedía a otro y otro y otro, pero la sargento Martina Roca no descolgaba ni a la de tres. Ella e

Irene dormían mientras los primeros rayos de sol matutinos se filtraban por la ventana trazando sombras desiguales en el suelo de la habitación.

Jan Petersen era muy insistente y el móvil de la sargento seguía vibrando en la mesita de noche. Un ruido irritante de onomatopeya imposible. De los que se te meten en la cabeza y después el trabajo es tuyo para sacártelo de encima. Percutió como una broca hasta que resquebrajó el sueño de porcelana fina de Irene, que, medio aquí y medio allá, sentía que un cabreo monumental se le esparcía por dentro.

Que era festivo...

Que no eran ni las ocho...

¡Por el amor de Dios, hostia!

Y Martina, por supuesto, como un tronco a su lado soñando a saber en qué. Ya podía haber un terremoto, una explosión nuclear o un móvil vibrando en el cristal de la mesita, que ella no se despertaba. Irene la sacudió, primero con suavidad. Después ya fue con mala leche. Jurando en arameo y maldiciendo que silenciar el teléfono hubiera caído en desuso bajo ese techo.

Cuando consiguió despertar a Martina, Irene ya estaba del todo desvelada. Lo que dijera a partir de entonces serían rabietas en caliente de las que tarde o temprano podría arrepentirse.

—¿Hoy no tenías el día libre? —Más que una pregunta, era un reproche a bocajarro.

La sargento, haciéndose la desentendida, se incorporó para sentarse a un lado de la cama. Luego deslizó por fin el dedo por encima de la pantalla.

—Diga. —La voz era ronca. Y del aliento mejor no hablar. Cualquiera diría que estaba conectado a una fosa séptica.

—Sargento Roca, soy Jan Petersen, Hauptkommissar de la Landeskriminalamt, la Policía Criminal Federal de la Ciudad Hanseática de Hamburgo.

El título nobiliario de Jan Petersen encendió algún interruptor interno de Martina y —oh, milagro— se despertó de golpe. Su rostro se transformó e incluso enderezó la espalda como una tabla de planchar.

Irene observaba a su novia recién levantada —camiseta interior blanca, bragas y legañas enganchadas como garrapatas—. Asentía, concentrada, mirando hacia un rincón de la habitación. Frotándose la cabeza rapada con la palma de la mano. Atrás, adelante. Atrás, adelante. Atrás, adelante. «Cuando lo hace es que se cuece algo gordo», pensó Irene.

Después de un rato asintiendo, Martina colgó, levantó la mirada y clavó los ojos en Irene. Sabía que, para su novia, pasar la noche sola era un calvario en el que cualquier ruido se convertía en sospechoso, en el que comprobaba la tira de veces que la puerta estuviera bien cerrada y el temor la masacraba con escalofríos indiscriminados por todo el cuerpo. Todo ello consecuencia del miedo y el estrés postraumático que cargaba sobre los hombros. Pero el trabajo era el trabajo. ¿Qué podía hacer? Quizá ahora pagaban las consecuencias de haber solicitado al juez el traslado del caso a delitos económicos y haber abandonado la investigación criminal. ¿Qué clase de poli sería si no se lo cuestionara? Una buena poli no hacía estas cosas.

—Me voy a Alemania.

Lo soltó de sopetón. Que se sintiera culpable era tan inevitable como inmerecido.

Aunque el cuerpo se lo pedía a gritos, Irene optó por no quejarse. Un silencio incómodo lo hizo por ella.

27

A Víctor le llegaba el olor a madera de pino y sentía su tacto suave y un peso de mil demonios encima. Él, junto con Jaume, Samuel y Leo, cargaba al hombro el féretro con el cuerpo de Toni dentro. Se supone que los amigos, los de verdad, hacen estas cosas.

La iglesia del Reial Monestir de Pedralbes —una única nave, siete tramos de bóvedas, un ábside heptagonal y alquiler a tocateja a cargo de la OFB— estaba a rebosar. El paso del féretro por el pasillo central, al compás de «El cant dels ocells», iba acompañado de sollozos, llantos e injurias a la vida. ¿Cómo había sido tan cruel con el pobre Toni?

Una vez depositado el ataúd al pie del altar, el peso sobre los hombros se mantendría durante un periodo de tiempo indeterminado, gentileza de la mala conciencia. Así sería para todos menos para Víctor. El maestro siempre había justificado los medios para conseguir cualquier fin y, de ese funeral, un día haría un año, otro día haría dos y otro día haría tres. Si la verdad quedaba enterrada, objetivo cumplido. Llegaría un día en el que el incidente de Hamburgo sería un recuerdo lejano. Incómodo, tal vez, pero con suerte acabaría perdiéndose en los laberintos del olvido. Mientras tanto, de cara a la galería la actuación debía ser impecable.

Los músicos de la OFB, los inseparables amigos de Toni, abrazaron a Francina y a Marta. La madre y la hija estaban desconsoladas, pero sobre todo estaban descolocadas por cómo la vida (cruel como nadie por aclamación popular) había cambiado tanto para ellas en un abrir y cerrar de ojos.

Con todo el mundo sentado, un cura de expresión antipática y mirada penetrante roció agua bendita sobre el féretro, coronado con las baquetas de Toni.

Una vez bendecido el muerto, el cura inició la misa en el nombre del Padre, del Hijo y del Espíritu Santo. Todo lo que sucediera a partir de ese momento se suponía que debía ayudar a lidiar con la tristeza, el enfado y la impotencia de los que querían al difunto. Se encontraban en la primera fase del duelo: la de la negación. La de esto no puede ser real, no puede estar pasándome a mí. Pero claro que pasa. Y estás ahí, delante de un individuo con alzacuello al que no habías visto en tu vida y que te casca un sermón de lo más impersonal sobre las bondades de subir al cielo. Como mucho se habrá enterado del nombre del muerto cinco minutos antes de empezar la ceremonia. Nunca sabrá cómo era el difunto, y muy probablemente tampoco hará el menor esfuerzo por descubrirlo.

Francina y Marta sufrirían un duelo complicado porque, en su caso, intervenían una serie de variables de riesgo: una pérdida repentina y prematura por un suicidio sin motivo aparente. El resultado de ese batiburrillo podría derivar en una psicopatología que podría dejarlas taradas de por vida.

Con el repicar de las campanas, los asistentes salían de la iglesia cabizbajos en procesión. Los envolvía una desagradable capa que les había dejado el estómago cerrado. Había quien, además, cargaba un añadido. Era el caso de Jaume y Samuel, que, junto con Víctor, caminaban por la empedrada bajada del monasterio, circundada por una muralla medieval. De todos ellos, Jaume tenía especial mala cara. No se quitaba de encima las náuseas y un malestar focalizado en el pecho, donde sentía una fuerte presión. Aunque los hechos de Hamburgo no ayudaban, era un tema físico, no mental. Sentía pesadez y a la vez una niebla interior. Le faltaba el aire, como si estuvieran envasándolo al vacío. Los pulmones protestaban con vehemencia en forma de estornudos secos. Del tórax hacia fuera. Uno detrás del otro. Cada uno con más fuerza que el anterior. Para contener el ataque de tos, se tapó la boca con la mano. Al retirarla, encontró un coágulo de sangre. Era del tamaño de una lenteja, de color granate, de aspecto ceroso y textura con apariencia esponjosa. El pánico le recorrió todos los poros del cuerpo. No se consideraba hipocondríaco, pero era evidente que algo no iba bien dentro de él.

Se pasó la lengua por el paladar y entre los dientes. Detectó que algún coágulo más se había quedado a medio camino. El tacto era blando, el sabor era metálico y la sensación era repugnante. De repente, todo empezó a darle vueltas. Se detuvo en seco con cara de dolor, resoplando con la mano en el pecho. Apoyado en la muralla medieval del monasterio.

—¿Estás bien, Jaume?

—No es nada, Samuel. Tranquilo. Gracias.

Era evidente que mentía. Pero Jaume sacó fuerzas de flaqueza y fingió que se había recuperado retirando la mano del pecho, enderezando la espalda y obligándose a hacer una mueca que pretendía pasar por una sonrisa. Sabía que Víctor detestaba oír hablar de enfermedades. Era de débiles. Además, no era el lugar adecuado ni el momento. El protagonista de la mañana era otro y estaba dentro de una caja de pino recién estrenada, listo para pasar allí la eternidad.

Jaume se dio cuenta de que la americana se le había manchado de sangre. Como la conciencia, más o menos. Se la quitó y la dobló para colgársela del brazo. Con disimulo, se aflojó el nudo de la corbata confiando en que el aire le circulara con más fluidez hasta los pulmones.

Unos instantes de silencio parecían haber desviado la atención. A terminar de pasar página lo ayudó Samuel. Siempre hay alguien que no sabe quedarse callado. Ley de vida.

—Pobre Toni… —Acompañado de un suspiro.

Víctor le dirigió una mirada larga, de esas que, si hablaran, dejarían muy claro el contenido y el tono. Era como si delante de él tuviera el escarabajo más asqueroso sobre la superficie de la tierra. No le quitaba los ojos de encima. Pero Samuel no quería desafiar al maestro. Sabía que perdería. Y, por si acaso, mejor no intentarlo. No vaya a ser que.

El corro de músicos se sumió en un silencio incómodo. A su alrededor, una riada de gente compungida todavía salía de la iglesia con una resaca que los haría deambular durante días. Los pocos que se atrevían a romper el silencio lo hacían con obviedades.

Que si era joven.

Que si tenía una hija.

Que si le quedaba mucha vida por delante.

Ya hemos dicho que la gente no sabe quedarse callada.

Cada lamento era un dedo en esa llaga que serían de ahora en adelante los hechos de la Elbphilharmonie. Un barro que venía de un polvo envenenado.

Samuel consultó el móvil. Seguramente por distraerse más que por necesidad. No tenía que levantar la cabeza para saber que todavía tenía los ojos de Víctor empotrados en la frente.

Pero de repente el pulso de Samuel empezó a temblar como una hoja en el árbol en plena ventolera. Sentía que el teléfono le quemaba en las manos, como si sostuviera una brasa ardiendo. El ardor se le propagó por las mejillas, por el pecho y por las piernas, que le empezaron a flaquear. La cara de Samuel evolucionó hasta vestir el uniforme del pánico; sintió el gélido escalofrío del plomo en la nuca.

—Chicos, he recibido un mensaje.

28

«Cumple, Samuel. Cumple o el próximo funeral podría ser el tuyo».

Un tímido hilo de voz es todo lo que consiguió emitir el clarinete de la OFB. Sus palabras resonaron con pánico en su interior. En una reacción espontánea, tragó saliva, que dejó una estela de amargor garganta abajo. Sintió unas náuseas que, por suerte, supo controlar. La mano que sostenía el teléfono temblaba, como también lo hacía su voz y su estado de ánimo, ya de tendencia depresiva por naturaleza.

El asunto no había terminado con la muerte de Toni, y alguien seguía decidido a cobrar las facturas del pasado. Un pasado que a Samuel le costaba Dios y ayuda mirar a los ojos. Seguramente porque llevaba a hombros la losa de saber que no siempre había seguido el camino correcto. Prefería mirar hacia delante, pero el mensaje que acababa de recibir le advertía de que debería vigilar su espalda y asegurarse de que ninguna sombra de antaño llegaba para hacerle una visita.

Tragó saliva de nuevo. Esta vez a duras penas, porque la garganta, hecha un nudo, le raspaba como una lima. Bajo la camisa sentía la piel de gallina, y el corazón le latía con más fuerza que si un gramo de cocaína le corriera por las venas. Maldita cocaína.

—¿Vosotros habéis recibido algo?

La opresión en el diafragma era tal que a Samuel incluso le costó pronunciar esta frase. Aun así, necesitaba saber si su cara era la única que esperaba un dardo en el centro de la diana.

Jaume, con la mano en el pecho y evidente malestar, miró el móvil y asintió con la cabeza.

Samuel y Jaume. Más de un objetivo diversificaba las probabilidades de ser el siguiente. Pero el punto de mira seguía apuntándoles a la nuca. Ninguno de los dos fue capaz de disfrazar el temor en la mirada. Ambos sentían la necesidad de hacer una pregunta, pero solo Jaume se aventuró.

—Y tú, Víctor, ¿no has recibido nada?

Víctor, impertérrito y con las manos en los bolsillos, les dirigió una mirada llena de despecho y vacía de empatía. Era como si todo ese follón de un asesinato, un funeral y una familia destrozada no fuera con él. Desde que se había convertido en una celebridad mundial, caminaba permanentemente por una alfombra roja de deseos y caprichos concedidos que parecía otorgarle el derecho divino de liberar sus acciones de eventuales consecuencias.

—¿Qué pasa? ¿Ahora os entra la paranoia como a Toni? Creía que había quedado claro cuál es el camino que seguir.

—Víctor…

—¡Ni Víctor ni hostias!

La exclamación del maestro fue acompañada, ahora sí, de gestos grandilocuentes que tuvieron un punto en boca colectivo por respuesta. Todos agacharon la cabeza esperando a que amainara el temporal —llámalo temporal, llámalo mala leche o llámalo angustia intensa que experimenta un adicto cuando no puede consumir—. La mirada agresiva de Víctor los desafiaba a contradecirle, si es que alguno los tenía lo suficientemente bien puestos para hacerlo.

—Aquí nadie duda de nada. ¿Verdad que no, chicos?

Aurora y su condescendencia llegaban en el momento oportuno para hacer una pregunta de las que no esperan respuesta. Por descontado, ninguno se atrevió a levantar la voz en contra del maestro, y menos aún delante de la gerente de T&M Group y de la OFB.

—Pues venga, a preparar el concierto de Venecia. Que la vida sigue.

Jaume y Samuel, atrapados en una telaraña de sentimientos contradictorios, agitaron la bandera blanca de la rendición. El maestro ganaba. Como siempre.

La vida sigue.

Y arreando, que es gerundio.

Prudente por naturaleza y unos metros atrás, Leo esperó un instante de tregua para acercarse al corro.

—Tenemos a los medios aquí.

—¿Y? —inquirió Víctor.

—Creo que deberías hacer alguna declaración.

—¿Ahora quieres que atienda a la prensa?

—Es mejor que demos nosotros la cara que dejar que estos buitres especulen.

—Pues hazlo tú, ¿no te jode?

—Por mí no hay problema. Pero los medios esperan al jefe de la tribu, no al último del grupo.

Aurora, Leo y Víctor midieron sus miradas durante largos segundos. Los demás, cabizbajos, hicieron como si oyeran llover.

—Tiene razón, Víctor —intervino Aurora—. Deberías decir algo.

—Como me dijiste en el Palau de la Música, Víctor, tenemos que ganar el relato a los medios. Ahora más que nunca. Quedan meses de gira por delante... Y tenemos que seguir vendiendo entradas. —Leo supo encontrar el argumento definitivo, el que nunca fallaba: la pasta.

Al final, de mala gana, el maestro claudicó y asintió a regañadientes.

—Pues venga, ve, suelta un tópico tras otro y a casa.

Aurora señaló con la barbilla el corro de periodistas armados con alcachofas y apostados al final de la bajada del monasterio de Pedralbes. Justo en la salida.

El maestro avanzaba camino empedrado abajo como un alma en pena para deleite de los flashes y los objetivos de las cámaras.

Ya se sabe que la tragedia vende; da clics, ocupa portadas y abre telediarios.

Una mala noticia es una buena noticia.

Una buena noticia no es noticia.

Leo y Aurora observaron a Víctor atendiendo a los medios con aspecto abatido, la voz rota y un velo de dolor en la cara. Ningún cargo de conciencia. Ninguno. El maestro tenía estómago para eso y para mucho más. El espectáculo debía continuar.

29

En Alemania dicen que no existe el frío, sino la ropa mala. Maneras de ver la vida. Era cierto que la cabeza rapada de Martina echaba en falta un gorro de lana de los gruesos para caminar por el gélido, húmedo y lluvioso Hamburgo. Ella, que odiaba el frío con toda su alma, tenía suerte de estar en una de las ciudades más benevolentes de Alemania meteorológicamente hablando. Si, por casualidad, Toni Guasch la hubiera palmado en Garmisch-Partenkirchen, la habrían repatriado congelada como a Han Solo en *El Imperio contraataca*.

Martina pensó en Irene y su melena rizada. Seguro que ella tenía la cabeza y la nuca la mar de calentitas. No podía evitar el sentimiento de culpa por haberla dejado unos días sola. Absurdo, pero sentimiento de culpa al fin y al cabo.

La sargento caminaba por la Davidstrasse hacia la comisaría Davidwache con un vaho que le humeaba por la boca con cada paso que daba. En pleno Sankt Pauli, viajó por el mundo a través de los olores: curri, kebab, falafel, soja, comino, cilantro, pizza y, por descontado, la hamburguesa, el plato más universal de la ciudad.

El itinerario olfativo por el mundo finalizó cuando llegó a la Davidwache, la sede del distrito 15 de la Policía Criminal

Federal de la Ciudad Hanseática de Hamburgo. La entrada de la comisaría podía tranquilamente no haberse tocado desde su inauguración, en 1840. Unas puertas de madera daban la bienvenida a una recepción de paredes con baldosas *vintage* tipo *zellige* de color verde oliva. Las barandillas, de madera barnizada, ascendían escalera arriba hasta un mostrador, donde Martina se dirigió a una mujer uniformada.

—Vengo a ver al Hauptkommissar Petersen.

Una voz grave respondió detrás de ella.

—*Guten Tag*, Frau Roca.

La sargento y el Hauptkommissar se estrecharon la mano. Ella lo hacía como le gustaba al alemán: con fuerza y mirando a los ojos.

Los dos investigadores caminaron por las tripas de la comisaría hasta una sala austera donde la Kommissarin Hanna Schmidt los esperaba en el extremo de una mesa. Presentación, café y a trabajar.

—Como ya informé a su Consulado General en Hamburgo, tenemos razones para creer que la muerte de Toni Guasch no fue un suicidio. Sobre todo después de ver las imágenes de lo que sucedió en el Palau de la Música de Barcelona.

—Instagram, supongo.

—Efectivamente, sargento. Estaba por todas partes. Pero, bueno, usted lo habrá visto más veces que yo.

—Un millón como mínimo, Hauptkommissar.

—Odio las redes sociales, pero debo admitir que en alguna ocasión facilitan el trabajo.

—El mismo suceso visto desde un sinfín de ángulos diferentes.

—Exacto, sargento.

—Las indagaciones iniciales de mis colegas de delitos financieros apuntan a que podría haber indicios de blanqueo de capital.

—¿Por parte de Toni Guasch? —Hanna Schmidt intervino por primera vez.

—De la Orquesta Filarmónica de Barcelona.

Jan Petersen silbó a modo de exclamación.

—Sí... No está nada mal —prosiguió Martina—. Pero con la muerte de Toni Guasch todo se complica. Se nos ha acumulado el trabajo. Al supuesto delito económico tenemos que añadir uno criminal.

—¿Saben la procedencia del dinero?

—Aún no, Kommissarin Schmidt. ¿Qué declararon los miembros de la orquesta?

Los dos investigadores alemanes se miraron unos segundos más de lo que habría sido estrictamente necesario. Después de que Jan Petersen asintiera, Hanna Schmidt deslizó por la mesa un expediente lleno de documentos.

—Sé que el cabo Frederic Marín ya ha hecho la solicitud a través de la Interpol, pero tenga, así vamos avanzando.

—¡Fantástico! —exclamó Martina mientras abría el expediente—. Muchas gracias.

—Todos ellos tienen coartada y afirman que Toni Guasch arrastraba una fuerte depresión.

—¿Y qué es lo que no les cuadra?

—Un montón de cosas. Para empezar, se cambió de ángulo la cámara de seguridad del pasillo de la habitación de Toni Guasch en el hotel Westin minutos antes de que él cayera al vacío. Tampoco cuadra la sobreactuación de los testigos durante la declaración. —Hanna Schmidt cogió unos apuntes para leer literalmente—. Según Víctor Alemany, «hacía tiempo que no estaba bien». Según Jaume Muntaner, «el incidente del Palau de la Música acabó de hundirlo». Por su parte, Samuel Ros le aconsejó que pidiera ayuda, «pero no me hizo caso», y para Leo Duart «estaba deprimido, abatido... No puedo dejar de pensar en su madre y su hija», dijo.

—¿Todos ellos tienen coartada, Kommissarin Schmidt?

—«Pues claro que la tienen, idiota. Si no, los habrían detenido», pensó Martina justo después de haber hecho la pregunta.

—Todos la tienen. Aurora Molina estaba en la habitación de Leo Duart despachando temas de comunicación. Hay correos electrónicos enviados a esa hora que lo certifican. Los dos nos los mostraron. De todas formas, para certificarlo, podríamos pedir una orden para que la empresa que tiene el alojamiento del servidor verifique que los correos se enviaron en ese momento y que no estaban programados. Por su parte, Jaume Muntaner y Samuel Ros estaban dando una vuelta por la ciudad. Algunos testigos los sitúan en un bar de la zona de HafenCity, aunque no pudieron concretar la hora exacta.

—Por lo tanto, puede haber un desajuste temporal.

—Efectivamente, sargento. El problema es que no podemos demostrarlo.

—¿Y Víctor Alemany?

—En su habitación, descansando. Aurora Molina y Leo Duart lo confirmaron —aclaró Hanna Schmidt.

—¿Y los demás miembros de la orquesta?

—En el hall del hotel o por los bares de la zona de HafenCity, donde estaban Jaume Muntaner y Samuel Ros.

—Entonces... no tienen nada.

—No, sargento Roca. Nada de nada. —Tanto por el tono como por el contenido, la respuesta de Jan Petersen era homologable a un *touché* en toda regla. El Hauptkommissar continuó su exposición con una justificación fundamentada en la ciencia—. Sin embargo, en los exámenes toxicológicos no se encontró rastro de drogas, ni de antidepresivos, ni de ansiolíticos. Ni siquiera de valeriana.

—Lo que desmontaría las declaraciones de los miembros de la OFB —concluyó Hanna Schmidt.

—¿Había señales de lucha en el cadáver? —elucubró Martina.

—Nada. Toni Guasch era un hombre escuchimizado. Apenas llegaba a los sesenta kilos... De todas formas, si lo lanzaron al vacío, debieron de pillarlo desprevenido.

—¿ADN? —Martina no quería dejarse nada por preguntar.

—El agua del río se lo cargó. El cuerpo estuvo flotando en el Elba casi dos horas. Entre eso y la lluvia... —La Kommissarin Schmidt chasqueó la lengua mientras negaba con la cabeza—. La Kriminaltechnische Untersuchung, nuestra policía científica, no pudo encontrar nada.

—Lo que sí han podido descargar nuestros informáticos es el contenido del teléfono móvil de Toni Guasch. Hemos encontrado un mensaje de WhatsApp dirigido a su madre. —Jan Petersen cogió un papel y, con unas gafas en la punta de la nariz demasiado pequeñas para una cara tan grande, leyó—: «Mamá, hija, perdonadme. Os quiero mucho». Y después, supuestamente, saltó sesenta metros al vacío. Una nota de suicidio..., ¿cómo decirlo...?, poco elaborada...

Jan Petersen se quitó las gafas y las dejó con cuidado en la mesa, al lado de las fotografías del caso. Martina las miró con detenimiento.

El cuerpo de Toni Guasch flotando en el Elba.

El cadáver en una camilla del depósito.

La habitación del hotel Westin con cierto desorden y precintada por la Landeskriminalamt.

—La verdad es que no querría estar en su pellejo, sargento. El extraño movimiento de dinero, el show en el Palau de la Música de Barcelona, la muerte aquí en Hamburgo... Es un caso lleno de agujeros negros. Lo que está claro es que Toni Guasch molestaba o sabía algo que lo llevó a la tumba.

30

La mujer —sesentona, rechoncha y con indumentaria tirando a clásica— entró por una puerta lateral del majestuoso edificio neorrenacentista anclado en el casco antiguo de Bratislava.

Minutos después, la cortinita de las taquillas del Teatro Nacional de Eslovaquia se abrió y dejó al descubierto su cara de amargada detrás del cristal. A quien no tiene un buen madrugar tampoco se le puede pedir mucho más.

Q dio las últimas caladas a un cigarrillo que murió pisado y se acercó a la taquilla. A unos metros de distancia, el agente Pipo Mérida, incorporado como refuerzo en la operación, vigilaba al sospechoso disfrazado de vagabundo.

—Es él, el de la foto del Palau de la Música —susurró el agente por el intercomunicador.

Identificado el objetivo, la agente Laura Molinero se puso la segunda en la cola. A suficiente distancia para no levantar sospechas y lo bastante cerca para poder poner la oreja. Q, siempre atento a todo lo que se movía a su alrededor, se volvió y la miró de arriba abajo: zapatillas de marca, vaqueros ceñidos, buen culo, cazadora de cuero y gorro en la cabeza. «La mar de mona», pensó. En otra situación habría probado suerte, pero en ese momento las prioridades eran otras.

—Cincuenta entradas para *Viaje al corazón de Europa*, de la Orquesta Filarmónica de Barcelona, por favor.

—¿Ha dicho... cincuenta?

—Soy del conservatorio de Barcelona y por esas fechas estaremos en Viena de viaje de fin de curso. En una hora nos plantamos aquí. Será una salida especial con los alumnos. Todos quieren ver a Víctor Alemany. —Antes de que la mujer pudiera interrumpirlo, Q siguió hablando—: Si no me fallan las cuentas, son ocho mil quinientos euros. Mire, le doy ocho mil setecientos y se queda con el cambio.

Q depositó un gran fajo de billetes en el mostrador: la suma total para pagar las entradas. Además, otros cuatro billetes de cincuenta euros en concepto de la generosa propina prometida.

La trabajadora del Teatro Nacional de Eslovaquia abrió los ojos como platos. Una suma como esa no se veía todos los días, y las dudas empezaron a ser una voz autorizada en su conciencia. Cuando has vivido detrás del telón de acero, la frontera entre el bien y el mal no tiene trazada una línea roja bien definida. De hecho, está llena de grises.

¿Sentimiento de culpa? ¿Y qué me dices de no llegar a fin de mes? Las penurias se presentarían puntuales a la cita, de eso estaba segura.

¿Y si la descubrían? Pues lo negaría todo, claro. Eso de que se pilla antes a un mentiroso que a un cojo es absolutamente falso. En el mundo de hoy en día, hay mentirosos que merecerían un premio al mejor actor de reparto. Que saben sostener la mirada, sin fugas por ninguna parte, sin escrúpulos que cuestionen si el fin justifica o no los medios.

La mujer, tensa, miró a izquierda y derecha, y el lenguaje no verbal habló por ella: se tocó el cuello, se tapó la boca y se frotó los ojos. Las dudas internas atravesaban el cristal, y Q, que sabía un rato de leer dudas en las caras, se dio cuenta de que lo había conseguido. Esos que se autodenominaban «personas de bien» solo necesitaban un pequeño empujón para que dejaran de serlo. Un sencillo «pero» que les enmendara una afirmación moralmente irreprochable.

No soy racista, pero...

No tengo nada contra los homosexuales, pero...

No soy una ladrona, pero...

A partir de aquí, la justificación que quieras y el camino hacia el infierno ya es todo recto y de bajada.

Las dudas se disiparon por fin. Soy honrada, pero no llego a fin de mes. *Piove, porco governo*, que dicen los italianos.

De repente, la mujer cogió el dinero, sacó las entradas de la impresora, se las dio a Q por la ventanilla y aquí no ha pasado nada. Él las recibió con una sonrisa amable y, en un abrir y cerrar de ojos, se largó, no fuera a ser que la mujer cambiara de idea.

A partir de ese momento empezaba el seguimiento al objetivo.

Pipo Mérida se levantó y dejó abandonados en el suelo un abrigo, una gorra y un plato con unos cuantos céntimos de euro para seguir al sospechoso.

Fèlix Fanés cogería el relevo unas calles más allá.

Laura Molinero haría la cobertura en moto.

El objetivo enfiló la calle Pribinova, delante de la Universidad de Bratislava, donde se cruzó con alumnos que a esa hora de la mañana entraban en clase. Siguió por Stúrova. Pipo Mérida lo observaba a una distancia prudencial.

—Se dirige a la plaza Hlavné Námestie. La de la torre del reloj. —El agente de los Mossos se acercó la muñeca a la boca para hablar.

Fèlix recibió el mensaje desde su posición junto a la emblemática estatua de bronce del señor Čumil, el simpático trabajador que espía a los peatones desde una alcantarilla.

—Lo veo.

Laura, en una moto de gran cilindrada, entraba en escena. Dio gas y adelantó a Pipo y al objetivo, que caminaban por la acera.

Desgraciadamente para los miembros del operativo, la velocidad en cualquiera de sus variantes era la pasión de Q. Un sentimiento forjado en las persecuciones por la Costa da Morte, pilotando una barca con motor fueraborda, huyendo de la Guardia Civil. Aquello era masticar el riesgo, estar a un paso del precipicio, adrenalina en vena. Y sí, siempre ganaba él.

Un mecanismo reflejo lo hacía volverse cada vez que oía un motor. Q lo llevaba en la sangre. Intentaba adivinar el modelo del vehículo, la cilindrada y el año de fabricación. Era su juego favorito, fuera del casino, por descontado. Atraído por la música del motor, Q se dio cuenta de que la conductora de la moto llevaba el mismo pantalón ceñido y las mismas zapatillas que la mujer mona del Teatro Nacional de Eslovaquia a la que le habría tirado la caña encantado. No había viajado solo a Bratislava. Mierda.

En ese trabajo, las casualidades solían tener consecuencias fatales. El cementerio estaba lleno de tontos confiados.

De repente, el objetivo miró atrás, adelante, a la izquierda y a la derecha, y aceleró el paso. Nervioso, consultó el móvil, probablemente Google Maps. Buscaría un camino enrevesado para distraer a sus nuevos amigos.

—Sabe que lo seguimos. Pronto llegará a tu posición, Fèlix —anunció el agente Mérida.

—Lo pillo.

Laura se cruzó con el cabo Fanés a la altura de la estatua del señor Čumil.

El frío, de esos que cortan la cara, no impidió que una gota de sudor se deslizara por la sien de Q. Por un momento se planteó si ya no tenía edad para ese trabajo, si una retirada a tiempo no sería una victoria. Muy lejos, al otro lado del mundo, debajo de una palmera, con una identidad falsa. El instinto de supervivencia flotó como una boya en el mar: esas gilipolleces de la edad ya las pensaría cuando estuviera fuera de peligro. Ahora tocaba mantener la cabeza fría y salvar el pellejo. Lo seguían, y en eso debía centrarse en ese momento. Quizá eran imaginaciones suyas, quién sabe. Pero confiaba en su sexto sentido, el que lo había llevado a tener más vidas de las que un gato podría envidiar, a driblar el destino una vez tras otra. No sabía quién lo perseguía, pero no era la policía; lo habrían detenido en el aeropuerto. Debía de ser la competencia, que quería eliminarlo. Qué mal perder tiene el personal.

—Entra en la calle Laurinská. Todo tuyo, Fèlix.

—Lo tengo.

El objetivo se sumergió en las calles del casco antiguo. Estrechas, empedradas, laberínticas, muy jodidas para hacer un seguimiento. Fèlix, pisándole los talones, se desprendió de la gorra y de la chaqueta. Vestía colores discretos, nada estridente. De manual. El objetivo entró en el patio arcado del antiguo Ayuntamiento de Bratislava, en la plaza Hlavné Námestie. El cabo lo siguió, pero cuando entró únicamente encontró soledad y silencio. Ni rastro del objetivo. Fèlix, solo en medio del patio, dio un giro de trescientos sesenta grados sin suerte. Resoplando y sacando vaho por la boca, gentileza del hielo. En esos largos segundos de silencio insoportable, se le pasaron un montón de cosas por la cabeza, y ni una era buena. Él lo había perdido, él había insistido en esa operación; de espaldas al juez y con el recelo de sus superiores. Si todo era en vano, como mínimo le caería un expediente con suspensión de empleo y sueldo. Y el ridículo, no jodamos. Que orgullo tenía para dar y vender.

De repente, Fèlix sintió un fuerte golpe en la nuca que lo hizo caer al suelo. Medio aturdido y en un plano contrapicado, vio que el objetivo huía corriendo.

—¡Se me ha escapado! —alertó por el intercomunicador.

El cabo supo enseguida que allí le saldría un buen chichón de un color feo. De esos que cuando los rozas sientes que te clavan agujas y te hacen ver a las estrellas.

Se levantó y, con cierta dificultad, corrió detrás de Q, que atravesó la plaza Hlavné Námestie esprintando a toda velocidad.

—¡Por el oeste! ¡Hacia las murallas medievales!

Cuando Q hubo atravesado el casco antiguo de Bratislava, invadió la carretera y se plantó delante de una moto; el frenazo le arrancó un estruendo, un chirrido, un derrape y, en última instancia, el conductor cayó al suelo por un lado y la moto por el otro.

Él era el mejor en el agua con una fueraborda; lo sería también con una moto en el asfalto.

Arrancó: que te vaya bien y hasta nunca. Fèlix —con la cabeza bombeándole y a punto de estallar— corrió en clara desventaja hasta el final de las murallas medievales de Bratislava. Desde allí vio que el objetivo se le escapaba delante de sus narices.

—Entra en la autopista.

—Voy.

Laura, gas a fondo, entró en la autopista. No había que ser un entendido en automoción para darse cuenta de que Q era un conductor de motos experto. La agente Molinero solo podía seguirlo a larga distancia. Difícilmente lo atraparía.

Esquivando coches como si fuera un eslalon, Q y Molinero atravesaron el puente Most sobre el Danubio y siguieron hasta la autopista E58.

—Va al aeropuerto —anunció Laura por el intercomunicador.

—¿Estás segura?

—Hostia, Fèlix, que todavía sé leer las señales de tráfico.

—Pues pido que nos envíen cagando leches un billete de avión para cada uno al móvil. Si pasa el arco de seguridad, estamos perdidos; no podemos sacar la placa para seguirlo.

Todos sabían por qué: para actuar en un territorio fuera de su jurisdicción se necesitaba el permiso de la Interpol y la colaboración de la policía eslovaca. Burocracia y prisa nunca van de la mano.

—¿Lo atrapas, Pipo?

—No sé si podré, Fèlix. Este tío va muy rápido.

Pipo debió de verlo todo muy negro cuando detuvo un coche, hizo bajar al conductor y arrancó hacia el aeropuerto. El vehículo conducido por el mosso d'esquadra —quizá «pilotado» se ajusta más a la realidad— se introdujo en las vías del tranvía. Paso libre.

—He trincado un coche. Voy por la parte norte de la ciudad. Llego antes que vosotros.

—¿Cómo? —preguntó Molinero.

—Por las vías del tranvía. El final del trayecto está cerca del aeropuerto.

—Por las vías del... ¿Con un coche robado? Menos mal que teníamos que ser discretos... La madre que me parió...

Q continuó por la E58 mirando el retrovisor cada dos por tres, donde veía la moto de Laura muy lejos, muy pequeña.

Al mismo tiempo, Pipo iba dejando atrás un convoy de tranvía tras otro. A la altura de Astronomická, abandonó las vías para incorporarse a la autopista camino del aeropuerto. El mosso apretó los dientes, sujetó el volante con fuerza y pisó el acelerador. La aguja del cuentakilómetros fue ascendiendo hasta sobrepasar los ciento cincuenta kilómetros por hora. Esa fue la velocidad hasta que cruzó un rótulo que daba la bienvenida al aeropuerto.

—Ya estoy aquí, Laura. Puerta de salidas.

—Has llegado antes que él. Lo tengo delante. A unos cuatrocientos metros.

Pipo fue el primero; Q, el segundo, y Laura, la tercera. Para que lo hiciera Fèlix todavía había para rato.

Q caminaba apresuradamente por la terminal esquivando a los viajeros que hormigueaban de un lado a otro. Como si tuviera un mecanismo incorporado, iba girándose para tener controlada la retaguardia. Había dejado atrás a sus perseguidores. O eso creía. Pero en ese oficio las suposiciones siempre había que ponerlas en cuarentena.

Estaba tenso y sudado. Soñaba con un cigarrillo. Lo necesitaba. Maldecía con toda su alma las leyes antitabaco y a la madre que las había parido. Llegó al arco de seguridad. Cartera fuera, móvil fuera, llaves fuera, cinturón fuera, calzado fuera, dignidad fuera. Un policía lo cacheó sin esforzarse mucho.

Por su parte, Pipo mostró el billete que había recibido hacía pocos minutos en el móvil y también pasó por el arco de control unos metros más allá. No perdía al objetivo de vista.

Los dos ya estaban dentro. Jugaban al gato y el ratón; quién de ellos era el ratón ya dependía del punto de vista de cada uno.

Q enfiló un pasillo larguísimo que desembocaba en varias puertas de embarque. Una cafetería central y pantallas que anunciaban vuelos por todas partes. Debajo de cada pantalla, los pasajeros, como ovejas, esperaban turno con el pasaporte y el billete en la mano para el último control antes de subir al avión.

El objetivo se situó en la cola del vuelo anunciado como «11.00 Barcelona LH 2134». Varios pasajeros detrás estaba Pipo.

—Estoy en la cola del Lufthansa 2134 hacia Barcelona. Tengo al objetivo a pocos metros.

—Te veo, Pipo. Estoy en la fila del British Airways 7778 hacia Edimburgo.

Pipo levantó la mirada y se encontró con los ojos de Laura.

—El objetivo pasa el control de acceso.

Un miembro del personal de tierra le validó el billete y los agentes perdieron el contacto visual con el objetivo, que desapareció finger adentro.

En ese momento, Laura y Pipo salieron de sus respectivas colas. Ella cogió el móvil y marcó un número.

—Búscame el registro de pasajeros y pasaportes del vuelo de Lufthansa 2134 de Bratislava a Barcelona.

Mientras esperaban a que desde la comisaría de Les Corts les dijeran algo, Fèlix apareció en el horizonte de la terminal. Se acercaba cojeando, con la mano en la nuca y la respiración entrecortada.

—Habéis llegado.

—¿Qué te creías?

En el móvil de Laura sonó una alerta. La agente leyó el mensaje.

—Pues ya tenemos a nuestro hombre.

Mostró el teléfono a los dos mossos. Fèlix silbó a modo de exclamación. Laura respondió:

—Efectivamente. Un pez gordo del narcotráfico.

31

Jaume caminaba por el hospital con el olor a etanol pegado en la nariz. Por fin tendría el resultado de las pruebas que esclarecerían el origen del sangrado en el monasterio de Pedralbes, y por eso los nervios se lo comían desde hacía días.

No había dicho nada en casa por no preocupar a Elsa, centrada en su trabajo. Ni a Zoe, centrada en sus estudios. Aunque, todo sea dicho, lo de expresar sus sentimientos nunca había sido su fuerte. Elsa siempre se lo había reprochado, pero a esas alturas de la película sabía que ya no lo cambiaría; al contrario, con la edad iría a peor. Ley de vida.

El panorama por los pasillos del hospital no era demasiado alentador. Enfermos que se retorcían de dolor, que mendigaban un calmante, que se lo hacían todo encima o, los que tenían menos suerte, que agonizaban. Demasiado enfermo para tan pocas camas. Demasiada demanda para tan poca oferta. Bienvenido a la realidad de la sanidad pública.

El olor a etanol acompañó a Jaume hasta la sala de espera, delante de la consulta del médico, donde pasaría un buen rato: más de una hora en la que el coco, hijo de su madre, no dejaba de darle vueltas, vueltas y más vueltas.

Una pantalla emitió por fin una alerta sonora con su número de paciente parpadeando. Había llegado el momento. En pocos minutos sabría si salía cara o cruz.

La consulta tenía estética de los setenta: terrazo beis en el suelo, baldosas blancas en las paredes, luz fluorescente en el techo y ventanas con contrachapado de madera despegado por el paso de los años. Un ordenador era el único oasis de modernidad en un desierto de reliquias. El doctor lo esperaba al otro lado de la mesa. Con cara de palo, barba blanca descuidada y mirada tan aséptica como el olor a alcohol de noventa y seis grados que flotaba en el ambiente. Para el doctor también había llegado el momento; en su caso, de probar la cara más fea de la profesión. Sabía que el paciente nunca olvidaría dónde, cuándo y cómo lo informaron. Después de años con bata blanca, había aprendido a decir las cosas con cierto tacto. O eso suponía. Que, en su época, eso de la sensibilidad con el paciente no se llevaba, ni se lo enseñaban, y tuvo que ser autodidacta.

Jaume escuchó una introducción, una explicación y, al final, el diagnóstico, que acabó con la palabra maldita. Resonó largamente en su interior y el escalofrío le escarchó la espina dorsal. Lo que siempre les había pasado a los demás ahora le caía encima como una implacable losa de mármol. En algún cajón de su interior, escondida entre un montón de miedos, estaba la sospecha de que un día podría tocarle a él. De hecho, la genética era la que era, pero rascar en los precedentes familiares no resultaba agradable y ahora sus peores temores se confirmaban. Jaume, que de manera consciente siempre había preferido dar la espalda a los malos augurios, se dio de morros con la cruda realidad.

Se mordió el nudillo del índice en un intento de dominar el pánico. Notaba que tenía el corazón acelerado. Y, dadas las circunstancias, la respiración y el pulso no se quedaron atrás.

—Cáncer…

—Sí, Jaume. Cáncer. De colon. Avanzado.

Ese «avanzado» le atravesó el alma con el mismo dolor con que lo haría un cuchillo recién afilado. Jaume se quedó bloqueado, como si el mundo se hubiera detenido al conocer la noticia. No sabía cuánto rato había pasado cuando levantó la cabeza. La mirada, agrietada, se topó con la del doctor.

—Jaume, ¿has entendido lo que te he dicho?

—Todavía no tengo cincuenta años…

—Desgraciadamente cada vez vemos más casos como el tuyo.

El paciente reflexionó sobre su siguiente pregunta. Como si no se atreviera a hacerla. Al final, sacó valor de algún sitio y la soltó.

—¿Qué…? ¿Qué probabilidades tengo de recuperarme?

—El PET-TAC indica que hay metástasis. Del colon ha pasado al intestino delgado, al estómago y a los pulmones. Podemos intentar alargarlo un tiempo, pero…

El médico completó la frase con un silencio mientras negaba con la cabeza.

—¿Cuánto?

—No pienses en eso ahora, Jaume.

—¿Cuánto?

—Seis meses, con suerte. Es un tipo de cáncer muy agresivo.

Por encima de cualquier otro sentimiento, el miedo se abrió paso en su interior. Jaume lo manifestó soltando un resoplido cargado de angustia. Por culpa del miedo, de los nervios, del esfuerzo o de lo que demonios fuera, tosió con fuerza. Un largo ataque de tos nerviosa, irritativa y premonitoria. Instintivamente, se miró las manos. No había rastro de coágulos de sangre.

Seis meses.

Seis.

Con suerte.

Una macabra cuenta atrás que ya había empezado.

—¿Cuándo empezará a ir a peor?

—Ya ha empezado. Los síntomas que tienes: la diarrea, la sangre en las heces, las molestias abdominales... Todo eso irá a más. El ritmo de viajes que llevas... Deberías pensar en dejarlo.

—Quiero continuar en el escenario mientras pueda.

—No te lo recomiendo, pero la decisión es tuya. Piénsatelo.

Jaume abandonó la consulta y deambuló por el pasillo mientras la vida seguía a su alrededor. Médicos, enfermeros y pacientes se cruzaban con él como si fueran a cámara lenta, bajo un murmullo lejano que le llegaba distorsionado. Absorto, parecía flotar por encima de una realidad que había sacado a relucir su cara más amarga y cruel.

Seis meses.

Sintió vértigo. Desolación. Miedo. Mucho miedo. A la muerte, al sufrimiento, a separarse de Zoe. Pensó que no la vería graduarse, ni hacerse mayor, ni ser madre.

Los ojos se le humedecieron y la barbilla empezó a temblarle. No quería hacer sufrir a su hija, que viera cómo se degradaba de forma irreversible. No era así como Jaume quería que Zoe lo recordara. La pena era tan grande que le envolvía el pecho; presionaba como una camisa de fuerza invisible.

La rabia y la frustración aún tardarían unos días en llamar a la puerta. Lo harían. Seguro que lo harían. Mientras quemara fases, debería aceptar que por primera vez en la vida miraría al horizonte y vislumbraría un final cercano. No creía en ningún Dios en el que refugiarse ni tenía la fortaleza mental suficiente para encarar el final con serenidad.

Había salido de casa siendo una persona y volvería siendo otra muy diferente. El trayecto no fue fácil. La cantinela de no contárselo a su familia, por las razones que fueran, ya no se aguantaba por ninguna parte. Aunque tenía que afrontarlo, no sabía ni por dónde empezar.

Jaume cerró la puerta del recibidor y, con una pesadez que no había sentido en su vida, caminó hasta el despacho de su mujer, Elsa. Se plantó delante. No tenía ningún discurso preparado; lo soltaría tal como saliera.

«Buenas tardes, ¿qué tal el día? Me han diagnosticado un cáncer terminal y me voy al otro barrio, con suerte, dentro de seis meses».

Resopló un par de veces como quien toma impulso, llamó a la puerta y entró sin esperar respuesta. Elsa —gafas de pasta a juego con el traje chaqueta moderno— hablaba por teléfono. Con gestos bruscos, le indicó a Jaume que no dijera ni pío y que se marchara. Era una orden de obligado cumplimiento y sin derecho a réplica. En lenguaje no verbal: en este momento, nada en el mundo es más importante que mi trabajo.

Jaume, cabizbajo, siguió por el pasillo hasta la sala de estar. Zoe miraba el móvil en el sofá. Al verla, un pinchazo interior se ensañó con él. Sin saber cómo, pudo ocultar las lágrimas detrás de los ojos. No en vano, era de la generación en la que los hombres no lloraban.

Al ver a su padre, Zoe se levantó como una exhalación.

—¡Papá! Mañana salen a la venta las entradas para el concierto de BTS.

—¿De quién...?

—De BTS.

—Ah... ¿Y cuándo es el concierto?

—Aún faltan diez meses.

—Diez meses...

—No es tanto tiempo. ¿Me acompañarás?

Jaume miró a Zoe, a caballo entre la melancolía y la ternura. La abrazó con fuerza mientras el corazón se le hacía añicos.

—Claro que te acompañaré, preciosa.

No se aprende a decir la verdad con un chasquido de dedos. Estas cosas requieren tiempo y sobre todo voluntad.

Zoe le devolvió el abrazo. Jaume inspiró profundamente mientras intentaba retener esa sensación, la de tener a su hija entre los brazos. Pensó que sería el mejor equipaje que podría llevarse para el viaje que lo esperaba. Jaume, mucho más alto que Zoe, le dio un beso en la cabeza. El primero de los últimos que podría darle. Consciente de ello, una lágrima le resbaló mejilla abajo. Ese día descubrió que los hombres también lloran.

32

Nada más entrar en el mastodóntico complejo de edificios de la Ciutat de la Justícia, la espesa niebla de la burocracia cobraba vida. En su interior, el tiempo parecía detenerse y las principales causas no eran ningún secreto: la saturación de casos, la demora en las sentencias y la falta de jueces y fiscales que pudieran dar salida al cuello de botella. Cuando alguien entraba en la rueda, estaba condenado a semejante tedio durante una buena temporada.

Dentro de las tripas de ese coloso de cemento, Martina caminaba por un pasillo tan largo como los retrasos endémicos que arrastraba el sistema judicial. Llegó por fin a la puerta del despacho que buscaba. Se plantó delante y consultó la hora. Su reloj —talla XXL, digital y amarillo fluorescente— marcaba las 11.58. La sargento se quedó como un pasmarote delante de la puerta cerrada, mirando al vacío.

Se pasó la mano por la cabeza pelada.

Balanceó los grandes pendientes de aro que le colgaban de las orejas.

Echó un vistazo a su manicura de colores chillones.

Se cruzó de brazos.

Un resoplido.

Dos.

Hizo el gesto de llamar a la puerta, pero en el último instante se detuvo. Nueva consulta al reloj. Las 11.59. La madre que lo parió.

Una mueca.

Tercer resoplido.

Menudo gilipollas que era Salazar. Lo imitó con gestos burlones de intelectual de pacotilla que se da demasiada importancia; moviendo rotativamente la mano y el índice.

Evaristo Salazar le recordaba a su madre: autoritaria, intransigente, homófoba, racista y clasista. En definitiva: una **FACHA**. En mayúsculas y negrita, sí. Por suerte, Dios llamó a filas a doña Milagros (el «doña» que nunca faltara) antes de haberse enterado de que a su hija no le iba eso de chico conoce a chica, pasan por el altar, forman una familia tradicional y venga a parir como una coneja. Si el más allá existía, los dolores de barriga que debía de tener doña Milagros viendo a Martina debían de ser de padre y muy señor mío.

Nueva consulta: de las 11.59, el reloj cambió a las 12.00. Por fin. Justo entonces, una luz verde imaginaria autorizó a Martina a llamar a la puerta. Pocos segundos después, un bramido del juez la atravesó.

—¡Pase!

La sargento entró en el despacho y se plantó delante de su señoría, Evaristo Salazar, que leía documentación con avidez. El magistrado levantó la mirada hacia la investigadora.

—Buenos días, señoría.

—Joder, Roca. Así no se puede trabajar, con el montón de trabajo que tengo... Bueno, ya seguiré después.

El juez hizo un gesto con las manos clavado al que la sargento había hecho en el pasillo instantes antes. No pudo evitar apuntar una sonrisita traviesa para sus adentros.

—Señoría, me había citado a las doce.

—Bueno, siéntese, siéntese. —Más gesticulación marca de la casa. Salazar cerró un expediente y abrió otro—. Bien, pues al parecer, sargento, tengo que devolverle el caso.

Por el tono del magistrado, parecía como si la legislación actual fuera un capricho que la sargento se hubiera sacado de la manga. Por alguna razón, Martina creyó que la mejor respuesta era el silencio y encogerse de hombros.

—Poco le han durado las vacaciones del caso del Palau de la Música. Por culpa de delitos económicos, le ha caído a usted una buena putada.

—El cabo Fanés y su equipo han hecho un buen trabajo, pero mejor dejémoslo en un reto profesional más que en una putada.

—Sí, claro, vaya a venderle la moto a su superior. A mí no hace falta. ¿Tienen identificado ya a alguno de los malos?

—Sí, señoría. Y, conociendo su hoja de servicios, auguro que este caso nos traerá de cabeza.

—¿Y quién es nuestro hombre, sargento?

33

—El hombre de Bratislava es Arnaldo Quiroga Ferreira. Alias «Q». Nacido en Vilagarcía de Arousa el 25 de febrero de 1978. Desde hace tiempo se le relaciona con el narcotráfico. Con dieciocho años recién cumplidos, ingresó en el centro penitenciario de A Lama por tenencia de varios kilos de hachís. Pasa en chirona poco más de tres años. Allí conoce a otros condenados por narcotráfico con los que establece buenas relaciones. Cuando sale de la cárcel, empieza con la cocaína. De joven toca diferentes palos en el narcotráfico: camello, transportista, desembarcador, pero sobre todo destaca como piloto de fuerabordas. Al parecer, una especie de Fernando Alonso del agua... Nunca lo pillan in fraganti. Aprende rápido el oficio y se convierte en un tío escurridizo.

La explicación de Aran iba acompañada de la imagen del pasaporte de Arnaldo Quiroga, Q, proyectada en la pantalla. En la sala de reuniones de la comisaría de Les Corts —con una luz fría de fluorescente y perfumada de café recién hecho—, los tres investigadores centraban toda su atención en ese rostro de piel mestiza, pelo corto, media barba y cara de sabérselas todas.

—Arnaldo Quiroga... ¿Este tío no fue...?

—Sí, sargento. Durante muchos años, el lugarteniente de Laureano Mosquera —la interrumpió Aran, que esta se la sabía.

—O Pai.

—Exacto, Fede. O Pai. —Aran prosiguió con la vida y milagros de ese pieza—: Laureano Mosquera, alias «O Pai». Un pez gordo. Nacido el 31 de marzo de 1967 en Cambados, Pontevedra. Creció en la Galicia de los ochenta de Sito Miñanco, Oubiña y los Charlines. Huérfano de padre desde pequeño, su madre trabajaba en una *conserveira* que blanqueaba dinero de la cocaína. La familia pasa muchas penurias económicas y de muy joven empieza como vendedor por las calles. Hablamos de mediados de los años ochenta, cuando el ochenta por ciento de la droga que entraba en Europa lo hacía por Galicia. Con este panorama, Laureano Mosquera va escalando poco a poco posiciones en el narcotráfico. Pero, curiosamente, antes de la operación Nécora pasa un tiempo en la sombra; los malpensados dicen que, a través de un informador, estaba al corriente de los planes de Baltasar Garzón, pero según otros estuvo en Suiza con su hermana, enferma terminal de cáncer. En cualquier caso, con todos los capos en la cárcel, él es uno de los que coge el relevo. Siempre con un perfil bajo, huye de la opulencia de los capitostes de la Nécora.

—Nada de Ferraris, ni de relojes de lujo, ni de ropa cara.

—Sin fanfarronadas, vaya.

—Exacto, sargento. Que la policía no es idiota. O, al menos, no del todo... El caso es que O Pai está en paradero desconocido desde hace años. Esta es la última foto de la que se tiene constancia.

Desde su portátil, Aran proyectó una imagen de Laureano Mosquera: alto, delgado, pelo plateado, ojos azules y mirada de quien no se fía ni de su madre vestida de Virgen María. La foto lo mostraba en el jardín de una casa como tantas otras de la costa gallega. Detrás de él, en segundo plano, se veía a un joven Arnaldo Quiroga. Aran continuó con la explicación, ahora para alimentar el mito.

—Sobre O Pai circulan rumores de todo tipo: que vive en Brasil, que se ha hecho la cirugía estética, que ha cambiado de identidad, que murió de cáncer, que los colombianos lo dejaron hecho un colador... Pero lo cierto es que no se sabe nada. Se le perdió la pista hace años. Su perfil no tiene nada que ver con el de los narcos gallegos de los ochenta; más bien parece un capo de la camorra. Vive escondido, como hizo Bernardo Provenzano.

—¿Quién?

—Esta deberías saberla, Fede. Es de primero de poli. —El tono de Martina estaba a años luz de una bronca—. Bernardo Provenzano fue un histórico jefe de la mafia siciliana. Lo llamaban *il capo di tutti capi*. Vivió cuarenta y tres años en la clandestinidad.

—Hasta que lo pillaron.

—Correcto, Aran, hasta que lo pillaron. Precisamente en Corleone, su pueblo natal. No estaba tan lejos... Murió en la trena.

—Entonces ¿suponemos que Laureano Mosquera vive escondido como los camorristas?

Estas palabras de Fede sumieron a Martina en una reflexión mientras dirigía la mirada a un horizonte imaginario que solo ella vislumbraba. Con los ojos entrecerrados y los labios apretados con fuerza. Parecía calcular la que les caía encima. Aquello era mucho más gordo de lo que había imaginado en un principio, cuando entró en el Palau de la Música con Toni Guasch colgado del centro de la sala sinfónica.

Como si alguien chasqueara los dedos delante de ella, un clic imaginario la hizo reaccionar.

—¿Y los de delitos económicos qué dicen de la compra de entradas en metálico, Aran?

—Hicieron un rastreo. Por el registro de ventas que nos entregó Maribel Verdejo, sabemos qué entradas eran las compradas en efectivo en taquilla: la zona, el bloque, la fila y el asiento. A la gran mayoría les dan salida en webs de reventa tipo Viagogo y StubHub.

—Y adivina quién las vende... World Music Travel, la filial de T&M Group que organiza los viajes de la OFB —apuntó Fede.

—¿Tienen una agencia de viajes propia?

—Sí. Aunque yo diría más bien que es una de las patas del entramado.

—O sea, que, según los indicios, blanquean dinero comprando en taquilla las entradas de los conciertos de los que son los promotores. Y después ellos mismos revenden esas entradas y les entra más dinero limpio.

—Si lavan el dinero de las entradas a través de World Music Travel...

—Sería lógico pensar que también lo hacen con la contratación de los viajes. —Martina finalizó la elucubración iniciada por Aran—. ¿Sabemos qué empresas forman T&M Group, Fede?

—T&M Group tiene cuatro filiales. Una: T&M Events, la promotora de conciertos. La programación abarca todos los géneros y épocas de la música clásica y trabaja con grandes orquestas, directores y solistas del panorama internacional. Programa veintiocho de los cuarenta y seis conciertos que la OFB hará este año. Dos: la Orquesta Filarmónica de Barcelona. Con Víctor Alemany al frente ha conseguido reunir a un gran grupo de músicos y su reputación es indiscutible. *Viaje al corazón de Europa* agota las entradas allí donde va. Tres: World Music Travel, la agencia que prepara todos los viajes de la OFB. Y cuatro: T&M Management, dedicada a la representación internacional de artistas.

—Vaya, que si Sito Miñanco lavaba el dinero con el fútbol, estos podrían estar haciéndolo con la cultura.

No estaba nada mal. Procesada la información, Martina repartió trabajo.

—Pedid una orden al juez Salazar para solicitar a Hacienda la contabilidad declarada de T&M Group y de cada una de las empresas del holding. Cuando la tengáis, tenemos que compartir la información con la Unidad de Salud Pública.

—Sí, sargento.

—Otra cosa: quiero hablar con algún antiguo miembro de la Filarmónica de Barcelona. Alguien que saliera por piernas o rebotado.

—¿Por qué no con algún miembro actual?

—Posible blanqueo de capitales, un muerto, el show del ahorcado en el Palau de la Música, narcos asomando las narices... ¿De verdad crees que si alguno de los de ahora sabe algo hablará?

Con la pregunta flotando en el aire, un par de golpes en la puerta precedieron la entrada de un agente uniformado.

—Sargento, una mujer la espera en la recepción.

—Que deje su número de teléfono. Ya la llamaré.

—Insiste en que quiere verla. Dice que es la madre de Toni Guasch.

34

A Francina Garçon la vida le había pegado la hostia más grande que puede recibirse. Un puñetazo en los morros multiplicado por mil ni siquiera se le acerca.

Sabía por experiencia que el sufrimiento no había hecho más que empezar y que ese peso odioso la acompañaría cada maldito instante del resto de sus días. Sabía, también por experiencia, que con el tiempo aprendería a sobrellevar el dolor y que tendría que conformarse con esa convivencia tan frágil. Era lo máximo a lo que podía aspirar. Como toda persona que ha perdido a un hijo, lo habría dado todo para que no hubiera sucedido. Pero eso, *porca miseria*, no se elige. Se acepta como buenamente se puede.

Francina entró en la sala de reuniones donde la esperaban los investigadores. Los tres policías enseguida se dieron cuenta del calvario que estaba pasando la mujer. Unas bolsas violáceas le colgaban entre los ojos y las mejillas. Con los pómulos perfilados, tenía un rostro casi cadavérico. El estrés también se le reflejaba en el cuerpo, que nunca se escapa. La ropa le bailaba un par de tallas, como mínimo. Era fácil adivinar que se había consumido en muy poco tiempo.

Martina y Francina se estrecharon la mano. La sargento tuvo la sensación de que estrechaba la pata débil y arrugada de un gorrión.

Hasta la muerte de Toni, Francina encaraba la vejez con las dificultades justas y sin ningún tic que apuntara a chochez. Pero los parámetros habían cambiado y el riesgo de caer en el pozo era muy real. Todavía grogui en la lona, tenía claro dónde focalizar sus energías: en su nieta Marta y en saber por qué murió su hijo.

Con la mano abierta, el brazo extendido y toda la cortesía de la que fue capaz, Martina invitó a la madre de Toni a sentarse a la mesa donde estaban Aran y Fede.

—Ante todo, déjeme decirle que la acompañamos en el sentimiento.

Un leve asentimiento con la mirada fue la única respuesta.

—¿Por qué ha venido, señora Garçon?

—Porque quiero que descubran quién mató a Toni. Tengo claro que mi hijo no se suicidó.

Sin pelos en la lengua. A saber de dónde sacaba la fuerza para hablar con esa vehemencia. Pese a la pena, se la adivinaba todo un carácter.

Los tres policías se miraron largamente. Después de unos segundos, Martina tomó la palabra:

—La policía alemana también ha manifestado sus dudas, señora Garçon. Aun así, no han encontrado ningún indicio de criminalidad.

—Justo el día que murió Toni, por la mañana, recibí esto en mi casa.

Francina entregó a los investigadores el sobre que había encontrado en el buzón el día que le cambió la vida. Martina lo abrió y examinó la foto de Francina y Marta con un punto de mira rojo rodeándolas. Desde ese momento, la foto pasaba a estar catalogada como prueba por la policía. La sargento se la colocó a un escaso palmo de la cara y la miró fijamente.

Trece por dieciocho, un poco pixelada, abuela y nieta sonrientes. El papel era de bastante gramaje, unos doscientos gramos. La sargento le dio la vuelta y leyó la nota del dorso: «Cumple, Toni». Después se la pasó a los cabos.

—¿Por qué no nos la entregó antes, señora Garçon? —preguntó Fede.

—Porque estaba un poco ocupada enterrando a mi hijo, cabo.

La bofetada casi pudo oírse. Fede tendría que ir preparando la otra mejilla, porque no sería la última que recibiría esa mañana. Mientras tanto, agachó la cabeza con cara de circunstancias, y Francina siguió explicándose:

—Después de recibir el sobre, quise venir inmediatamente a la comisaría. Pero llamé a Toni y me pidió que esperara a que él volviera de Hamburgo.

—¿Por qué?

—Ojalá lo supiera, cabo Bosch. Esa fue la última vez que hablé con él. Después, esa misma noche, recibí un mensaje de Toni. Justo antes de morir. Era desde su móvil, pero no lo escribió él.

—¿Por qué está tan segura? —Ahora era la sargento quien preguntaba.

—Él casi siempre enviaba notas de voz. Mi hijo sufría de dactilitis.

La cara de los investigadores dejó al descubierto su ignorancia del término médico. Francina les aclaró las dudas.

—Hinchazón de los dedos de manos y pies que puede hacer que tengan una apariencia similar a la de una salchicha. ¿Por qué cree que tocaba los timbales? No habría podido tocar un instrumento de cuerda. Tenía los dedos como morcillas y le costaba teclear. Con las notas de audio terminaba antes.

—¿Se trataba la enfermedad?

Francina perdonó la vida a Aran con la mirada. Sin retirar el contacto visual, abrió el bolso y dejó en la mesa una documentación que cayó a plomo.

—Aquí tiene, cabo. Todo el historial médico de Toni en el Hospital Clínic. Incluye el seguimiento de la dactilitis.

Aran, como si de repente le diera vergüenza, parecía no atreverse a coger la carpeta. Al final la abrió y empezó a examinar la documentación.

—¿Quién sabía lo de la enfermedad en los dedos?

—Mi hijo no era de contar sus penas, sargento. Y en cuanto a la dactilitis... Desde que en la escuela se reían de él, tenía mucho complejo. *Bullying*, lo llaman ahora. Que yo sepa, nunca se lo contó a nadie. De hecho, no lo sabe ni mi nieta.

—Suponiendo que ese día, de la forma que fuera, no hubiera enviado un audio, ¿sería este tipo de escritura?

—Disculpe, cabo Marín, pero ¿qué tipo de escritura se supone que tiene una persona que se despide de su madre por WhatsApp antes de saltar al vacío? —La segunda bofetada de la mañana. Si el mundo se hubiera acabado en ese preciso momento, a Fede le habrían hecho un favor—. Mi hijo no lo escribió. Toni siempre me llamaba «mamita». En su vida me llamó «mamá», como en el mensaje.

Hasta que el cabo Marín se recuperara de la metedura de pata, Martina cogió el timón de la conversación.

—¿Estaba metido en algún lío?

—No lo sé, la verdad. Pero, a ver, no nos engañemos, lo del Palau de la Música... Es demasiado gordo. Tiene que haber algo detrás.

—¿Sabe si tenía problemas económicos?

—No, que yo sepa.

—¿Depresión?

—¿Depresión? ¿Toni? De ninguna manera. Desde que se divorció de aquella arpía estaba la mar de feliz.

—¿Habían recibido otras amenazas?

—Nunca.

—Tenemos indicios para creer que su hijo estaba relacionado de alguna manera con el narcotráfico.

La afirmación de Martina contenía algún elemento que hizo que la expresión de Francina cambiara. Si algún adjetivo la calificaba era «incredulidad». Pronto sabrían por qué.

—¿Señora Garçon...?

—La he oído, sargento. Es... Es del todo imposible.

—A veces, señora Garçon, personas a las que creemos conocer pueden sorprendernos. —Fede volvía a la carga.

—¿Usted nunca se cansa de decir sandeces, cabo? Además de a mi marido, Toni es el segundo hijo al que entierro. Mi hijo mayor, Dani, era drogadicto. Toni luchó mucho por su hermano. Lo convenció de que fuera a rehabilitación, lo acompañó a todas las visitas al médico, él mismo le hacía controles de orina diarios. Si la quieren, también tengo toda la documentación. Un día, cuando creíamos que ya estaba limpio, se puso hasta arriba y lo encontramos tirado en la cama. Siempre nos quedó la sospecha de que lo hizo intencionadamente. Otra cosa puede ser..., pero narcotráfico... Le garantizo que no.

35

Esa mañana, Martina había cambiado el turno para poder acompañar a Irene. Siempre intentaba arreglárselas como fuera para hacerlo, lo que suponía jornadas dobles eternas o pringar en festivos. Era una manera más de decirle que la quería y que era lo más importante de su vida.

Después de trabajar toda la noche, los párpados, cada vez más pesados, querían ceder a la fuerza de la gravedad. Los últimos cafés en la comisaría, de esos que te lo revuelven todo, ya no le hacían ningún efecto. Ni laxante ni aún menos estimulante. El resto del día tendría que convivir con esa pesadez que lo nublaba absolutamente todo.

Desde el asiento del conductor, vio a Irene saliendo de la portería de casa como un alma en pena. En la cara tenía parches de resignación y miedo. Le había costado Dios y ayuda convencerse a sí misma de la necesidad de dar ese paso: el de levantar la mano para pedir ayuda. Salir a hablar de las miserias no es agradable, y menos ante extraños que pueden juzgarte sin tener ni la más mínima idea de quién eres ni de cómo eres.

Al subir al coche, se dieron un beso. Se miraron largamente; Irene necesitaba una última aprobación. Asintió temerosa y a la vez agradecida. Martina le cogió el brazo, le remangó el jersey y, mirándola a los ojos, besó el tatuaje que llevaba en la muñeca: una I, una M y el símbolo de infinito. Las iniciales de las dos unidas por una promesa. Martina también llevaba uno, exactamente igual, en la muñeca. Una de esas cursiladas que tiempo atrás habría destrozado sin piedad con mofas de lo más ácidas.

Las vueltas que da la vida. Se abrazaron con fuerza. Irene sentía que el corazón le galopaba a mil por hora. Habría bajado del coche encantada, habría echado a correr como si le fuera la vida en ello y habría dejado la visita para otro día o quizá para nunca. Pero la razón, firme ella, la obligó a quedarse en el vehículo.

El trayecto se hizo más largo que un día sin pan. Martina no quería romper el silencio con gilipolleces. Aunque la tentación era grande, sabía que Irene no lo soportaba y, dicho sea de paso, ella no solía ser demasiado buena en esos menesteres. Meter la pata era muy fácil. Si lo que tenía que decir no mejoraba el silencio, sería preferible callarse. Por muy tenso que fuera ese silencio, aunque cualquier ruido se amplificara: la respiración, los suspiros o los cláxones del tráfico en hora punta. Si escuchaban con atención, incluso podían oír los miedos que retumbaban en la cabeza de Irene.

Llegadas a su destino, Martina detuvo el coche. Sin decirse nada, ya que no era necesario, se dieron un beso y otro abrazo, esta vez más largo y fuerte. Irene bajó del vehículo y caminó hasta la puerta de acceso. Antes de entrar, se volvió hacia Martina, como cuando era pequeña y buscaba a su madre, que acababa de dejarla en la escuela. Martina le lanzó un beso en señal de amor, pero en ese caso también en señal de aprobación. Perdió de vista a Irene después de que se adentrara entre dos puertas automáticas con un logotipo. Que nunca falte el puto marketing. La recogería una hora después. Llevarla, recogerla, animarla, consolarla y hablar o callar según las necesidades del momento. A ese paquete lo llamaban amar.

A Irene le costó Dios y ayuda subir la escalera. Parecía que los zapatos llevaran plomo en las suelas y que el aire fuera agotándose después de cada escalón. Llegar al segundo rellano fue como coronar el Everest.

Desde la puerta de la sala, de cristal transparente, vio el panorama: un corro de sillas ocupadas por cinco personas: un hombre de unos veinte años, tres mujeres que quizá pasaban de los veinticinco y la psicóloga. La silla vacía llevaba su nombre.

Cuando entró en la sala, se hizo el silencio y todos se volvieron hacia la puerta poniéndola en medio del foco, justo donde se sentía más incómoda. De repente sintió frío. Seguramente no lo hacía, pero los nervios te juegan estas malas pasadas. Su saludo se limitó a levantar ligeramente la barbilla, y aún gracias. Una de las chicas, justo la de su lado, acabó de contar su historia, que, como todas bajo ese techo, era dura. No pudo evitar las lágrimas ni los sollozos. Bienvenida a terapia. Rememorar puede llegar a ser de lo más cruel. En esa sala, quien más quien menos habría vendido un pedacito de su alma a cambio de olvidar.

La psicóloga agradeció la intervención con una mirada amable, palabras alentadoras y una sonrisa cómplice. No es fácil desnudarse en público. La psicóloga peinó con la mirada el corro de asientos y detuvo los ojos en ella. A Irene, el contacto visual le provocó un escalofrío. La psicóloga la examinó, como si quisiera reventar las puertas blindadas de su cerebro para saber qué había dentro. Solo había una forma de conseguirlo.

—Hola, Irene. ¿Quieres contarnos algo?

36

Le encantaba fumar. Después de comer, de beber y de follar. En este caso, fumar después de un buen café, corto y amargo. Llenarse los pulmones de aire contaminado y soltarlo muy despacio. Saboreando hasta la última partícula de mierda que flotaba. Dicen que la nicotina solo tarda siete segundos en llegar al cerebro y que, una vez allí, libera un chute de dopamina suficiente para que los adictos sientan alivio y placer. Lo que vendría a ser una droga, vaya.

Arnaldo Quiroga estaba enganchado al tabaco a pesar de los posibles efectos adversos tan escabrosamente anunciados en los paquetes: cáncer de pulmón, hipertensión arterial, infarto de miocardio, disfunción eréctil y un montón más de malos augurios. Al parecer, en comparación, las siete plagas de Egipto eran un juego de niños. Pero, seamos sinceros, cuando navegas entre el narcotráfico y el blanqueo de capitales con la pasma y los clanes rivales pisándote los talones, que te pinten el futuro negro como el carbón porque fumas es para descojonarse de risa. En el caso de Q, el futuro no iba más allá del día siguiente y para de contar. Llevaba años sosteniéndole la mirada a la muerte. Desafiándola. Driblándola. Y hasta ahora había ganado él. Siempre al límite, siempre con el corazón en un puño. Se excusaba pensando que era allí adonde la vida lo había llevado, pero en algún rincón de su interior sabía que era lo que él había elegido. Nada de familia, nada de amigos, nada de tranquilidad, nada de hipoteca y nada de trabajo de nueve a seis en catorce pagas. Nada de vida convencional.

Fumar, decíamos. Las malditas leyes antitabaco ya no lo dejaban fumar en el bar mientras leía *La Verdad*. Aunque un periódico con este nombre era una broma de mal gusto, aparte de un oxímoron en toda regla. Aun así, le gustaba estar informado, o al menos sentir que lo estaba (que no es exactamente lo mismo). De un trago, liquidó el café, que le dejó un rastro abrasador en el esófago, pagó con un par de monedas y se largó del tugurio. Rancio, pero con el encanto de los bares de antes. Con barriles de madera empotrados en el techo, pizarra de tiza que anunciaba la manduca del día, un dedo de grasa por todas partes y sin nada del Ikea.

Nada más pisar la calle, encendió un cigarrillo y a fumar por las calles se ha dicho. Siete segundos, nicotina, chute de dopamina y placer. Una droga.

De todas las ciudades en las que había vivido, Barcelona era, de lejos, donde más a gusto se encontraba. La Coruña no dejaba de ser un pueblo grande, en Nápoles la competencia jugaba en casa, y París... Sí, es preciosa, pero está llena de franceses que desbordan hospitalidad. Con todo, cualquier lugar era mejor que su pueblo natal. En Vilagarcía de Arousa todo el mundo conocía su vida, milagros y presunto historial delictivo. Pero por muy «presunto» que pongas delante, cuando te cuelgan un sambenito ya no te lo quitas de encima en la vida. En su pueblo no le quedaba nada. Ni familiares ni amigos, y a duras penas buenos recuerdos. Lugares mejores en los que caer muerto los había a patadas. En Barcelona tenía buena vida, buen clima y, de propina, vivía en el anonimato; una manta cálida donde lo peor de cada casa puede encontrar cobijo. Sin saberlo, en Barcelona podía cruzarse con auténticas perlas con aspecto de vecinos respetables: camorristas, mafiosos rusos o yihadistas. Los ladrones de guante blanco, poco o mucho, sí eran conocidos. Google Maps mismo sabía dónde encontrar las sedes de los bancos y de los partidos políticos.

Q llegó tranquilamente al principio del paseo de Gràcia y cruzó la plaza Catalunya levantando una bandada de ratas voladoras —algunos las llamaban palomas— a su paso. Dejó atrás el monumento a Francesc Macià y, justo después, Aran se acercó la muñeca a la boca.

—Tuyo, Fede.

Arnaldo Quiroga iba Rambla abajo esquivando a turistas como un esquiador haciendo eslalon. Mientras tanto, Fede, desde un lateral de la calle, atisbaba al objetivo, que dejaba atrás el teatro Poliorama, la iglesia de la Mare de Déu de Betlem y el Palau de la Virreina. Lo siguió hasta que giró para cruzar la emblemática puerta principal del mercado de la Boqueria: un arco modernista decorado con vitrales de diseño geométrico de colores azul, amarillo y marrón de donde colgaba el antiguo escudo de Barcelona. Justo allí, la sargento Roca le cogió el relevo.

—Mío —dijo por el intercomunicador.

Q fue zigzagueando entre barceloneses y turistas por los puestos de fruta exótica, de pescado, de carne y de todas las viandas imaginables. Esto último, durante algún tiempo, incluía grillos con sabor a queso, gusanos encurtidos y escorpiones tostados; todo a un ojo de la cara el kilo, por supuesto.

Una vez atravesada la Boqueria, Q fue a parar a la plaza de Sant Josep, justo detrás del mercado. Se encendió otro cigarrillo. Ya en pleno Raval, ignoró a un yonqui que se pinchaba a plena luz del día y rondó por las calles hasta entrar en un portal lleno de grafitis y estucado de meados.

—Ha entrado en el número 65 de la calle Hospital. Toca troncha. Busquemos palanca —anunció la sargento.

En la jerga policial, «troncha» era vigilancia, y «palanca» era el lugar desde donde se hacía esa vigilancia.

Solo unos metros más allá, detrás de la puerta metálica grafiteada y maloliente, Arnaldo bajó unas escaleras de cemento visto en medio de la penumbra. En la entrada del sótano había una mesa con una montaña ingente de cocaína con la que dos hombres con mascarilla quirúrgica iban preparando gramos para la distribución. Con una cucharilla rellenaban la papelina, la depositaban en una balanza, añadían o quitaban hasta ajustar a un gramo, doblaban la punta de la papelina y la sellaban con un golpe de mechero.

Un gramo, sesenta euros.

Cien gramos, seis mil.

Un kilo, sesenta mil.

Y así hasta crear un imperio. De esos que destruyen vidas, futuros y familias. Pero también lo eran las armas y los gobiernos; bien que compraban y vendían a mansalva. Armas sí, drogas no. El camino del poder está pavimentado de hipocresía, decía Frank Underwood de *House of Cards.*

Arnaldo ignoró a los dos tíos que manufacturaban el producto final en un ambiente en el que flotaba una mezcla de humedad y cierto olor a química. Llegó a un despacho a juego con la decrepitud del lugar. Dentro encontró sentada a Aurora Molina, que revisaba unos libros de contabilidad. Nada más entrar, Molina —gafas para la presbicia en la punta de la nariz y su habitual cara de palo— levantó la cabeza para clavarle una mirada dura y a la vez de asco. Arnaldo, todo él, olía a tabaco. Una chimenea con piernas, que tenía los dientes amarillos y las puntas de los dedos ennegrecidas. Un desecho humano.

—Apaga esa mierda.

—Esa mierda es lo más sano que hay en este antro —dijo él mientras levantaba el cigarrillo.

Arnaldo dio una larga calada, se acercó despacio a la amargada y le lanzó el humo a la cara, lo que la hizo toser, visiblemente cabreada. Luego, obediente, aplastó el cigarrillo en un cenicero.

—Vamos atrasados —dijo la mujer entre toses.

—Acabamos de empezar la gira, Aurora. No te pongas nerviosa.

—Si tienes huevos, cuéntaselo tú a Trinidad para que se lo diga a O Pai.

—¿Cuándo la verás?

—Dentro de un par de semanas. ¿Estará limpio todo el último cargamento para entonces?

—Sí... Sí, creo que sí. Con los próximos conciertos, creo que sí.

—¿Estás seguro?

—Contamos con Víctor Alemany y la Filarmónica de Barcelona. La gente lo quiere y nosotros lo tenemos. Tranquila, no dejaremos ningún euro en la mesa.

—Más vale que así sea, Quiro.

—No hace falta que me digas lo que tengo que hacer. Conozco bien a O Pai.

—Lo conocías. Ya no sabes qué cara tiene ni su nombre actual.

—Ni tú tampoco. No te hagas la lista ahora.

Aurora se quitó las gafas, se incorporó y cerró el libro de contabilidad de un golpe levantando una nube de polvo alrededor. Alzó el brazo juntando los dedos pulgar, índice y corazón, como si mostrara una tarjeta roja.

—Trescientos mil, Quiro. En dos semanas. Si no, vienes conmigo, hablas con su gente de los viejos tiempos y de paso les explicas por qué no has hecho la colada.

Aurora negó a Arnaldo el derecho a réplica y lo dejó con la palabra en la boca. La gerente de T&M Group y la OFB se marchó escalera arriba mientras los dos hombres seguían embolsando gramos de cocaína. Alguien los recogería, otro los vendería y un tercero volvería con esa mercancía convertida en fajos de billetes que se lavarían a través de algo tan respetable como la música clásica.

El día se marchitaba cuando Aurora salió del número 65 de la calle Hospital en dirección a la rambla del Raval. Aran, en tono juguetón y con la muñeca muy cerca de la boca, se comunicó con los compañeros apostados estratégicamente.

—Señoras y señores, acaba de salir el gordo de Navidad.

—¿Quién es el premio? —A Martina se la comía la curiosidad.

—Aurora Molina.

—¡No jodas! ¿Seguro que es ella?

—¿Nos jugamos duplicar mis vacaciones? —Mientras probaba suerte, Aran fotografió a Molina con el móvil. Esa imagen iría directa al expediente de la causa.

—Ni de coña. No puedo permitírmelo.

En la rambla del Raval, Fede, con un casco que le tapaba la cara, estaba parado en una moto cuando Aurora pasó por su lado.

—Va hacia ti, sargento.

La sargento abandonó su palanca y la troncha, y caminó a paso ligero por un callejón estrecho.

—La excursión nos ha salido mucho mejor de lo que esperábamos. No la caguemos ahora. Nos tiene calados del día del Palau de la Música. Larguémonos. Nos vemos en comisaría.

Acertadamente o no, la sargento había abortado la operación, y Fede, en perfecto plano dorsal, vio a Aurora alejarse rambla del Raval abajo. ¿Qué clase de poli sería si exponía a su equipo de forma innecesaria? Una buena poli no hacía estas cosas.

37

Al final del pasillo, oscuro como boca de lobo, se intuía una luz tenue y roja. De allí provenía una música repetitiva y sugerente a la vez. El juez Evaristo Salazar avanzaba por el pasillo arrastrando la silla de ruedas que le hacía las funciones de piernas desde adolescente, hacía ya más de cuarenta años. En todo ese tiempo había cultivado una actitud arisca y también unos buenos bíceps a fuerza de años tirando de los aros de empuje fijados a las dos ruedas.

Llegado al final del pasillo, accedió a la zona de los podios y las barras, donde un montón de hombres como él babeaban con el ganado que se exhibía al ritmo de la música.

Salazar acomodó la silla de ruedas en una barra baja. Así podía tomar una copa apoyado y, con la nuca inclinada hasta dejarse las cervicales, admirar los cuerpos que se movían de forma provocativa.

El juez levantó un dedo —tan amorcillado que un anillo cumplía cadena perpetua— y el camarero se acercó.

—Lo de siempre.

Ni buenas noches ni por favor ni hostias. Lo de siempre.

El camarero, amén al paralítico calvo que dejaba buenas propinas, preparó un ron doble con un par de cubitos de hielo.

Sentado en la silla, Salazar disfrutaba del baile. El camarero —una roca musculosa con pajarita— le sirvió la copa en vaso de tubo. Como quien tira comida a los patos, el juez soltó un billete sin esperar el cambio ni retirar la mirada del podio. Sorbió el licor y después pasó el labio inferior por el mostacho húmedo.

Le echó el ojo a un chavalito —tanga de cuero, botas y sombrero de *cowboy*— que no tendría más de veintiún años. Así le gustaban: imberbes, depiladitos, musculados y con la piel firme. Tiernos. Dóciles. Casi como niños. El matiz del «casi» era importante para un hombre de ley como él.

Copa en mano, se deleitó con el chico, que no dejaba de lanzarle miradas provocativas. Mestizo, ojos almendrados y pelo rizado. Si no era peruano, debía de ser venezolano. Un bomboncito para estrenar. Era nuevo en el club, no lo había visto por allí. Su señoría premió el baile con un billete en el tanga. Si le pidiera los papeles, podría tirárselo gratis, estaba seguro. Pero Salazar era una persona de principios. El jovencito se acercó para acariciarle la calva y el bigote con la picardía que enseña la necesidad.

Un par de billetes en el tanga después, el chapero y el juez estaban en una habitación con luces rojas, techo con espejos, jacuzzi y una silla de ruedas vacía.

Salazar, tumbado en la cama totalmente desnudo, gozaba de una felación del corderito. Cómo se crían hoy en día, pensaba entre gemidos. El juez se mordía el labio inferior, que le cubría el mostacho. A la vez se acariciaba el pezón, justo donde empezaba la barriga alfombrada que le impedía verse ahí abajo desde ya no recordaba cuándo.

De repente, un timbre estridente provocó que el magistrado soltara tacos a diestro y siniestro.

—¡Y ahora qué pasa, joder! —blasfemó.

Lo que pasaba era que el móvil de su señoría estaba enviando la magia del momento a tomar por saco. Putas guardias.

Extendió el brazo y dio la vuelta al pantalón, que había dejado por ahí, hasta encontrar el teléfono de los cojones.

—Tú sigue —ordenó al jovencito antes de descolgar—. Diga.

—Siento molestarlo, señoría —se disculpó el cabo Marín.

—Más lo siento yo, créame. ¿Qué quiere?

El prostituto levantó la mirada, pero el juez lo cogió bruscamente por la nuca para que continuara a lo suyo.

—Hemos hecho progresos en el caso del Palau de la Música y necesitamos su autorización para que Hacienda nos facilite la contabilidad de varias empresas relacionadas con la Filarmónica de Barcelona.

Salazar, con el móvil en la oreja, los ojos cerrados y cara de placer, no respondió. Estaba a punto... Muy a punto.

—¿Señoría?

—¡Que sí, coño! ¡Que sí! Ustedes sigan adelante, que cuando pueda redacto la orden y se la envío.

—Muchas gracias, señoría.

Entre gemidos, Salazar colgó sin despedirse del cabo. Refunfuñando, lanzó el teléfono por encima de la cama y se centró en la bendición que tenía entre las piernas.

38

La muerte de Toni Guasch había llevado a Martina bajo el cielo gris ceniza y meón de Londres. No era, ni de lejos, su lugar preferido. Frío, lluvia y el *fish and chips* como plato estrella no mataban como carta de presentación, para qué engañarse. Y, para ponerle la guinda, monárquicos hasta la médula. Aun así, Martina creía que lugares como Camden, el Covent Garden y el Soho tenían su qué. También el Royal Albert Hall, el objetivo del viaje.

El templo musical de la capital británica era un edificio majestuoso, redondo y coronado con una gran cúpula de cristal que, inevitablemente, le hizo pensar en la claraboya del Palau de la Música estallando por los aires.

La gran estructura elíptica del Royal Albert Hall estaba edificada con seis millones de ladrillos rojos y decorada con unos ocho mil bloques de terracota. Un icono cultural en el corazón de Londres, pero, como todo lo que llevaba el sello victoriano, a Martina le resultaba demasiado cargante.

La sargento subió la larga y ancha escalinata exterior, que la condujo hasta la puerta principal. Ya arriba, la estatua memorial del príncipe Alberto con el gran friso ornamental que abarcaba toda la circunferencia del edificio le dio la bienvenida. Una vez en la entrada principal, placa y adentro.

El patio de butacas de la sala de conciertos —el Auditorium, lo llamaban— estaba completamente vacío. En el escenario, eso sí, hacían el último ensayo de la Royal Philharmonic Orchestra antes del estreno de *Carmina Burana*, esa misma noche. En una esquina, la soprano Blanca Alzamora escuchaba al coro interpretando «O fortuna», una oda al destino de las personas regido por los caprichos de la suerte. Un canto a disfrutar del presente mientras se pueda porque el futuro es impredecible por definición. Los clásicos sabían la tira sobre la vida. Más tarde le llegaría el turno a la soprano con «Stetit puella», «In trutina» y «Dulcissime».

Con esta banda sonora, la sargento se adentró por el pasillo central en dirección al escenario bajo el famoso techo de aluminio estriado. Se sentó en la primera fila y contempló una representación de la que era la única espectadora. Aunque la sala, con aspecto de anfiteatro romano, estaba vacía, la potente voz de Blanca Alzamora la llenaba con creces. Martina era más de The Cure, de Suede y de Oasis, pero no hizo un feo a un concierto privado de la Royal Philharmonic en la fila cero.

Unas piezas después y en un inglés de esos con acento académico, el director de la orquesta dio el ensayo por finalizado y los músicos se levantaron de sus posiciones y hormiguearon en silencio hacia la salida. Martina se acercó al pie del escenario y, desde arriba, Blanca Alzamora —sin las galas ni el maquillaje que luciría horas después— la saludó con un gesto de la barbilla.

Al rato, ya a solas, se acomodaron en dos sillas en el escenario. La sargento levantó la mirada, se imaginó en ese mismo punto con el Royal Albert Hall lleno hasta los topes y entendió eso del miedo escénico.

Blanca Alzamora tenía el cutis cuidado, una manicura de anuncio, ni una sola cana y una rinoplastia cortada por el mismo patrón que las habituales de las revistas del corazón. El olor a perfume le llegaba con sutileza y sin apestar. DKNY, supuso Martina. No le costó nada imaginársela desnuda. Con un clic procedente de vete a saber dónde —probablemente de su conciencia de policía—, la sargento dejó las fantasías de lado para centrarse en intentar sacarle todo el jugo al encuentro. Para romper el hielo, hablaron del estreno de esa noche para casi seis mil espectadores, con las localidades agotadas en pocos días. Cuando la soprano se olió que la introducción amable llegaba a su fin, bajó la persiana de su sonrisa perfecta. De repente parecía que estuviera probando algo amargo. Tocaba enfrentarse a la desagradable realidad.

—Ya sabe por qué estoy aquí.

—Por la muerte de Toni. El cabo Marín me lo explicó cuando concertamos este encuentro.

—¿Lo conocía?

—¿A Toni? Sí... Desgraciadamente, sí.

—¿Qué puede contarme de él y de la Filarmónica de Barcelona?

—¿Quiere la versión oficial o la verdad?

Que la soprano respondiera con una pregunta como esa no era de poca importancia; pronto la sargento sabría por qué. Martina miró a Blanca fijamente a los ojos. Eran de un verde penetrante.

Bonito.

Expresivo.

Enigmático.

En breve también podría añadir el adjetivo «revelador».

La soprano le sostuvo la mirada más tiempo del que seguramente habría sido necesario. Era tan intensa que parecía que estuviera leyéndole el pensamiento punto por punto. Un pensamiento que más o menos se resumiría como «cántalo todo, reina, porque no tengo otro hilo del que tirar».

—Tenemos sospechas de ciertas actividades delictivas relacionadas con la OFB.

—Sé de lo que me habla, sargento... —El rostro consternado de Blanca no parecía impostado.

—¿Qué puede contarme?

—Que Aurora Molina lo encubre todo.

—¿Y Víctor Alemany?

—¿Víctor? Hostia... Víctor es el que lo maneja todo. Y detrás van sus amiguitos.

—¿Qué amiguitos?

—Jaume, Samuel y Toni.

—¿Toni Guasch? Pero si su hermano murió de sobredosis... Tenía entendido que era una persona sensible al tema de las drogas.

—¿Drogas?

La cara de Blanca viró hacia el desconcierto más absoluto. Martina se dio cuenta de inmediato de que no hablaban de lo mismo.

—Perdone, ¿a qué actividad delictiva se refiere, señora Alzamora?

—A abusos sexuales.

El peso de esas palabras cayó a plomo sobre las dos por razones muy diferentes. Martina abrió los ojos como platos ante la nueva vía que se abría en la investigación.

—¿Abusos sexuales?

Blanca movió la cabeza hacia delante.

—¿Por qué cree que dejé la OFB?

—¿Qué pasó?

La soprano agachó la cabeza y tragó saliva. Cabizbaja, como si en el suelo fuera a encontrar escritas las palabras que lo justificaran todo. Evidentemente, no estaban. Si no las había encontrado durante años rebuscando en su conciencia, no lo haría ahora de repente.

Tardó largos segundos en reunir el valor para levantar la cabeza, pero no el suficiente para mirar a la sargento a los ojos. Prefirió desviar la mirada a los asientos rojos de la platea. Quizá por vergüenza, quizá por incomodidad, quizá porque era de esas que lavaban los trapos sucios en casa. La cara de Blanca reflejaba un desmoronamiento interior de gran magnitud.

—Yo... quería hacer carrera... Y cedí.

—¿Cedió?

—El trato era sencillo: si eras mujer, no cantabas en la OFB a menos que pasaras por la cama de Víctor Alemany.

Martina sintió unas brasas que la quemaban por dentro. Apretó los dientes y cerró los puños con tanta fuerza que los nudillos se le pusieron blancos. Hizo un esfuerzo para contener la rabia y no transmitírsela a Blanca. No quería contaminar la declaración. Quería que siguiera hablando, necesitaba que lo hiciera.

—¿Y Aurora Molina lo sabía?

—Claro que lo sabía...

—¿Y lo permitía?

—¿Usted sabe el dinero que genera Víctor? Revientan la taquilla allí donde van.

—¿Y los demás? ¿El círculo más cercano a Víctor Alemany?

—Eran sus «protegidos». En algunas de las fiestas que se celebraban después de las actuaciones me «invitaron» a acostarme con ellos. Si te negabas, ya sabías dónde estaba la puerta.

—Y cedió.

Blanca enmudeció de golpe. El peso del pasado y el sentimiento de culpa resonaron con fuerza en su interior. Seguía sin mirar a los ojos a Martina. Como si, de alguna manera, eso la exonerara de la deshonra. Su mirada reflejaba las facturas que la vida le había cobrado a tocateja.

Reunió fuerzas para seguir esa confesión que la embadurnaba de vergüenza, de asco y de humillación. Sintió una náusea que asomaba esófago arriba, pero consiguió frenar el desastre dando un trago de agua. Instantes después inspiró profundamente, resopló y por fin pudo continuar.

—Yo quería progresar en el canto. Lo quería más que nada en el mundo. Quería mi papel en la gira. Y quería... Quería más papeles. Cuando me encontré con Víctor, fue como conocer a una persona con un aura a su alrededor. Llámeme idiota, si quiere, pero era como si te presentaran a Dios.

—¿Duraron mucho los abusos?

—Dos años. Todo el tiempo que canté en la orquesta. A la primera buena propuesta que me hicieron, salí por piernas.

Martina rompió la distancia entre policía y testigo cogiendo la mano de la soprano. Un gesto de esos que valen más que mil palabras. Después, por primera vez en toda la conversación, los ojos de Blanca se volvieron vidriosos y empezó a temblarle la voz.

—Se ponía hasta arriba de farlopa y se volvía muy agresivo. Ahora entiendo lo que me decía de la droga. Era horroroso. Al día siguiente era aún peor. Te ignoraba y ni te miraba a la cara. Y, si lo hacía, era capaz de arrancarte el corazón con la mirada. Era cruel y degradante. No tenía escrúpulos. Te hacía sentir como una mierda. Te humillaba y te despreciaba. No eras nadie para él y te lo demostraba. Lo perdías todo: la dignidad, la autoestima... —Blanca se secó una lágrima.

—¿Sabe de otros casos como el suyo?

—He hablado con otras cantantes que ocuparon antes mi sitio. Como a mí, les prometía papeles y si no cumplían, y no me refiero a cantar, sino a cumplir sexualmente, quedaban fuera de las actuaciones.

—Un secreto a voces.

—Exacto. Pero ¿quién denuncia al gran Víctor Alemany? No tenía ninguna posibilidad de que me escucharan. La respuesta habría sido la incredulidad.

Martina sabía que no podía rebatírselo. El miedo paraliza y te deja inmóvil. Es así. Es un hecho. La corteza central del cerebro es nuestro director general, la que toma las decisiones. Treinta y cinco mil al día. Casi todas inconscientemente. Derecha, izquierda, abre, cierra, sube o baja. Pero las decisiones conscientes son las que cuestan de verdad, como denunciar a alguien que tiene un poder infinito y que desde su trono del rey de la música clásica abusa sin escrúpulos.

—Señora Alzamora, ¿sabe si la OFB ha funcionado siempre así?

—Siempre hacían un casting, por llamarlo de alguna manera. Con la única que no fue así fue con Clara Guevara.

—¿Quién?

—Clara Guevara, precisamente la soprano que me sustituyó. Acababa de salir del conservatorio. Era muy joven. Yo dejé la OFB de un día para otro para venirme aquí. Como comprenderá, cuando me salió esto de Londres, me marché de inmediato. Me pidieron que me quedara hasta que encontraran a una a sustituta, pero me negué en redondo. La OFB tenía una actuación esa misma semana y ficharon a Clara Guevara a toda prisa para salvar el percance. Al parecer, Aurora Molina la tenía en cartera y, curiosamente, estaba libre. No hubo tiempo de hacerle un casting en el que Víctor estuviera a solas con ella y pudiese ver si era dócil o no. El problema para Víctor fue que Clara lo bordó en su primera actuación, nada menos que en la Scala de Milán. Clara... era un portento. Tenía un talento innato. Llegaba a las notas más agudas como si nada. Ante la respuesta de la crítica especializada, Aurora Molina, que no es tonta, impuso que la contrataran. Supongo que Víctor no se lo tomaría muy bien.

—Pero ahora en la Filarmónica de Barcelona está... —la sargento consultó unas notas— Nàdia Abad.

—Clara Guevara murió hace un tiempo.

—¿Cómo dice?

—Se suicidó. Se ahorcó.

En la mente de Martina apareció como un destello la imagen de Toni Guasch colgado de la claraboya del Palau de la Música. La madeja seguía liándose, y de qué forma.

Un silencio denso quedó flotando en el aire del Royal Albert Hall. De repente, como si alguien hubiera chasqueado los dedos, Blanca sacó el móvil y tecleó rápidamente. La manicura repiqueteaba con fuerza contra la pantalla. Cuando encontró lo que buscaba, giró el teléfono hacia Martina.

—Mire, sargento. Clara Guevara.

39

La mayoría de los colegios de la zona alta de Barcelona estaban cortados por el mismo patrón: edificios mastodónticos, dirigidos por alguna orden religiosa y regentados por hijos de personas adineradas. Toda la vida había sido así y nada hacía pensar que pudiera cambiar.

A la hora de la salida de clase, las calles del llamado Upper Diagonal, la zona rica de la ciudad, eran un hervidero de jóvenes equipados con el último grito en ropa de marca y telefonía móvil. Entre esa cantera de futuros emperadores estaba la hija de doce años de Jaume Muntaner, Zoe. Iba por el paseo de la Bonanova con una amiga, Berta, charlando de cosas propias de su edad.

—Pero ¿qué dices? ¡No nos besamos!

—Venga, va, Zoe... Que os vi...

—¿Nos viste?

—Claro... Parece que estás loca por él.

Zoe esbozó una sonrisa de esas que provocan las mariposas en el estómago cuando todavía vas por el mundo con un ramo de lirios en la mano. Para sacarle más jugo a la conversación, Berta cogió el móvil y lo trasteó.

—Jan está colado por ti... Mira la foto que ha colgado en Instagram.

Zoe Muntaner consultó la red social. Efectivamente, el tal Jan había puesto un montón de corazones, llamas y otros emoticonos para hacer público que, como bien decía Berta, pondría a Zoe en un pedestal. Al ver la publicación, la joven Muntaner sintió una dulce punzada en la espina dorsal y se le erizaron los pelos del antebrazo. Cosas de la juventud, de los primeros amores y de tener el historial de hostias limpio como una patena. Las dos amigas caminaron un rato, absortas con TikTok e Instagram, aplicaciones que pasaban por ser un cóctel de metadona tecnológica, succionadoras de datos y verdugos de la socialización.

Mientras miraba Instagram, el rostro de Zoe cambió de golpe. Las facciones de la cara se le tensaron y abrió los ojos hasta que parecieron dos platos. Volvió a sentir una punzada en la espina dorsal. Pero esta vez no había mariposas por ninguna parte. Solo un pánico atroz bajándole por las piernas, que empezaron a flaquearle. La mano que sujetaba el móvil temblaba como una hoja de árbol en pleno vendaval.

Se detuvo en seco mientras Berta, absorta en la pantalla de su móvil, seguía como si nada. Tuvieron que pasar una veintena de metros para que levantara la vista y se diera cuenta de que caminaba sola; por alguna razón, Zoe se había quedado atrás. Berta retrocedió y se encontró a su amiga paralizada. Su mirada, aterrada, estaba anclada al teléfono. Un mensaje con un vídeo era el culpable.

—¿Qué te pasa? ¿Has visto a Jan con otra o qué?

Zoe no reaccionó. Estaba inmóvil, ajena a la vida que fluía a su alrededor. Berta le chasqueó los dedos a un palmo de la cara, como si quisiera despertarla de una sesión de hipnosis. De alguna manera, lo consiguió, y Zoe miró por fin a su amiga. Medio aquí, medio allá. Sin decir ni mu, marcó el número de teléfono de su madre, Elsa.

Pero Elsa estaba reunida en su moderno despacho contiguo al domicilio familiar con un cliente que respondía al pie de la letra a la descripción de *yuppie*: engominado, mascando chicle y con una ropa que serviría para alimentar a toda una familia. El teléfono de Elsa vibraba mientras ella tomaba notas en el iPad.

—El proyecto es el rediseño de la fachada de nuestra sede del paseo de Gràcia.

—Conozco bien el edificio. Un lugar emblemático de la ciudad. ¿Cuántas empresas están en el concurso?

El móvil de Elsa continuó vibrando con el nombre de Zoe parpadeando en la pantalla. El *yuppie* chasqueó la lengua, frunció el ceño, apretó los labios y proyectó la mandíbula hacia delante. Más claro, agua. El cliente quería toda la atención para él. Quien paga manda. Desde el punto de vista de la comunicación no verbal, detectar el enfado con rapidez permite reaccionar de manera preventiva ante un posible conflicto, y Elsa, que sabía lo que se jugaba, colgó a Zoe para escenificar que el *yuppie* tenía toda su atención.

—Elsa, mire, esto es una petición expresa del señor Antoni Gimferrer, nuestro fundador, presidente y propietario. Se quedó maravillado cuando visitó el Hilton y la nombró explícitamente... Así que preséntenos un proyecto atractivo y, si nos convence y sin que sirva de precedente, no habrá concurso. El señor Gimferrer dejará pronto la presidencia en favor de su hijo. Digamos que esta obra será parte de su legado.

Caprichos del amo.

Hágase su voluntad.

Adjudicación a dedo.

Dios se lo pague, señor Gimferrer.

Elsa esbozó una media sonrisa que supo disimular bastante bien. A continuación, silenció el móvil y lo colocó boca abajo. El trabajo pasaba por encima de la familia. Una vez más. Seguro que su hija no la llamaba para nada importante.

Mientras tanto, en el paseo de la Bonanova, Zoe, con el teléfono en la oreja, maldecía a su madre.

—¡Hostia, mamá!

Colgó y se quedó mirando a Berta, que, como un pasmarote, no entendía de qué demonios iba todo aquello. Pocos segundos después, Zoe reaccionó.

—Me piro.

—¿Cómo que te piras? ¿Adónde?

—A casa.

—Pero... ¿Y la clase de rítmica?

—Paso —dijo, y se alejó a paso ligero.

Zoe dejó plantada a Berta y empezó a caminar apresuradamente por el paseo de la Bonanova en dirección oeste. El corazón le iba muy deprisa. No podía decirse que hiperventilara, aunque le faltaba muy poco. Tenía la boca seca y la lengua de trapo. Por más que intentara humedecerlas, no había manera.

Miraba atrás cada dos por tres. Su cabeza reproducía en bucle el vídeo que había recibido en Instagram. Volvió a mirar atrás, impulsada por un miedo como nunca antes había sentido.

¿Quién se lo había enviado?

¿Por qué?

¿Qué querían?

Consultó el móvil por si su madre la había llamado. Nada. Mierda. Sabía que su padre, Jaume, estaba volando hacia Venecia, pero lo intentó igualmente. Sin apartar la mirada de la pantalla, no se dio cuenta de que estaba cruzando la calle con el semáforo en rojo y un coche frenó de forma ensordecedora; el chirrido se le introdujo hasta la boca del estómago. Cuando levantó la mirada de la pantalla, encontró el coche a menos de un palmo de sus piernas. No la habían atropellado de milagro. Lo que sucedió después siguió escrupulosamente el manual del grosero. Desprecio, insulto y prejuicio de una tacada, concentrados en una frase.

—¡Puta pija, niña de papá! ¡Apártate de en medio!

Todo eso acompañado de un largo pitido de claxon, como si eso elevara el insulto al cuadrado. Un pastor alemán de malas pulgas que un hombre paseaba ladró a Zoe una merecida bronca. No duró mucho, pero sí lo bastante para dejarla al borde del llanto.

Cuando al fin se quedó sola, intentó recuperar el control de sí misma. Antes de las reprimendas del grosero y del pastor alemán, estaba llamando a su padre, pensó. Volvió a hacerlo, pero saltó el contestador automático. Apagado o fuera de cobertura. Normal, en pleno vuelo.

Las imágenes de Instagram le volvieron enseguida a la cabeza. Visiblemente nerviosa, miró a izquierda, derecha, adelante y atrás, con la cacofonía del tráfico como banda sonora.

Zoe siguió caminando acelerada. De nuevo, izquierda, derecha, adelante y atrás. Se quedó clavada. Un desconocido la miraba fijamente. Treinta y pocos años, atlético, con chándal y zapatillas deportivas. El pánico la golpeó por dentro hasta el tuétano. Zoe aceleró aún más el paso. Volvió a mirar atrás. El hombre del chándal empezó a correr hacia ella. Los dedos se le embalaron por el móvil de nuevo. Caminaba con el teléfono pegado a la oreja. Ni rastro de su madre. Cabreada, colgó.

—¡Hostia puta!

Si en su casa hubieran oído tanta palabrota, le habría caído una buena. Pero en ese momento y en esas circunstancias estaba más que justificado.

Zoe cruzó la calle esquivando los vehículos que circulaban por el paseo de la Bonanova en hora punta. Llegó a la plaza de Sarrià. Al pie de la iglesia de Sant Vicenç, izquierda, derecha, adelante y atrás de nuevo. Cuando se dio cuenta, tenía al del chándal casi encima. Estaba a punto de pedir auxilio cuando el hombre saludó a una mujer, también en chándal, y ambos se alejaron corriendo.

Zoe resopló. Menos mal. Después de unos instantes, un clic. Continuó caminando rápido hasta meterse en un callejón. Estrecho, largo, solitario, el de su casa. Esprintó hasta el portal. Entró y cerró de un portazo que debió de resonar hasta el ático. Ya en la portería, ascensor y hacia arriba. Al salir en el quinto, se cruzó con el *yuppie* que había estado en el despacho de Elsa. Rellano y adentro. Por fin en casa.

Zoe entró directamente en el despacho de su madre sin llamar.

—¡¿Por qué no lo cogías?! ¡Joder!

—Hola, hija. Yo también me alegro de verte. —El tono condescendiente mientras elevaba la mirada por encima de las gafas cabreó aún más a Zoe.

—¡Te he llamado un montón de veces!

—Estaba con un cliente muy importante. Me darán el proyecto de...

—¡Mira! —la interrumpió la hija con brusquedad—. ¡Mira lo que he recibido!

Zoe extendió el brazo hasta plantar el móvil a un palmo de la cara de su madre. Elsa miró la pantalla, donde estaba abierta la aplicación de Instagram. Un seguidor desconocido le había enviado un vídeo en un mensaje directo. Era casero, grabado en lo que parecía una habitación. Podía ser tanto de un hotel como de un piso como de un antro de mala muerte. No se terminaba de intuir porque había poca luz, aunque la suficiente para distinguir a dos hombres que sujetaban, uno por cada brazo, a una mujer joven. La inmovilizaban mientras un tercer hombre la violaba.

—¡Reviéntala! —vitoreaba una voz.

A ninguno de los hombres se le veía el rostro, pero el de la mujer era perfectamente visible, con los ojos aterrorizados y suplicando que pararan. El que filmaba tenía la clara intención de proteger la identidad de los agresores.

Un pinchazo castigó con gravedad la espina dorsal de Elsa. Justo después, el sudor frío resbalando por la espalda y las arcadas fueron inevitables. Ahora entendía por qué Zoe la había llamado con tanta insistencia. Quería que se la tragara la tierra. En un abrir y cerrar de ojos, el proyecto del *yuppie* había caído unas cuantas posiciones en su escala de prioridades.

Miró a Zoe como nunca lo había hecho. Sus ojos eran el reflejo de los miedos que la atemorizaban. Acababa de estallar la burbuja en la que había vivido hasta entonces. Se había hecho mayor de golpe, y ella, su madre, la había menospreciado.

El vídeo terminó. Diez segundos que parecieron una eternidad. La conciencia, que ya había empezado a ajustarle cuentas, le dio a Elsa una bofetada con la mano abierta.

—¡Están violándola, mamá!

—¿Quién te lo ha enviado?

Elsa cogió el móvil de Zoe y clicó en el avatar del remitente: un tal @puccinivengador. Ni idea de quién era. Debería soltarle un buen discursito sobre los peligros de las redes sociales, pero ¿con qué autoridad, si toda la vida había dejado hacer a la niña lo que le había dado la gana con el teléfono?

Zoe no podía detener el temblor, descontrolado desde la cabeza hasta los pies. Se sentó en una silla, cruzó los brazos como si se protegiera y se inclinó hacia delante. Miraba al vacío. Las escalofriantes súplicas de la mujer violada resonaban con fuerza en su interior de manera ensordecedora. Ni siquiera se dio cuenta de que una lágrima le resbalaba por la mejilla. Sería la primera de un montón más que llegarían después. Y detrás de las lágrimas, la tristeza, los nervios, el miedo y tener ojos en la nuca al girar cada esquina.

Elsa la abrazó. De una manera diferente a como lo había hecho siempre. El abrazo llevaba implícitas unas disculpas y una penitencia en forma de remordimientos. Ella también quería llorar. No le faltaban ganas. Pero no era el papel que le tocaba hacer en ese momento. Tenía que sacar fuerzas de flaqueza, aunque por dentro estuviera desmoronándose.

El abrazo entre la madre y la hija fue largo. Intenso. Las dos lo necesitaban. Sin decir nada, Zoe fue al baño entre sollozos. Su madre dejó que se lavara la cara y se desahogara.

Elsa cogió el móvil para volver a ver el vídeo. Las súplicas de la mujer eran estremecedoras. Intentaba deshacerse de ellos, pero eran tres hombres contra una mujer, no tenía la menor opción. Cualquiera diría que diez segundos de vídeo son pocos, que pasan rápido, pero Elsa no fue capaz de llegar hasta el final. Las náuseas que antes se habían asomado ahora volvían acompañadas de vómito. Corrió hacia el baño después de dejar en la mesa el móvil que mostraba la cara de la soprano Clara Guevara en el peor de los infiernos.

Tercera parte

Nessun dorma!
Nessun dorma!
Tu pure, o principessa,
nella tua fredda stanza,
guardi le stelle
che tremano d'amore e di speranza!
Ma il mio mistero è chiuso in me.
Il nome mio nessun saprà!
No, no, sulla tua bocca lo dirò
quando la luce splenderà!
Ed il mio bacio scioglierà
il silenzio che ti fa mia!
Il nome suo nessun saprà...
E noi dovrem, ahimè, morir! Morir!
Dilegua, o notte!
Tramontate, stelle!
Tramontate, stelle!
All'alba vincerò!
Vincerò!
Vincerò!

40

Mientras el avión despegaba, la nostalgia se instaló en el corazón de Jaume para coserlo a navajazos. Era consciente de que, muy probablemente, ese sería su último viaje con la OFB; punto final a más de veinte años de trayectoria que se fundían a negro de forma prematura. Unos años que habían pasado demasiado rápido. Hoy eres un pardillo al que le dan la oportunidad de hacer carrera en esto de la música y al día siguiente te dicen que tienes un cáncer terminal y que, sintiéndolo mucho, la fiesta ha terminado. Por el camino, Jaume había pasado más de media vida pisando los mejores escenarios del mundo y pegándose fiestas memorables en las que habían pasado muchas cosas, algunas enloquecidas y otras prohibidas, de las que, por el bien de todos, su familia nunca debía enterarse. Un pacto no escrito que el imbécil de Toni había querido romper. Los clanes sicilianos llaman a ese silencio *omertà*: el código de honor que prohíbe informar sobre las actividades delictivas que incumben a las personas implicadas. Si lo rompes, ya sabes lo que pasa.

Empotrado en el asiento del avión, Jaume estaba impregnado de una tristeza que lo había dejado mudo y compungido, abrazado por una maraña de sentimientos conformada por el enfado, la ansiedad y la depresión. Aunque, por encima de todos ellos, tenía miedo. Miedo a la muerte, al sufrimiento y al dolor. Y en especial tenía miedo a la verdad. Tal como había evolucionado esta mierda de mundo, le aterraba que se supiera lo que había hecho. El escarnio público, la vergüenza y que lo señalaran con el dedo. Hoy en día, si la sociedad te pone una etiqueta, ya puedes darte por muerto. Cuando Jaume rebuscaba en su interior, conciencia incluida, no encontraba ninguna muestra de arrepentimiento. Al fin y al cabo, si ellas jugaban las armas de mujer, él había jugado las de hombre. Así que en paz. En cualquier caso, el pasado no podía cambiarse. Lo que sí había cambiado era la perspectiva de la vida, en la que, por primera vez, el futuro no era incierto. Todo lo contrario.

Estos pensamientos lo acompañaron hasta el momento de aterrizar, cuando la fobia tomó el relevo. La pista del aeropuerto Marco Polo estaba justo sobre el Adriático. Proyectando la mirada ventana allá, la sensación era de hacer un amerizaje en lugar de un aterrizaje. Recordó aquel avión en medio del Hudson con posterior show mediático tan genuinamente yanqui.

Mientras el avión descendía, un pánico angustioso y cabrón como él solo le trepaba por dentro; desde las tripas hasta la garganta. Subiendo, subiendo y subiendo. Aumentaba progresivamente. Cuando creía que se le saldría el corazón por la boca, el avión tocó tierra y no agua. Resopló expulsando un aire cargado de tensión.

Bienvenido a Venecia, la ciudad que más odiaba del mundo.

De la puerta de llegadas de la terminal salieron los miembros de la OFB arrastrando maletas de ruedas. Leo y Víctor charlaban en cabeza de la expedición. Detrás de ellos, Jaume, encorvado y cabizbajo, parecía seguir una línea imaginaria pintada en el suelo. Los demás iban detrás.

Ya fuera de la terminal, Víctor y Leo se acercaron a Jaume mientras caminaban hacia el autocar que los llevaría al hotel.

—¿Qué, Jaume? ¿Fiesta esta noche? —A pesar de los signos de interrogación, el tono de Víctor era de afirmación.

—Venecia es un lugar cojonudo para una fiesta después de actuar —añadió Leo.

—Venecia es una mierda... Demasiados turistas... Y huele mal. No puedo con ella.

—Venecia es cojonuda. No puedes con ella porque está rodeada de agua —puntualizó Víctor.

—Hay demasiados turistas... Y sí, Víctor, odio el agua.

—Nunca nos has contado por qué. —El tono de Leo era del todo inocente.

—No me gusta.

—Pero bien que te duchas todos los días.

—Gracias por fijarte, Víctor.

—Entonces ¿por qué esa animadversión al agua?

—Puedes vivir sin saberlo, Víctor.

—Quiero saberlo.

Ahora era una cuestión de jerarquía. De mostrar quién estaba arriba y quién abajo. De buen grado o por fuerza, Jaume se lo diría.

—Jaume...

—¡No sé nadar, joder!

El tono y el lenguaje corporal de Jaume eran de quien confiesa el más zafio de sus secretos.

Víctor, incrédulo, miró a Leo. Después desvió la mirada hacia Jaume. Mantuvo el rostro serio hasta que no pudo aguantar más y estalló a reír despóticamente.

—Eso... Ríete, cabrón. Ríete...

—No te preocupes, que si te caes en el Gran Canal, te ayudaremos.

—Vete a la...

—¿Y eso, Jaume? —Leo sí supo mostrar un mínimo de empatía.

—Un hermano mío murió ahogado.

—Sí, alguna vez lo has comentado.

—Fue en la clase de natación de la escuela cuando mi madre estaba embarazada de mí. Poco después nací yo y, llegado el momento, mis padres no me llevaron a natación. Por miedo, supongo. Pero ese miedo me lo trasladaron a mí. Así que no sé nadar. Imaginad que estáis rodeados de algo que os da pánico.

—¿De una pandilla de frígidas, por ejemplo?

Jaume prefirió no responder a Víctor; era evidente que la bromita no le había gustado nada, y que, por alguna razón que Víctor y Leo desconocían, se había dejado el sentido del humor en Barcelona.

Un rato después, el autocar de la OFB circulaba por la Via della Libertà, la autopista en medio del mar que conduce a la ciudad de Venecia. Dentro del autobús, Víctor y Leo, sentados en primera fila, repasaban las entrevistas que el maestro concedería a los medios italianos. Tanto en el autocar como en el avión, la adjudicación de los asientos era un signo de estatus. Más adelante, más cerca del poder. Y este tenía un nombre y un apellido que en la OFB sabía todo el mundo.

Justo detrás del director y del jefe de prensa estaban Jaume —sumergido en sus preocupaciones—, Nàdia Abad —que leía un libro— y Samuel —que paseaba la mirada por la ventana.

Jaume notó que el móvil le vibraba en el bolsillo. Entrecerrando los ojos, miró la pantalla, donde aparecía el nombre de su mujer, Elsa. No tenía ganas de hablar, pero había visto que Zoe lo había llamado hacía un rato, en pleno vuelo, y algo en su interior lo obligó a responder. Descolgó con desgana. Lo que vendría después sería un paso más hacia el abismo.

—Hola, Elsa, reina. Acabamos de aterrizar.

—¡Jaume! ¡Han enviado a Zoe un vídeo de una violación!

Elsa tenía la voz rota y temblorosa. Todas las alarmas de Jaume se encendieron. Se incorporó instintivamente hacia delante; el gesto estuvo acompañado de un pinchazo que le atravesó el pecho como un estilete afilado. De fondo oía los sollozos desconsolados de su hija al otro lado del teléfono. Palideció de repente mientras un vaho de nerviosismo le afloraba en los ojos. Intuía el origen del vídeo y, aún peor, el objetivo que perseguía. Quería responder, encontrar las frases adecuadas que se supone que debía pronunciar un buen marido y un buen padre, pero no le salían las palabras, no podía articularlas. Petrificado e incapaz de decir nada, mantuvo el teléfono pegado a la oreja.

—¡Jaume! ¿Me has oído? ¡A tu hija la acosa un violador!

—¿Qué? ¿Cómo…? ¿Cómo lo han enviado?

—Por Instagram, en un mensaje privado.

—¿Cómo está Zoe?

—¿Cómo quieres que esté? ¡Histérica, joder! ¡Y yo también!

—¿Puedes enviarme el vídeo?

Elsa tecleó en el teléfono móvil de Zoe y le envió las imágenes a su marido.

—Ya lo tienes.

Jaume consultó el móvil y confirmó sus sospechas. Después de Toni, el chantajista ponía el punto de mira en él a través de Zoe.

Pensó en Nápoles, en lo que sucedió y en el mensaje de la diabólica voz robótica que había recibido por WhatsApp. «Hazlo público, señala a los demás culpables y a Zoe no le pasará nada». *Quid pro quo.*

—¿Jaume…?

—Elsa, amor mío, no te pongas nerviosa.

—¿Cómo coño quieres que no me ponga nerviosa? Ahora mismo voy a la policía.

—¡No vayas a la policía!

Esta última frase, pero sobre todo el tono desesperado que destilaba, hizo que Leo y Víctor se volvieran al instante. Jaume levantó la cabeza y se dio de morros contra la mirada del director. Lo quemó por dentro. Parecía tener fuego en las mejillas. Respondió a su mujer mientras aguantaba la mirada a Víctor y Leo.

—Espera a que vuelva, Elsa. Quiero estar a vuestro lado.

—¿Cuándo vuelves?

—Pasado mañana. Está en la agenda.

—Jaume, un zumbado quiere violar a mi hija. No esperaré a pasado mañana. Ahora mismo voy a comisaría.

—De acuerdo... De acuerdo. Dime algo cuando salgas.

Jaume colgó. Su rostro filtró una mueca de dolor mientras se tocaba con la mano a la altura del esternón. Sentía que desde la primera fila se fiscalizaba cada movimiento, cada reacción. Jaume era incapaz de seguir sosteniéndoles la mirada y, a través de la ventana, sus ojos llenos de preocupación se dirigieron al Adriático, que bañaba Venecia.

Sintió otro pinchazo, ahora en la barriga. Más muecas de malestar. Con una mano temblorosa, sacó una pastilla del bolsillo y se la tragó. Mientras esperaba que le hiciera efecto, su cara de preocupación se reflejaba en el cristal del autobús, que llegaba a Venecia.

Mientras tanto, en Barcelona, el miedo había invitado a la angustia a hacer acto de presencia. Elsa caminaba de un lado a otro de su casa pensando qué hacer. Toqueteó el teléfono y se lo colocó en la oreja.

—Mossos d'Esquadra.

Pero Elsa colgó de inmediato. Se quedó unos instantes mirando al vacío. Pensativa. Haciendo un repaso mental de todo lo sucedido en las últimas semanas.

De repente, se puso las gafas y tecleó de nuevo en el teléfono. Se lo acercó a un palmo de la cara para certificar que había encontrado el número que buscaba.

«Francina Garçon (madre Toni Guasch)».

Efectivamente, era ese. Inspiró y espiró profundamente, como si eso fuera a prepararla para lo que iba a escuchar. Después pulsó el botón verde.

41

Ese sería un día de mierda y lo sabía. Sentía el dolor de estómago, la dificultad para respirar y las palpitaciones nerviosas de las peores ocasiones. Sin ningunas ganas de rendir cuentas a sus superiores, Aurora se flagelaba mientras el olor a mar y salitre la acompañaba por las calles estrechas de la Barceloneta.

Sus pasos dejaron de resonar para confundirse con el alboroto de unos niños que jugaban al fútbol en la calle. Sucios, sudorosos, ingenuos ellos, que todavía creían que los Reyes venían de Oriente y que el fútbol era un deporte y no un negocio. Santa inocencia. Los miró como a un grupo de gatos callejeros, a medio camino entre el desprecio y la más absoluta indiferencia. Nunca había querido hijos. Pareja sí, las cosas como son. Pero, después de darse un hartón de coleccionar calabazas, tiró la toalla para abrazar el sexo esporádico y de vez en cuando también el de pago; especialmente cuando no le apetecía que le calentaran la cabeza para echar un polvo.

La gerente de T&M Group y la OFB dejó atrás a los niños y continuó un par de callejuelas más hasta entrar en un restaurante de nombre vasco impronunciable. Un templo para carnívoros en un barrio marinero. Ya dentro, se abrió paso por el hervidero de camareros que llevaban viandas de un lado a otro. Circuló por delante de una pared acristalada del techo al suelo detrás de la cual se veía la cocina, presidida por brasas al rojo con piezas de carne de un calibre desmedido. Con pesadez en la barriga, Aurora Molina subió una escalera que daba acceso al segundo piso, el de los reservados. Se plantó delante de una de las puertas, respiró profundamente y llamó un par de veces. Ya no había vuelta atrás.

En el reservado —vigas de madera en el techo, luz cálida y paredes de piedra vista— había una única mesa con una única comensal: Trinidad Torquemada. Cincuenta y tantos años, mestiza, pelo teñido de rubio panocha, laterales rapados, orejas llenas de aros; por el cuello le asomaban tatuajes reñidos con un mínimo sentido de la estética. Justo detrás de ella, una roca con piernas que hacía las funciones de guardaespaldas.

En lugar de saludar, Trinidad Torquemada levantó la barbilla, un gesto que Aurora interpretó como permiso (llámalo permiso, llámalo orden) para sentarse. La gerente de T&M Group, con el pelo del antebrazo erizado y apretando las muelas con todas sus fuerzas, obedeció sin decir ni pío.

La comensal tenía delante un señor pedazo de carne que debía de rondar el medio kilo como mínimo. Con un cuchillo que daba miedo, cortó un trozo tan tierno que se deshacía como la mantequilla.

—¿Sabes? Nunca he entendido a la gente que se come la carne chamuscada y dura como la suela de un zapato. Se pierde esto.

Trinidad Torquemada levantó el tenedor a la altura de los ojos con un trozo de carne vuelta y vuelta que goteaba sangre de un rojo tan vivo como el infierno. Lo observó, salivando, como si fuera una pieza de museo. Cuando su memoria fotográfica ya lo había inmortalizado, se lo metió en la boca y lo masticó con maneras de animal salvaje hambriento. Aurora, que hablaba seis idiomas con fluidez, recordó que los alemanes distinguen con dos verbos la acción de comer: *essen* para las personas y *fressen* para los animales. Sin duda, en la mesa, un comedero en lugar de un plato no habría desentonado en absoluto.

Trinidad siguió hablando con la boca llena.

—Vaca vieja y gorda. De los prados de Guipúzcoa. Espectacular. Los jugos de la bestia y la sangre por el paladar... Mmmmmm... Insuperable.

—Buen provecho, Trinidad.

—Gracias. ¿Sabes? Estos animales viven mejor que nosotros: les controlan la alimentación, el bienestar, procuran que no sufran estrés... Dicen que así la carne sale más sabrosa. —Miró el plato con desdén—. Claro que quizá viven mejor, pero seguro que acaban mucho peor.

«O no», pensó Aurora, pero prefirió guardarse la respuesta para ella.

—¿Sabes? O Pai está muy preocupado.

—No tiene por qué.

—Mujer, a ver —otro trozo para dentro—, ¿habrá más muertos o colgados de un escenario? ¿Qué debo decirle? Dímelo tú. Porque, sinceramente, yo no tengo ni puta idea.

—Lo tenemos todo controlado.

—¿Controlado?

—Sí.

—¿Todo?

—Sí, todo.

—Quizá Leo debería hacer mejor su trabajo con la prensa. Joder, la noticia ha salido en todas partes. Y ya sabes que a O Pai le gusta la discreción.

—Trinidad, por Dios, ¿cómo quieres que no salga a los medios...? Creo que hemos parado bien el golpe y es precisamente gracias al buen trabajo de Leo.

—Si tú lo dices... —Una mueca puso de manifiesto que Trinidad no compartía su opinión.

—Pongo la mano en el fuego por él.

La narco miró a Aurora fijamente. Su mirada era dura y fiscalizadora a la vez. Tan penetrante que parecía que estuviera leyéndole cada uno de los pensamientos que le daban vueltas en la cabeza. Después de unos segundos eternos, Trinidad volvió a la carga.

—Así que ¿todo controlado?

—Al cien por cien.

—Muy bien.

Después abrió y cerró la palma de la mano con insistencia. Aurora, con los maxilares a punto de resquebrajarse de tanto apretarlos, sacó un libro de contabilidad del bolso y se lo dio como quien entrega su alma a Satanás. Supo enmascarar bastante bien el temblor de la mano.

Trinidad cogió una copa de vino tinto —L'Ermita, de la bodega Álvaro Palacios de Gratallops, un priorato a un huevo y parte del otro la botella—, dio un pequeño trago y examinó las cuentas. Mientras leía, se pasó el vino de lado a lado de la boca con la lengua para apreciar sus sabores. En un momento dado, miró al techo y cerró los ojos, como si un pequeño orgasmo le hiciera cosquillas por dentro. Se lo tragó expulsando el aire por la nariz para comprobar si era de retronasal larga. Aún con la cabeza inclinada hacia arriba y los ojos cerrados, saboreó el final: notas de piel de naranja, fruta roja ácida, endrina y sobre todo granada. Remató el ceremonial chasqueando la lengua. El vino era excepcional.

Trinidad abrió por fin los ojos y volvió al libro de contabilidad. Leyó una página y engulló otro trozo de carne sanguinolenta, que masticó con la boca abierta.

Fressen, comer como un animal.

Aurora pudo comprobar en primer plano que la dentadura de la comensal había adquirido tonalidades magenta. Escrupulosa por naturaleza, de buen grado se lo habría ahorrado desviando la mirada por la estancia, pero Trinidad quería —exigía, mejor dicho— mantener siempre el contacto visual con su gente. Y pobre de ti si no lo hacías. Mentir con la mirada era muy difícil. Mentir equivalía a traicionar. Y un traidor era peor que una rata. Aurora prefería no comprobar si las historias que se contaban eran ciertas o no.

Maldecía el día que decidió dar el paso y aceptar esa vida, la de pasar a ser examinada por una psicópata con la boca sanguinolenta. Dicen que, una vez que entras, no puedes escapar de estas organizaciones. Aun así, trabajaba en secreto para revertir esta máxima y tener una salida. Una vida nueva que pudiera empezar a vivir en cualquier momento. Estaba harta de días como ese, delante de Trinidad. Cómo había llegado hasta allí era la historia de su vida; navegar siempre en la ambivalencia de formar parte de una familia de la que eres plato de segunda mesa. Por un lado, tenía la necesidad vital de ser fiel y defender a su familia, porque era el lugar donde había crecido. Por el otro, la lista de agravios acumulados a lo largo de los años no era corta. En primer lugar, las diferencias que sus padres hacían entre su hermana Isabel y ella. La pequeña era la hija ejemplar, la reina de las condecoraciones y la que acaparaba elogios. Aurora, que había vivido siempre a su sombra, no era tan guapa, ni tan inteligente, ni tan estudiosa; Empresariales y pare usted de contar. En cambio, el orgullo de la familia era neurocirujana. A su padre y a su madre se les llenaba la boca solo con decirlo. Los logros de Aurora parecían insignificantes; lo que conseguía era solo cuestión de suerte. En su casa siempre se había sentido incomprendida, juzgada, menospreciada y la fea del baile. Para ponerle la guinda, la señora Perfecta estaba felizmente casada con Gerard, una bendición de Dios, con el que Aurora —una uva pasa arrugada con complejo de tabla de planchar— nunca se habría atrevido a soñar. Un par de años después de casarse ya tenían la parejita.

«Mira a tu hermana, ya nos ha hecho abuelos». Que traducido sería, más o menos: se te pasa el arroz, reina.

Cuando Isabel consiguió la plaza en el Vall d'Hebron, la frase estaba cantada: «Con la farándula nunca te ganarás la vida. Mira a tu hermana en el hospital. Plaza fija para toda la vida y sueldo a tocateja cada mes».

Por ese cruce entre el rencor y el orgullo por demostrar que podía ser alguien en la vida, pasó Trinidad Torquemada con su mirada de serpiente y un montón de dinero para cambiar la gestión de la Sinfónica de Palma de Mallorca por la OFB. Pero, en esta vida, los duros a cuatro pesetas no existen y el trabajo incluía el pequeño detalle de tratar los asuntos con Quiro y despachar con Trinidad Torquemada. La penitencia de la ambición desmedida.

«Pues al final has tenido suerte y al menos te ganas bien la vida gracias a Víctor Alemany». A ojos de su familia, ignorantes del lado oscuro de la historia, todo acabó siendo cuestión de suerte. Qué gran verdad lo de Freud de matar al padre. No se trataba solo de buscar piso, de encontrar trabajo y de asumir todos los gastos. Era mucho más complicado, y ella, con la cincuentena en el horizonte, todavía no lo había conseguido. Más de una vez había pensado que, si todo explotaba, quizá sería la manera de escapar y de dejar atrás esa vida. Simplemente, aceptar que era el patito feo de la familia y que, hiciera lo que hiciese, sus padres siempre la verían como tal. Si un día empezaba de cero, tendría que hacerlo del todo. Eso de que toda crisis genera oportunidades. Huir de los narcos significaría desaparecer, y por lo tanto matar al padre. Un dos por uno en toda regla.

El repaso mental de cómo había llegado hasta ese punto hipnotizó unos segundos a Aurora, que de repente se dio cuenta de que la narco hojeaba el libro en silencio. De vez en cuando levantaba la cabeza para comprobar que la miraba.

—Trinidad, si me permites…

Torquemada levantó el índice sin dejar de mirar el libro de contabilidad. La traducción del gesto estaba muy clara: no te he dado permiso para hablar. Pasó una hoja.

Pasó otra.

Y otra.

De repente, Torquemada dirigió la vista a Aurora, que sintió que un sofoco se propagaba en su interior. Esa mujer no parpadeaba ni por casualidad. Una víbora o el mismo diablo seguro que tenían una mirada más bondadosa.

Las pupilas de Aurora se dilataron, la respiración se le aceleró y la frecuencia cardiaca y la presión arterial aumentaron. El flujo sanguíneo y el transporte de glucosa en los músculos esqueléticos se incrementaron y le provocaron piloerección, también conocida como piel de gallina. Por la cabeza de Aurora transitaba el pánico; ya no le quedaba saliva que tragar, ni sudor que le humedeciera las manos, ni santos a los que encomendarse. Aun así, consiguió no perder en ningún momento el contacto visual con Trinidad.

—Todo el último cargamento ya está limpio. Muy bien.

La gerente de T&M Group y la OFB respiró aliviada.

—Me alegro de que lo llevéis al día porque pronto llegará otro cargamento. Y es el doble que el anterior. Avisa a Quiro para que lo prepare todo.

—Pero, Trinidad, el doble... Es... Es imposible. Y más con el alboroto que arrastramos.

—¿No estaba todo controlado?

—Sí, pero...

—Al cien por cien. Lo has dicho tú misma hace un momento —la interrumpió Torquemada para recordarle que había perdido la oportunidad de ser dueña de su silencio. Ahora era esclava de sus palabras.

—Dile a Laureano que...

—¿A Laureano...? —la interrumpió de nuevo—. ¡Ah! Claro... Debes de referirte a Laureano Mosquera. —Chasqueó la lengua teatralmente—. Me temo que Laureano Mosquera ya no existe. Se rumorean tantas cosas... Que si murió, que si los colombianos se lo cargaron... Que si se ha hecho cirugía facial... Que si ha cambiado de identidad... —Chasqueó la lengua de nuevo—. Ya nadie sabe quién es Laureano Mosquera ni cómo se llama. Nadie conoce su nueva identidad. Pero, para ti, O Pai sigue mandando. No cambia nada. ¿Queda claro? Mismo patrón, mismo apodo, diferente identidad. Y todos más tranquilos. El doble. Será pronto. Avisa a Quiro.

Trinidad engulló un trozo de carne dando así la conversación por finalizada.

42

Martina atravesó la plaza de España y dejó atrás la fuente conmemorativa de la Exposición de 1929, las Torres Venecianas y el Museu Nacional d'Art de Catalunya. Para ella, era un lugar especial; allí pasó el primer fin de año con Irene. Un puñado de horas de pie, un gentío de miedo y un frío que se metía hasta el tuétano, pero la ilusión de las primeras veces hacía que se le pasaran todos los males. Después de las campanadas, brindis y el primer beso con sabor a uva y cava bajo los fuegos artificiales. Como principio de una historia de amor, era difícil de superar.

Desde ese momento, Irene dejó de verla como a una poli. Si cuando se vieron por primera vez alguien se lo hubiera dicho, lo habrían tomado por un tarado. Martina soltó un suspiro, y automáticamente movió la cabeza y se pasó la mano por el cráneo para sacudirse de encima la melancolía y concentrarse en el trabajo.

Dejados atrás monumentos y recuerdos, consultó Google Maps en el móvil y levantó la mirada para comprobar que, efectivamente, había llegado al lugar correcto, el que constaba en los expedientes policiales. Se acercó al portal y llamó a uno de los interfonos.

—¿Diga?

—Buenas tardes. Soy Martina Roca, sargento de los Mossos d'Esquadra. ¿Le importaría abrirme? Quisiera hacerle unas preguntas.

Sin recibir respuesta, la puerta se abrió y la sargento entró. La finca era antigua, regia y oscura, y flotaba un sutil olor a humedad. Martina echó un vistazo a los buzones —el hierro oxidado pedía a gritos una capa de pintura— y entró en un ascensor de esos del año de Maricastaña con puertas de madera y de lo más recargado. Se detuvo en el primer piso, que, contando el principal y el entresuelo de las fincas con más de un siglo, era un tercero. La sargento se plantó delante de la primera puerta y llamó al timbre. Unos segundos después, una ochentona retaco y rechoncha abrió. Sus ojos azules, vivos y desconfiados, la miraron por encima de las gafas.

—Buenos días. Acabo de llamar al interfono. Soy la sargento Martina Roca.

Mostró la placa en perfecta sincronía con el anuncio del nombre y el cargo. Demasiados años de práctica para no clavarlo. La mujer miró la placa y a la sargento con la cara impasible de quien no tiene nada que esconder.

—¿Qué quiere?

—Estoy investigando la muerte de Clara Guevara, una mujer que vivía aquí, en este piso.

La cara de la vieja se transformó y se vistió de nerviosismo. Había oído hablar mucho de Clara Guevara. Su nombre siempre iba acompañado de la misma retahíla: por qué lo hizo, una desgracia, algo antinatural, una persona joven no debería morir. Aunque la vieja, a la que la vida le había dado una buena sarta de bofetadas, sabía por experiencia que la muerte no tiene edad. Una vez al día era inevitable imaginar el cuerpo colgado en medio del comedor. Con la boca desencajada, los ojos entreabiertos y la mirada vacía. Después, puntuales como un reloj, una batería de escalofríos le electrificaban el cuerpo sin piedad.

—Virgen santa —invocó la anciana mientras se santiguaba—, me lo contaron los vecinos cuando ya me había instalado.

—¿Cuánto hace que vive aquí?

—Unos seis meses.

—¿Conocía a Clara Guevara?

—¿Quién? ¿Yo? No, no. La muy hija de su madre de la propietaria nunca me contó lo que había pasado.

La vieja hizo el gesto de ir a decir algo cuando por la escalera bajó una vecina que sería como mínimo unos veinte años más joven que ella.

—¡Carme!

Carme —efectivamente mucho más joven, pero con ropa casi igual de carca— se detuvo en el rellano. La anciana la señaló con el dedo sin reparos para pasarle la patata caliente.

—Ella vive en la finca de toda la vida. Seguro que la conocía. Nena, esta señora es de la policía. Pregunta por la chica que vivía aquí antes que yo.

Y adiós a lo que fuera a hacer la buena mujer un viernes por la tarde. Carme miró a Martina y, con esa resignación de que la ley es la ley, asintió.

Al rato, la sargento y Carme estaban sentadas en un bar sencillo de Hostafrancs. Un café para la sargento y una infusión para la vecina.

—Clara era una chica maja, muy amable. De trato fácil cuando te la cruzabas en la escalera.

—Era argentina.

—Sí. Me dijo que de Buenos Aires.

—¿Tenía una vida ordenada?

—¿Qué se considera hoy en día una vida ordenada...? —Se encogió de hombros—. Sí..., creo que sí... Al menos, daba esa impresión. Viajaba mucho, eso sí. Por trabajo. La veíamos poco. Era cantante de ópera. Entre nosotras, no tenía la pinta. Siempre me las he imaginado muy gordas, como Montserrat Caballé, ¿sabe? En cambio, Clara era un fideo.

—Pero, según el atestado, cuando murió pesaba ciento diez kilos.

—En los últimos tiempos, cuando dejó de cantar, engordó muchísimo. A esa chica le pasó algo. Se lo digo yo.

—¿Cómo lo sabe?

—De un día para otro se encerró en su casa y dejó de viajar. Nunca salía. Al principio te cruzabas con ella de vez en cuando, pero después pasé bastante tiempo sin verla. Sinceramente, no sabría decirle cuánto. Un día llamé a su puerta por la reunión de vecinos; me dijo que había creído que era la compra del súper. Hacía que se la llevaran a casa para no salir. Cuando la vi, me quedé helada. Había engordado mucho... Su aspecto... Estaba muy desmejorada y tenía el recibidor bastante desordenado.

—¿Cuándo fue eso?

—Poco antes de morir.

—¿Quién encontró el cuerpo?

—Nos dimos cuenta de que la escalera olía muy mal. Llamábamos a su puerta, pero no nos respondía. Nos temimos lo peor y llamamos a la policía. Cuando vinieron sus compañeros y abrieron la puerta, la encontraron colgada.

A Carme, compungida, se le humedecieron los ojos. Un silencio flotó durante unos segundos en los que recitó para sí misma la retahíla de siempre: por qué lo hizo, una desgracia, algo antinatural, una persona joven no debería morir.

—¿Alguien le contó alguna vez por qué lo hizo?

Carme se encogió de hombros y soltó un largo resoplido. Después negó con la cabeza. Nada más que decir.

—¿Sabe si tenía familia o amigos aquí? ¿Venía a verla alguien? ¿Y pareja?

—Por lo que ella misma me dijo, su padre había muerto hacía años y su madre vivía en Argentina. Desde que yo la vi en ese estado, ya solo abría la puerta a un hombre. Yo me crucé con él un par de veces.

—Un hombre... ¿Sabe quién era?

—Por lo que un día le oí decir a una vecina, esta escalera está llena de cotillas, parece que era un compañero de la orquesta. Venía de vez en cuando, hasta que un día dejó de hacerlo.

—¿Sabe por qué?

—Discutieron a gritos y ella lo echó de su casa.

—Siga, Carme, por favor.

—Varios vecinos oímos gritos en la escalera. Yo vivo en el segundo y salí corriendo, creí que estaban robando en algún piso. Miré por el patio de luces y vi a ese hombre gritando. Dio un puñetazo muy fuerte en la puerta. Estaba rabioso... Fuera de sí. Yo creía que iba a reventarla. Le dijo... Le dijo algo que me inquietó. Lo recuerdo como si estuviera oyéndolo ahora mismo.

Como si quisiera dar peso al momento, o como si en su interior estuviese oyendo un redoble de tambores, Carme se quedó en silencio justo en el momento culminante. Con un gesto de la barbilla, Martina la animó a continuar.

—Le dijo: «¡No lo denuncies! ¡Por tu bien es mejor que te calles! ¡Tú sabrás!». Entonces dio otro golpe en la puerta y se marchó escalera abajo. Al cabo de unos días, Clara... se suicidó. No volví a ver a ese hombre nunca más. Pero todo esto, sargento, ya lo conté entonces, cuando vinieron sus compañeros, exactamente como estoy haciéndolo ahora.

—Gracias, Carme. Pediré a mi equipo que revise el atestado. En cuanto al hombre del que me habla, ¿cree que lo reconocería?

—Esa cara no la olvidaré en la vida.

La sargento tecleó en su móvil con celeridad y se lo mostró a Carme.

—¿Lo reconoce en esta foto?

Carme se puso las gafas —de culo de botella y ridículas, a juego con la chaqueta— y centró toda su atención en la pantalla, donde la web oficial de la Orquesta Filarmónica de Barcelona mostraba la foto de todos los músicos, instrumentos en mano, en un escenario solemne. Una a una, Carme analizó sus caras: la de Víctor Alemany, Toni Guasch, Jaume Muntaner, Samuel Ros y todos los demás. Todos ellos con cara sonriente, de angelito que no ha roto un plato en su vida. La frente de Carme dibujó arrugas, fruto de la concentración. Sabía que su respuesta podría ser clave para resolver un caso con un muerto de por medio. Intentó revolver cada uno de los cajones de su memoria, pero no hubo suerte.

—No...

—¿Está segura?

—Del todo. Como le he dicho, no olvido una cara, y ese hombre no está aquí. Lo siento.

—Si recuerda algo más, llámeme, por favor. —Le dio una tarjeta a modo de despedida.

Martina siguió a Carme con la mirada mientras se alejaba por las callejuelas de Hostafrancs. La conversación había dejado bien claro que, desde ese momento, una nueva obsesión ocuparía la cabeza de la sargento: encontrar al hombre que había amenazado a Clara pocos días antes de que se suicidara.

43

Martina salió del encuentro con Carme convencida de que, de alguna manera, esa conversación llenaba algunos huecos del complejo rompecabezas que Blanca Alzamora le presentó en el Royal Albert Hall de Londres.

Ninguna prueba, pero sí bastantes indicios que apuntaban en una dirección. Cuando sabes lo que estás buscando, es mucho más fácil encontrarlo.

Una pequeña grieta iba ensanchándose poco a poco dentro del hermetismo de cemento armado en torno a la OFB.

El trayecto de vuelta a la comisaría, apenas veinte minutos a pie en medio de una jungla de tráfico y contaminación bajo un cielo gris ceniza, le sirvió para ordenar el avispero de pensamientos que reinaba en su cabeza. Cuando llegó, hacía pocos minutos que Elsa y su hija Zoe se habían marchado tras haber puesto una denuncia. No se cruzó con ellas de milagro. Sin saberlo todavía, mientras la sargento estaba fuera, la grieta se había ensanchado un poco más.

El paso firme con el que Martina recorrió las dependencias policiales hizo que los grandes aros que le colgaban de las orejas se balancearan. El cerebro le hervía y, como cada vez que la tensión la apretaba, se frotó nerviosamente la cabeza con la palma de la mano. Tenía esa costumbre desde muy pequeña. Quizá la ayudaba a pensar, vete a saber. El cráneo raspaba más de lo habitual y tendría que rasurárselo con la máquina. Cada vez que lo hacía, aunque fuera por un instante, recordaba a su madre y sus malditos estereotipos sobre la fachada que, por huevos, debía lucir el personal. Los hombres, con el pelo corto y bien afeitados. Ah, y sin pendientes, por descontado. Que ya llevaban un par colgando en la entrepierna. Ni tatuajes. Ni piercings. Los hombres, los de verdad, no llevan estas cosas. Y las mujeres... Ay, las mujeres: falda por debajo de las rodillas, perlas en las orejas y el pelo por los hombros —ni más corto ni más largo; y teñido, por descontado—. Cuando Martina se rapaba la cabeza al cero, no podía evitar pensar en su madre y que un placer indescriptible hiciera un brindis con su orgullo. Para poder ser quien realmente quería ser, tuvo que excluir a una serie de personas de su vida. La primera de la lista no era difícil de adivinar.

La sargento entró en la sala de reuniones, donde la esperaban Aran con un agua mineral y Fede con un agua sucia o, dicho de otro modo, un café de máquina de esos que digería tan bien. Los cabos le habían enviado mensajes para encontrarse con ella en cuanto volviera del piso de Clara Guevara. Pronto sabría el porqué de tanta urgencia.

—¿Cómo ha ido, sargento?

—Tenemos curro. —Se quitó la chaqueta mientras se sentaba a la mesa—. He hablado con una vecina que conocía a Clara Guevara. Dejó la OFB y se encerró en sí misma hasta el punto de no salir de casa. Tenemos que descubrir qué demonios le pasó.

—Esto es lo que le pasó.

Aran extendió el brazo para mostrar el móvil a la sargento. Martina lo cogió, puso los cinco sentidos en la pantalla y pulsó el Play. Al ver el vídeo que había recibido Zoe Muntaner, confirmó la peor de las hipótesis que le rondaban por la cabeza.

Al momento oyó el eco de los latidos resonando en su interior, y la piel, de la cabeza a los pies, se le puso de gallina. Después, el pecho y las mejillas ardiendo. Estas reacciones espontáneas de malestar eran la manera que había elegido la ira para propagarse por su interior. Lloros, gritos, rabia, una buena hostia contra la pared por aquí, un «me cago en la puta» a pleno pulmón por allá. Los sentimientos estuvieron a punto de engullirla, pero por suerte pudo enjaularlos a tiempo. ¿Qué clase de poli sería si se dejaba llevar por las emociones? Una buena poli no hacía estas cosas.

Pasados esos instantes, la sargento volvió al vídeo. Lo avanzaba y lo retrocedía una y otra vez. Los gritos desesperados de auxilio que salían del teléfono eran espeluznantes. Probablemente llegó un punto en el que la propia Clara Guevara los oía distorsionados. Pero Martina no silenció el audio porque podía contener algún detalle importante. Un nombre, un ruido, una voz. Lo que fuera. Diez segundos pueden ser larguísimos. Es sorprendente la rapidez con la que la mierda te remueve por dentro.

Blanca Alzamora le vino a la mente como un disparo. «Siempre hacían un casting, por llamarlo de alguna manera. Con la única que no fue así fue con Clara Guevara», le contó en Londres. No pasó el casting antes; la obligaron a pasarlo después. Canallas. Joven, sola, lejos de casa, rodeada de abusadores, brutalmente violada: la suma de esta cadena de hechos derivó en una inercia gris que acabó en depresión y suicidio.

La sargento resopló, tragó saliva y fue capaz de contar hasta diez antes de abrir la boca.

—¿De dónde ha salido esto, Aran?

—Lo ha recibido una niña de trece años, Zoe Muntaner. Su madre acaba de poner la denuncia. Es hija de Jaume Muntaner, un músico de la OFB.

—Hablamos con él en el Palau de la Música—apuntó Fede.

—Sí, lo recuerdo. ¿Y él no ha venido?

—Está de viaje en Italia. Tiene una actuación.

—¿Cuándo y cómo lo ha recibido la niña?

—Esta misma mañana. Por Instagram. Desde una cuenta anónima.

—¿Y por qué lo han denunciado precisamente en nuestra comisaría?

—La mujer de Jaume Muntaner, una tal Elsa Garcia, ha hablado con la madre de Toni Guasch, que nos ha mencionado. Ha venido con la niña —explicó el cabo Marín.

—Fede, pide una orden al juez Salazar para que Instagram rastree el mensaje.

—Claro, sargento. Aunque ya sabes que tardan mucho... Si es que nos hacen caso.

—Pues presiona a quien tengas que presionar, pero que nos hagan caso.

Fede asintió sin responder.

—Y pregúntales a los técnicos si pueden mejorar el sonido y la imagen, a ver si encontramos algo.

—Sí, sargento.

—¿Tenemos ya lo que pedimos sobre T&M Group a Hacienda?

—Todavía no ha llegado.

—Pues haced el favor de perseguirlos. Y, cuando lo tengáis, compartidlo con la Unidad de Salud Pública.

No era necesario perder las formas para echar una bronca. Un tono como ese —seco, duro y con aires de ultimátum— bastaba y sobraba.

Fede bajó la cabeza y se comió con patatas el lío que él mismo había cocinado a fuego lento durante los días que no había reclamado la documentación.

Después del moco, la sargento retó a los cabos.

—¿Por qué enviar el vídeo de la violación de Clara Guevara a la hija de Jaume Muntaner?

—Para chantajearlo. ¿Por qué si no? —respondió Aran.

—Por esa regla de tres, Toni Guasch también lo recibió.

—Seguramente, Fede. Pero eso ya nunca lo sabremos. Lo que sí sabemos a ciencia cierta es que la familia de Toni recibió una amenaza en la que también estaba su hija. La foto con el punto de mira. Alguien presiona a los padres a través de sus hijas. ¿Por qué?

—Porque participaron en la violación —aventuró Fede.

—O quizá estas amenazas a las hijas están relacionadas con el blanqueo de capitales del narcotráfico y provienen del entramado. Si no, ¿por qué esa fiscalización de Aurora Molina a Toni Guasch cuando estaba en el hospital? La vecina me ha dicho que un hombre de la OFB solía ir a ver a Clara Guevara antes de que se suicidara. Por cierto, antes de que lo olvide, repasad el atestado; la vecina asegura que todo esto ya lo había declarado cuando levantaron el cuerpo. Por lo que dice, la última vez, el hombre la amenazó de manera agresiva. —Martina consultó sus notas para reproducir la frase de forma literal—: «¡No lo denuncies! ¡Por tu bien es mejor que te calles! ¡Tú sabrás!», le dijo. Le he mostrado fotos de la web de la OFB, pero no lo ha reconocido... Aran, Fede, ese hombre es la clave de todo. Tenemos que encontrarlo como sea.

44

Junto con la Scala de Milán y el San Carlo de Nápoles, el Gran Teatro La Fenice es considerado uno de los tres pilares de la lírica en Italia. Un templo que guarda el legado de los primeros teatros venecianos, situado en el barrio de San Marco, que da nombre a la plaza más famosa —y cara— de Venecia.

Los miembros de la OFB subieron los siete escalones hasta la columnata neoclásica que daba acceso al majestuoso edificio, presidido por un escudo con la inscripción GRAN TEATRO LA FENICE con un fénix dorado. Dos nichos con las estatuas de Melpómene y Terpsícore, musas griegas del canto y de la danza, escoltaban la fachada. Y también había banderas, por descontado. Que no falten. Muy grandes y bien visibles. La forma más universal de mear el territorio.

Los músicos, vestidos de calle para el ensayo de la actuación de la noche, entraron en comitiva en el *foyer* del templo operístico de estilo neoclásico. Al frente iba Jaume, que, desde la llamada recibida en el autocar nada más aterrizar en Venecia, seguía mudo y sin abrir la boca. Caminaba como un alma en pena: con cara de amargado, la cabeza gacha y los hombros encorvados hacia delante. Con un hábito marrón habría parecido uno de esos frailes franciscanos malvados a los que el audaz Guillermo de Baskerville perseguía en *El nombre de la rosa*. No había que ser graduado en Psicología para adivinar que a Jaume lo cubría una capa de angustia que lo abrumaba; su mirada, lo que dicen que es el reflejo del alma, se había vuelto turbia y temerosa por alguna razón que un silencio sepulcral se encargaba de custodiar. Detrás de él y al acecho, Víctor lo seguía con ojos de lobo cuando Leo se acercó a él por la espalda.

—¿Qué le pasa a este? —musitó al director al oído.

—No lo sé... —respondió Víctor con un hilo de voz casi imperceptible—. Pero lo que ha dicho antes en el autocar... no me ha gustado nada.

—No lo pierdas de vista, Víctor. No podemos permitirnos que otro follón nos explote en la cara.

El director miró fijamente al jefe de prensa durante unos instantes antes de asentir sin convicción y marcharse por la escalera que conducía al patio de butacas.

Los miembros de la OFB llegaron a la imponente sala sinfónica, vacía a esa hora. Los músicos, sobre todo los que iban a actuar allí por primera vez, atravesaban ese espacio impregnados por la emoción de saber que pisaban un pedacito de historia: las butacas de cuero rojo, el magnífico candelabro central y las balaustradas doradas.

Mientras caminaban por la platea hacia el escenario, Leo hacía fotos y vídeos para difundirlos en las redes sociales. Nàdia Abad y Samuel se unieron al jefe de prensa y avanzaron por el pasillo central.

—¿Por qué se llama La Fenice? —Samuel parecía intrigado.

—En 1836, un incendio quemó el que entonces era el teatro más famoso de Venecia, el San Benedetto. Inmediatamente después del incendio se empezó a construirlo de nuevo. Y se le dio el nombre de La Fenice, el fénix. Porque, como el ave, renacía de sus cenizas.

—Pero ¿no se quemó en 1996? —Ahora preguntaba Nàdia.

—También. Se ha quemado dos veces. Bueno, de hecho, en 1996 lo quemaron. El incendio fue provocado. Cuando estaba arrasado, decidieron volver a levantarlo. *Com'era, dov'era*, dijeron. Como era y donde estaba. Los bomberos salvaron de las llamas el escudo con el Fénix de la entrada. El resto quedó destrozado. —Al jefe de prensa no le quedaba mal el disfraz de profesor de historia.

—Un nombre muy adecuado.

—No puede haber uno mejor para este teatro, Nàdia. Un proverbio chino dice que «si te caes siete veces, tienes que levantarte ocho». Eso es exactamente lo que ha hecho este lugar.

De todas las maneras de hacer desaparecer algo, el fuego es de las más efectivas. Para engrandecer aún más el mito, La Fenice se unió a lugares emblemáticos de la historia de la humanidad que se habían convertido en humo y brasa, como la biblioteca de Alejandría, el Circo Máximo de Roma, el Reichstag de Berlín o la catedral de Notre-Dame de París. Una especie de club de los veintisiete en versión monumental. Pero La Fenice, como el ave mitológica, resurgió de sus cenizas.

Samuel y Nàdia llegaron al escenario mientras contemplaban la belleza de la joya operística recorriendo con la mirada las cinco plantas y los ciento setenta palcos que se distribuían por las gradas en forma de herradura.

Minutos después, Víctor —con muecas después de una rápida visita al camerino— dirigía el ensayo de *Viaje al corazón de Europa*, que se representaría unas horas después. Por el rabillo del ojo siempre tenía en el punto de mira a Jaume, que tocaba el violín con la mirada perdida en la partitura.

El maestro exprimió a los músicos durante setenta y cinco minutos agitando la batuta en el aire bajo la boca escénica y la cúpula azul que velaba la sala. Una vez repasado el repertorio, dio el ensayo por concluido.

—Muy bien. Tiempo libre hasta las siete. A esa hora, todo el mundo en el vestíbulo del hotel para salir hacia aquí.

Los músicos guardaron los instrumentos en medio de un murmullo más o menos ordenado.

Jaume, sin decir ni mu, se levantó de la silla y se marchó del escenario, supuestamente al hotel. Dejó atrás el patio de butacas y circuló por el interior de La Fenice hasta la puerta principal. Al salir, el sol le pegó una buena bofetada en los ojos. En un acto reflejo, los entrecerró y se los protegió con la palma de la mano. Las pupilas necesitaron unos segundos para recuperarse. Cuando lo consiguieron, bajó los siete escalones que daban al Campo San Fantin. Estaba cansado, empapado en sudor y con una inquietud de mil demonios encima. El cuerpo le pesaba sobremanera y de repente sentía las extremidades de plomo y la cabeza a punto de estallar. En el pecho notaba una presión enorme sobre el esternón que lo abrazaba peligrosamente hasta la espalda.

Al final se vio con ánimos de empezar a caminar en dirección al hotel Sina Palazzo Sant'Angelo, el cuartel general de la OFB en Venecia. A escasos minutos a pie, pero que en su estado de agotamiento mental y físico se le hacían una montaña. Solo quería llegar a la habitación, descansar y no pensar. Ocultar la realidad bajo la alfombra, aunque fuera durante cinco minutos. Tampoco pedía tanto.

Cruzó el puente de la calle Drio de la Chiesa, donde la riada de gente aumentó considerablemente; se acercaba al centro de la ciudad caminando a contracorriente de un tsunami de turistas que fotografiaban cualquier parida que fuera una fuente potencial de me gustas en las redes sociales.

Inspiró y espiró, nerviosa y repetidamente, como si eso fuera a darle la fuerza justa para llegar al hotel. Odiaba Venecia, el agua, los canales, los turistas, los problemas que había dejado en Barcelona y la madre que lo había parido todo.

Siguió zigzagueando entre guiris y algún veneciano despistado. De repente vio a un caricaturista callejero que dibujaba a Víctor con su barba universal y un reloj en cada muñeca. Jaume pensó que en algún rincón del dibujo faltaban un par de rayas de cocaína. Después, la imagen de Toni cayendo desde la Elbphilharmonie le flageló la conciencia como un latigazo. El grito desesperado vacío abajo, el impacto contra el agua del Elba y el silencio justo después. Un escalofrío le electrificó la columna y al instante varias voces retumbaron en su interior.

La voz robótica del vengador: «Confiese sus culpas, pida perdón públicamente y señale a los otros tres culpables».

«Piense en la fatalidad que supondría no hacerlo para su mujer, Elsa, y para su hija, Zoe».

La voz de Elsa: «Un zumbado quiere violar a mi hija».

La voz de Toni: «Alguien quiere vengar la muerte de Clara».

La voz del médico: «Cáncer, Jaume. Solo unos meses».

El teléfono móvil silenció esas voces internas que lo maltrataban. Miró la pantalla: era Elsa. Su mujer. Resopló y se secó el sudor que le empapaba la frente. Notó un regusto de bilis en la garganta, un hormigueo en los brazos, y la lengua como un trapo. Y de nuevo una presión enorme en el pecho. El móvil seguía sonando, vibrando, parpadeando y martirizándolo. La mano que lo sostenía temblaba descontroladamente. Tenía que cogerlo. Seguía sonando. Al final descolgó.

—Dime, Elsa. —Era difícil ser más seco.

—Ya he puesto la denuncia.

Jaume se quedó clavado, de pie, con el teléfono pegado a la oreja y mirando al vacío mientras la vida seguía a su alrededor, ignorante de los problemas que lo asediaban.

—La policía relaciona el envío del vídeo a Zoe con el suicidio de Toni.

Jaume cerró los ojos con fuerza mientras los turistas pululaban por todas partes. Con el índice y el pulgar se apretó el puente de la nariz como si eso, por arte de magia, fuera a ayudarlo a clarificar el oscuro panorama que tenía ante sí.

—¿Por qué lo relaciona con el suicidio? —La palabra «asesinato» habría sido más exacta, pero, dadas las circunstancias, quizá no era buena idea ponerse exquisito con el lenguaje.

—Toni recibió una foto de su madre y su hija con un punto de mira dibujado. «Cumple, Toni», habían escrito al dorso.

—¿Cómo lo sabes?

—He hablado con la madre de Toni antes de ir a comisaría. Si te enteras de algo, tenemos que decírselo inmediatamente a la policía, Jaume.

—Claro. Claro. —Como si repetirlo dos veces lo hiciera más creíble.

—La policía dice que tarde o temprano acabarán descubriéndolo todo. Están convencidos.

Jaume sentía que el círculo iba estrechándose. La garganta le raspaba como papel de lija y un ataque de tos azotó su pecho con violencia. Tardó un par de larguísimos minutos en darle tregua. Luego se pasó la lengua por el paladar y los dientes, de donde recogió un regusto metálico, gentileza de la hemoglobina, el pigmento rojo de la sangre que principalmente contiene hierro. Justo después inclinó la cabeza y se dio cuenta de que tenía el jersey salpicado de coágulos de sangre. Eran grandes, esponjosos y de color rojo vivo; debía de haber media docena. Una especie de macabro cuadro incompleto de Jackson Pollock. De nuevo, una de las voces internas volvía para recordarle que su futuro estaba escrito: «Cáncer, Jaume. Solo unos meses».

45

Irene se despertó asustada por su propio grito. Incorporada e hiperventilando, sentía el corazón embalado y a un paso de explotar; como si fuera a salírsele por la boca de un momento a otro. Un mal despertar. Uno más. Angustiada, sudada y con el pulso disparado. La espesa nebulosa que acompañaba la interrupción repentina del sueño tardaba en desvanecerse y era toda ella desagradable. Jerry, el vago del gato, acurrucado en el sitio de Martina, la observaba confundido sin saber por qué demonios su dueña había gritado de repente. El pobre animal maulló como si se lo preguntara en voz alta. Irene lo miró, todavía medio aquí y medio allá; después se secó la frente.

Tenía el pecho, el pijama, la nuca y la almohada empapados de sudor. Por suerte ya había pasado. Aunque era muy consciente de que los recuerdos volverían a colarse en sus sueños más temprano que tarde.

Miró el tatuaje de su muñeca: una I y una M enlazadas por el símbolo de infinito. Martina llevaba otro exactamente igual. Pensó fugazmente en ella. En momentos como ese, un beso, un abrazo y unas palabras de consuelo no tenían precio. Pero Martina no estaba. El trabajo. Siempre el trabajo. El mismo trabajo que había enviado al sendero del olvido el origen de las pesadillas que la atormentaban. Como la fuerza de la gravedad, la frustración y la rabia ejercían un polo de atracción que de vez en cuando la empujaban a señalar a Martina como la culpable de todos sus males. Quizá era injusto. Esa sensación no siempre desaparecía tan rápido como habría querido.

Ya más despierta, sintió un poco de frío; demasiado rato sudada. Un golpe de aire, que diría una tía de las de antes. El sol empezaba a asomar al otro lado de la persiana para poner punto final a la noche. Una más sin descansar. Suerte del café. Se levantó de la cama y entró en el baño. El espejo, cruel e hiriente como solo él, le devolvió una cara ojerosa, cansada y desencajada. Empezaba un mal día. Como mínimo, duro. Suspiró, chasqueó la lengua y abrió el agua de la ducha. A ver si, con suerte, el chorro caliente se llevaba la pesadez desagüe abajo.

Ya duchada y desayunada, Irene salió a la calle para entrar en el metro: el mayor submundo de Barcelona. Una especie de jungla ordenada donde no se ve a ningún policía, pero sí carteristas, estafadores, bandas juveniles y todo tipo de supervivientes que intentan sacar algunos cuartos mendigando, cantando o actuando. Después de validar el billete, bajó por una larguísima escalera mecánica que parecía llevar directamente al núcleo interno del planeta. Cuando llegó por fin abajo, en el andén la esperaba un buen golpe de calor; habría jurado que treinta grados por lo menos. Por suerte, no tuvo que esperar mucho al metro.

En cuanto vino, lo de siempre. Puertas abiertas, «dejen salir antes de entrar», «suban», señales acústicas destrozatímpanos, aire acondicionado a prueba de esquimales, puertas cerradas y en marcha a toda máquina. Ya dentro, miró a izquierda y derecha. Enseguida encontró la ubicación más vacía en una punta del vagón y caminó rápido para sentarse como una niña en el juego de las sillas. Procuraba ahorrarse el contacto cercano con extraños. Sobre todo si iba sola.

Mecida por el vaivén del metro, Irene recorrió el vagón de un lado a otro con la mirada. La mayoría de los viajeros estaban en Babia, miraban el móvil, y algún espécimen de lo más extraño incluso se atrevía a leer un libro. Pero Irene, tensa, estaba atenta a su alrededor como el perro guardián que cuida la casa de su dueño.

Varias paradas después, un grupo de cuatro jóvenes subió al tren, todos cortados por el mismo patrón: peinado, indumentaria y gestos calcados. Bandas juveniles, se las llamaba ahora. Ella no sería tan generosa regalando eufemismos. Delincuentes, quinquis o escoria, y listos. Se acomodaron en los asientos libres al lado de Irene. No pudo disimular el asco en la mirada. Tampoco el miedo, que le abrió los ojos como si fueran dos platos superpuestos en la cara. Justo después la atacó un ardor repentino en el rostro, en el cuello y en el pecho, que la enrojeció. Casi a la vez, el corazón empezó a retumbarle bajo las costillas. Sentía los latidos amplificados en cada centímetro de su cuerpo, como si alguien aporreara el gong de la angustia dentro de ella. La piel de gallina y el sudor frío llegaron después. El miedo es muy jodido. Puede bloquearte y dejarte indefensa. Irene lo sabía bien. Queramos o no, los recuerdos edifican nuestra personalidad, y el cuerpo reacciona en consecuencia.

Los cuatro gamberros, quinquis, o como se los quiera llamar, llevaban música a todo trapo y bastante alcohol, y lo que no sería alcohol, encima. Cuando todavía no eran las nueve de la mañana y con esas pintas, lo más lógico era pensar que volvían de fiesta. De un *afterhours*, seguramente. En un momento determinado, uno de ellos se quedó mirando a Irene, que sintió una sacudida por dentro. De repente, el asiento empezó a quemarle el culo y un túnel del tiempo imaginario le dio un buen pescozón. Eso de los recuerdos y la personalidad. El gamberro seguía mirándola mientras movía la pierna compulsivamente. Estaba tan cerca que a Irene le llegaba su olor a sudor y su aliento de fosa séptica. De sus ojos enrojecidos brotaba grasa y vicio a paladas. Con baba cayéndole de la boca ya tendríamos el paquete completo.

Irene bajó la cabeza y clavó la mirada atemorizada en el suelo. Una voz interior le gritaba a pleno pulmón que hiciera el puto favor de marcharse de allí, pero de nuevo esa piedra en el estómago, su vieja enemiga, la paralizaba.

—Eh, tú, ¿quieres seguir la fiesta con nosotros? —El guarro tenía una voz rasgada y oxidada.

Irene levantó la cabeza y se topó con los ojos del gamberro, que no los había retirado ni un segundo. Pensó en Martina. No sabía exactamente si para bien o para mal. ¿Tenía que ser precisamente ese día el que no pudiera acompañarla? Mierda de trabajo. En cualquier caso, de repente y sin saber exactamente cómo, reunió el valor necesario para levantarse de golpe y huir corriendo hasta la otra punta del vagón. Sentía la respiración acelerada, el ritmo cardiaco desbocado y los nervios a flor de piel, pero estaba orgullosa de sí misma. No se había bloqueado y había salido del aprieto sola.

Desde la otra punta del vagón, oyó que los miembros de la banda juvenil soltaban una colección de perlas para enmarcar: de puta, amargada y malfollada para arriba. Lo mejor de cada casa parecía haberse citado allí, pero ya hemos dicho antes que la policía no pisa el metro.

Llegada la parada de Diagonal, bajó del vagón. Desde el andén comprobó que los quinquis se habían marchado en el metro. Con el convoy perdiéndose en la oscuridad del túnel, sintió que el cuerpo se le deshacía como mantequilla. Se le humedecieron los ojos, pero cortó de cuajo las alas a las ganas de llorar. Esa chusma no se merecía ninguna lágrima suya.

Ya en la calle, bajó por el paseo de Gràcia hasta el pasaje de la Concepció, donde se plantó en el centro de psicología. Muy buenos días; toda esa peripecia era para llegar hasta allí. Resopló y, después de unos instantes, con la mirada perdida en el vacío, entró.

Sabía perfectamente la escalera que tenía que subir y el aula donde debía entrar. Su cuerpo recorrió el camino como un autómata guiado por la sensatez y haciendo oídos sordos a las tentaciones de abandonar. Nada más acceder al aula, vio a las mismas tres mujeres, al mismo hombre y a la misma psicóloga de la otra vez. Con una sonrisa amable, la terapeuta invitó a Irene a sentarse y a escuchar el relato de una compañera de terapia.

—Por fin me he reincorporado a las clases.

—Qué gran noticia. Muchas felicidades —la recompensó la psicóloga.

—Gracias. Lo cierto es que me ha costado muchísimo. Estoy contenta. Sinceramente, hubo un momento en el que creí que no sería capaz. Mi vida ha cambiado tanto... —La chica interrumpió su relato y miró al vacío unos segundos—. Durante mucho tiempo me sentí culpable.

—No debes cargar ninguna culpa.

—Ahora lo sé. Pero ahora. He vivido un infierno... Hubo un momento en que intenté acabar con todo. Me tomé un bote de pastillas... Por suerte, mi padre me encontró y me salvó. Solo entonces pude contarle la verdad. Tenía miedo de lo que diría. De hacerle daño.

—No tienes que culparte —reiteró la terapeuta.

—Lo hago —replicó la chica.

—Pues ¡quítatelo de la cabeza! —la interrumpió Irene para sorpresa de los presentes. Todos se volvieron hacia ella, que se había convertido en el centro de atención—. ¿Sabes lo valiente que eres?

La chica sonrió con timidez, aunque sus ojos no lo hacían. La psicóloga, por su parte, miró a Irene con orgullo por haberse atrevido por fin a intervenir.

46

—No sé cómo sobreviven los fabricantes de laxantes existiendo esto. —Aran acompañó con una mueca el trago de café de máquina—. Despierta, pero es de verdad asqueroso.

—A mí me gusta.

—Calla, loco. Seguro que también te gustan las sopas de sobre y las paellas congeladas.

—Pues sí. ¿Qué pasa?

—Pasa que tienes el gusto en el culo, Fede.

—Lo que me sienta mal a mí no es este café, sino la cerveza negra.

—¿La cerveza negra?

—Sí. Me lo revuelve todo. Me entran unas ganas de tirarme...

—¡Para! ¡Para! ¡Para! Déjalo ahí. Puedo vivir sin saberlo.

El café de la máquina y las consecuencias para la flora intestinal monopolizaron la conversación entre Fede y Aran por los pasillos de la comisaría. Les esperaba una larga tarde y enmendar preventivamente el cansancio con café, aunque fuera de máquina, era un acto de responsabilidad. La apasionante conversación murió cuando los cabos llegaron al escritorio de Fede, que comprobó el correo electrónico e imprimió unos archivos. Después de pasar por la impresora, mostró el fajo de documentos a Aran.

—Venga, vamos a la sala de reuniones. Con esto tenemos curro para horas. Es lo que pedimos sobre T&M Group a Hacienda. Gentileza del juez Salazar.

—¿Lo has compartido con los de la Unidad de Salud Pública?

—Sí. Vamos. A ver si cuando la sargento vuelva podemos contarle algo.

A Aran le había ido cambiando la cara mientras hablaban. Una gota de sudor frío le resbaló por la frente. Tenía pinchazos abdominales y cara de estar pasándolo muy mal. Se levantó y caminó a paso ligero hacia la salida.

—Ve empezando tú. Vuelvo enseguida.

Con la mirada y una media sonrisa de lo más maliciosa, Fede siguió a Aran hasta que entró en el baño a toda prisa. Después levantó el vaso como si brindara con un ser imaginario y se tragó el culo de café que quedaba.

Horas después de haber empezado a examinar la documentación de la agencia tributaria sobre las empresas de T&M Group, en la sala de reuniones el ambiente estaba cargado y en la mesa había unos cuantos vasos de la máquina de café y varias pilas de documentos esparcidas por aquí y por allá.

—¿Y la sargento?

—Debe de estar al caer.

—Escucha esto. —Aran sostenía un papel con anotaciones—. El objetivo de World Music Travel es montar todos los viajes de la OFB. Durante la pasada gira organizaron la tira de viajes por todo el mundo.

—¿Cuántos en total? —preguntó Fede.

—Treinta y cinco.

—No está nada mal. Mover a tanta gente por tantos lugares es un pretexto cojonudo. Me juego un café a que en este concepto declararon muchísima pasta.

—Fede, ¿puedes hacerme el puto favor de jugarte una cerveza? No hace falta que sea negra, pero deja de jugarte esta mierda. —Aran miró un vaso de café vacío como si fuera una cucaracha gigante.

—Un café para mí y una birra para ti. ¿Apostamos?

—A ver, Sherlock, que debían de inflar la cifra para declarar más no es muy difícil de adivinar. No jodamos. ¿Cuánto declaró World Music Travel en viajes?

—Cinco millones.

—¿Y cómo los justifican?

—Aviones, autocares, hoteles...

—Hombre, hasta aquí, bien.

—Pero también hay traslados de pianos de cola, afinación, caterings, regulación y control de humedad... Estos servicios corren por cuenta del promotor del concierto y están incluidos en la contratación de la orquesta. Entran en lo que se llama el *rider* técnico.

Fede extendió la mano a Aran, que le colocó en la palma una moneda para la máquina mientras movía la cabeza con sorna. Justo entonces, Martina entró en la sala de reuniones.

—¿Cuántos cafés os habéis metido?

—Ahora iba a sacarme otro.

—A mi costa —protestó Aran.

—Joder, Fede, págatelos tú, haz el favor. Que tampoco cobramos tan mal.

Unas horas después, el reloj de la sala de reuniones marcaba casi las diez de la noche. En la mesa, las cajas de pizza habían sustituido a los vasos de plástico, el ambiente estaba aún más cargado y el cansancio se reflejaba en los rostros de los tres investigadores.

—¿Pudimos encontrar grabaciones de las cámaras de seguridad de los alrededores del domicilio de Clara Guevara? —La voz de Martina ya incorporaba el agotamiento.

—¿Quieres decir para identificar al miembro de la OFB que la amenazó? —La batería de Aran también estaba al límite.

—Sí.

—Ni una... Piensa que fue hace casi dos años. Ni el Tato guarda las grabaciones tanto tiempo.

Fede, con las persianas de los ojos entrecerradas, parecía no haberse enterado de lo que acababan de decir Martina y Aran. Releía un documento por enésima vez parpadeando repetidamente, hasta que lo lanzó sobre la mesa.

—¿Cuánto habían declarado en viajes?

—Cinco millones, Fede... Me has robado un café con esto.

—Tienes razón... Hostia, ahora mismo catearía en un examen de comprensión lectora de primaria. Ya no entiendo nada de lo que leo.

—A mí me pasa lo mismo.

Tras lamentarse, los dos cabos volvieron a centrar su atención en los documentos. Martina había presenciado la escena en silencio. Consultó el reloj: las once pasadas. Ese par estaba dejándose la piel y, muy importante, sin malas caras. No podía exigirles más.

Llegados a este punto, Martina, como jefa, tenía dos opciones: todo el mundo a casa y ella podría pasar un rato con Irene, ver un capítulo de una serie, contarse cómo había ido el día y que su novia no maldijera tanto su trabajo como lo hacía, al menos esa noche. Pero también tenía otra opción.

—Vamos, ya es suficiente por hoy.

—Pero sargento... —Fede parecía tener espacio para otro café.

—Ni sargento ni hostias. Lleváis todo el día con esto. Ahora mismo, lo más probable es que pasemos por alto algún dato clave que tengamos delante de las narices. Vamos a distraernos un rato. Mañana será otro día. Venga, os invito a una birra.

Efectivamente, Martina eligió la segunda opción: ser una buena jefa y hacer equipo. En definitiva, eligió el trabajo. ¿Qué clase de poli sería si no?

47

En el centro de la mesa y bajo una espesa nube de humo de tabaco, una montaña de fichas por importe superior a los treinta mil euros esperaba al ganador de la timba. Los aspirantes eran cuatro: una sesentona arrugada, una mujer con gafas oscuras por eso de que los ojos no saben mentir, un hijo de papá empeñado en dilapidar la fortuna familiar y Arnaldo Quiroga.

Un tugurio de mala muerte, una partida de póquer clandestina, mil euros la apuesta mínima y cinco mil euros por barba para poder jugar. Un cóctel con bastantes elementos para seducir a todo jugador empedernido.

Después de horas alrededor de la mesa, había llegado el momento de la verdad. Quien ganara esa mano se llevaría la morterada que se acumulaba sobre el tapete verde. El crupier lanzó una mirada cómplice a la mujer de las gafas oscuras, barajó con filigranas propias de un mago y repartió cartas a los jugadores. Arnaldo miró las cartas con sigilo. Alzando solo la punta con el índice y el pulgar de la mano derecha mientras las tapaba con la mano izquierda. Poner cara de espárrago era importantísimo para no mostrar lo que se le pasaba por la cabeza. La famosa cara de póquer. Instantes después, los participantes empezaron el baile de cartas.

—Dos. —El niño de papá dejó dos cartas en la mesa y el crupier le dio otras dos.

—Dos. —La sesentona.

—Tres. —Arnaldo.

—Una. —La mujer de las gafas oscuras.

Arnaldo y la sesentona eran dos chimeneas que fumaban de forma compulsiva. Uno por vicio, y la otra por nervios. En cualquier caso, estaban dejando el ambiente de lo más cargado. Con todos servidos, los jugadores miraron las cartas y empezó el juego.

—Cinco mil. —La mujer de las gafas lanzó una ficha como si echara comida a las palomas.

—Voy. —Arnaldo fue un poco más delicado.

—Y yo. —La voz de pajarito de la sesentona tembló.

—Paso. —El niño de papá volcó las cartas boca abajo certificando que la ruina de su familia ya estaba un poco más cerca.

Con el hijo de buena familia fuera de combate, solo quedaban tres jugadores.

La mujer de las gafas opacas tenía un trío de cuatros.

Arnaldo, doble pareja de doses y jotas.

La sesentona, pareja de ases.

Detrás de las gafas oscuras, la mujer lanzó una mirada al dorso de las cartas de Arnaldo; estaban marcadas con una tinta infrarroja invisible a simple vista. Pero, con las gafas de sol infrarrojas que llevaba, la tinta sí era visible. Las trampas en el póquer habían evolucionado mucho desde los tiempos de Henry Gondorff en *El golpe*.

La tramposa hizo lo mismo con la sesentona y certificó que el crupier había repartido bien: el trío superaba a la pareja y a la doble pareja. Conclusión: tenía una mano ganadora y el pastizal del centro de la mesa a su alcance.

—Diez mil más —dijo con seguridad mientras se ajustaba las gafas con el índice.

—Voy. —Arnaldo dejó la ficha como si fuera de porcelana y pudiese romperse.

—Paso. —Diez mil más era demasiado para la sesentona.

Solo quedaban dos jugadores. Había llegado el momento de la verdad, el de descubrir las cartas.

—Trío de cuatros. —A la mujer de las gafas se le llenó la boca al decirlo. En su universo imaginario, ya se había pulido el botín en ropa, viajes y buenos restaurantes.

Mirando fijamente las gafas opacas, Arnaldo anunció su mano.

—Lo siento. Color.

Arnaldo plantó las cartas con la escalera de color en forma de abanico sobre la mesa. La doble pareja perdedora de doses y jotas que la mujer había visto con las gafas infrarrojas se había esfumado de golpe. La mujer lanzó una mirada asesina al crupier, que, consciente de que ese no era el final pactado, empezaba a temer la reprimenda. Seguro que sería grave.

—Puede quitarse las gafas de sol infrarrojas. Seguro que tiene unos ojos preciosos.

Llena de rabia, la tramposa se levantó y tiró de mala manera las cartas sobre el tapete verde.

—¿Sabe que están prohibidas en los casinos y en los torneos de póquer?

La mujer se marchó cabreadísima mientras el ganador recogía las fichas con la vanidad dibujada en la cara en forma de sonrisa cínica.

Arnaldo salió del tugurio. Después de un montón de horas encerrado, estaba al aire libre. Con peste a meados, en pleno barrio Gòtic, pero al aire libre al fin y al cabo. Un par de callejas después ya caminaba por debajo de los arcos de la plaza Reial entre guiris que pagaban la sangría laxante a precio de Dom Pérignon. Se palpó el bolsillo interior de la cazadora para acariciar el fajo de billetes que acababa de desplumarle a la lista de las gafas. En una reacción espontánea del cuerpo, esbozó una sonrisa que le engordó el ego unos cuantos kilos.

Lo del juego no lo hacía por dinero, era pura diversión. Engañar, burlarse de los listos, la adrenalina, sobrevivir y ganar. Un resumen perfecto de su vida.

Después de cruzar la plaza Reial, Arnaldo continuó por la calle Ferran hasta la Rambla. A la altura del Gran Teatre del Liceu, se sacó del bolsillo del pantalón la doble pareja de doses y jotas marcados con tinta infrarroja. Miró las cartas con una sonrisa traviesa antes de tirarlas a una papelera de la Rambla.

Continuó hasta girar por la calle Hospital y entrar en la guarida. Cambio de chip. Ahora tocaba trabajar.

A medida que bajaba la escalera del sótano, el olor a humedad ganaba protagonismo. Abajo, encendió la luz. Esta vez no había nadie preparando papelinas de cocaína para vender. La mesa estaba vacía, pero el tufo a química había impregnado el lugar hacía tiempo. Caminó hasta el despacho y, al abrir la puerta, un susto lo castigó con alevosía.

—¡Hostia puta! —Topó con la mirada de Aurora, que estaba sentada en la silla. No la esperaba allí.

—Apestas a tabaco.

—Y tú a estupidez. Habíamos quedado más tarde.

—He venido antes. Entras aquí demasiado confiado —reprobó ella mientras se quitaba las gafas para la presbicia.

—¿Quién coño quieres que esté? —Arnaldo se sentó en la silla frente a la mesa.

—El día que menos te lo esperes, los malos. Y entonces sí que estaremos bien jodidos. Hay que estar siempre alerta.

—Déjate de rollos. Dime, ¿por qué me has hecho venir?

—O Pai dice que haremos otra descarga.

—¿Cuándo?

—Aún no lo sé, pero pronto. Ve preparándolo todo.

—¿Y cuánto?

—El doble que la última vez.

Al oír esa barbaridad, Arnaldo sintió que una llamarada le subía desde el pecho hacia las mejillas. El doble. Así como si nada. Los músculos de la cara se le tensaron como las cuerdas de algún instrumento que tocaban esos pardillos de la OFB.

El doble.

El puto doble.

—¿Qué dices…? ¿El doble? ¡Estás loca! —Los gritos fueron inevitables. Directamente proporcionales al peligro que vislumbraba.

—Sí, el doble. Me has oído bien. Y a mí no me grites.

—Te grito si me sale de los cojones. El doble… Estáis zumbadas. ¿Por qué no os ponéis vosotras a descargar en medio del mar?

—Es lo que se ha ordenado.

—Y tú te lo tragas todo, ¿no? Tan lista que te crees, y esas gafas que llevas para ver de cerca quizá deberías utilizarlas para ver un poco más allá. Es demasiado arriesgado.

—O Pai dice…

—Trinidad Torquemada te ordena —la interrumpió Arnaldo—. Tú no hablas con O Pai. Solo Trinidad habla con él.

Aurora miró fijamente a Arnaldo con toda la mala leche de la que era capaz. A cualquiera le habrían flaqueado las piernas, pero Arnaldo no era cualquiera.

—No te des estos aires, Aurora… Todavía tienes que comer mucha sopa para ser alguien en este mundo. Sin contactos musicales no tendrías el rango que tienes en la organización. Y lo sabes. Así que no me toques los cojones. —La miró con desdén para clavarle un puñal en la autoestima—. No entiendo cómo alguien como tú se metió en esto.

Ella sí que lo entendía. Todo por culpa de la ambición desmesurada. Pero, si todo iba como había previsto, se acabaría muy pronto. Ya había reunido bastante pasta y tenía un anhelo en el horizonte: una nueva identidad en la otra punta del mundo. Más o menos como O Pai, pero ella sí dejaría el negocio del todo. Y su familia ya podía irse a freír espárragos. Que se quedaran con su hija perfecta, la neurocirujana.

Hasta que llegara ese momento, debía seguir como si nada, lidiar con gentuza como Arnaldo e imponerse, porque una cosa tenía muy clara: si se dejaba pisar, podía empezar a cavarse la tumba. Así pues, levantó el índice muy recto para poner los puntos sobre las íes.

—Tú harás lo que se te ordene. Descargaremos el doble. ¿Queda claro? El doble. Ve preparándolo todo.

Aurora se levantó de la silla, se guardó las gafas en el bolsillo interior de la chaqueta y abandonó el despacho sin despedirse. Arnaldo la siguió con una mirada cargada de bilis hasta que la perdió de vista escalera arriba.

—El doble... ¡Gilipollas!

48

Venecia tenía una población de menos de cincuenta mil habitantes que recibía a más de ochenta y dos mil turistas cada día. Eso suponía treinta millones al año, que se dice pronto. Todo estaba hecho y pensado para los viajeros. La ciudad nunca se había preocupado de buscar una fuente de riqueza alternativa más allá de explotar el patrimonio histórico, y se habían convertido en prisioneros de los cruceros, de guías que levantaban paraguas y de souvenirs reñidos con el buen gusto. La gallina de los huevos de oro llevaba toneladas de contaminación, de basura y de venecianos que se sentían una minoría oprimida en su casa.

La Fenice no era una excepción en este ecosistema. El público del teatro se dividía en dos mitades: extranjeros, por obra y gracia del turismo, e italianos, de los que solo el veinte por ciento eran venecianos.

En un teatro donde la programación era netamente italiana, la presencia de la OFB era toda una excepción, que el público —veneciano, italiano o de donde fuera— sabía valorar.

La Fenice recibió al gran Víctor Alemany con una larga ovación cuando el maestro pisó el escenario. Muchos de ellos, adinerados que habían llegado en góndola o en taxi acuático, habían pagado una fortuna para ver actuar al mejor del mundo.

La barba más famosa de la música clásica —un reloj en cada muñeca, cocaína en las venas y un pozo infinito de ego en el pecho— hizo una reverencia a esa joya de la arquitectura cultural.

Tenía a sus pies el santuario donde se estrenaron *Rigoletto* y *La traviata* de Verdi, *Tancredi* y *Sigismondo* de Rossini, *I Capuleti e i Montecchi* de Bellini y *Belisario* y *Pia de' Tolomei* de Donizetti. Cuando los aplausos se apagaron, los espectadores se sentaron y, en medio del silencio, el maestro alzó la batuta al viento y empezó el espectáculo.

Pasada la primera hora del concierto, el entendido público de La Fenice se deleitaba con un Víctor Alemany que dirigía con una maestría que no se veía desde la explosión de Gustavo Dudamel. En un teatro edificado con madera cuidadosamente seleccionada y hábilmente tratada para obtener el mejor rendimiento acústico, la mano del genio hacía que la música sonara como los ángeles. La orquesta respondía de maravilla, aunque Víctor, como le había comentado Leo, no le quitaba el ojo de encima a Jaume, que tocaba con aspecto serio. La procesión iba por dentro. El primer violín sentía fuertes pinchazos a la altura del esternón. El rictus de dolor y pensar en lo que vendría era inevitable. La enfermedad no daba tregua ni siquiera en un escenario tan solemne, pero qué le explicas al puto cáncer. Él tiene licencia para dar la lata cuando y donde le convenga.

El concierto encaraba el tramo final cuando Jaume pasó una página del libro de partituras y se dio de morros con una imagen. En una reacción espontánea, abrió los ojos como platos. El corazón le dio un vuelco y después empezó a galopar desbocado.

Con el violín entre el hombro y la mejilla, levantó la mirada para ver la reacción de los demás músicos de la orquesta, pero para ellos la vida transcurría con toda normalidad.

Volvió a la partitura. No. No había sido una visión. Un escalofrío le recorrió todo el organismo a gran velocidad. Una mano invisible y malintencionada le agarraba el esófago y se lo presionaba con fuerza para que el oxígeno no llegara a su destino. Y, para rematarlo, más punzadas en el esternón.

Los nervios, el cáncer y la presión estaban robándole las fuerzas en una reacción en cadena. El brazo empezó a temblarle y el arco patinó sobre las cuerdas del violín. La desafinación, impropia de ese templo de la música clásica, no pasó desapercibida y levantó un murmullo de decepción entre los espectadores. Víctor lo fulminó con la mirada a modo de reprimenda. Jaume, medio mareado, sintió la mirada del director, que se le clavaba como una daga. El maestro nunca perdonaba estos errores. Seguro que después le caería una bronca. Con suerte, y porque él era del núcleo duro, quizá no pegaría muchos gritos.

Todas las alarmas internas ya habían saltado. Un escozor iba escalando garganta arriba hasta que desembocó en un ataque de tos que pudo apaciguar cerrando la boca con todas sus fuerzas. Cuando creía que lo había conseguido, percibió un regusto metálico en el paladar. Notó entre los dientes algún elemento pequeño y esponjoso. Ya sabía lo que era.

Pensó que debía sobreponerse, que estaba en La Fenice y que no volvería a tocar allí.

«Cáncer, Jaume. Solo unos meses».

Otro pinchazo, pero esta vez en el alma. Qué injusticia. Aunque, a su edad, que la vida no es justa debería ser una lección aprobada con matrícula de honor. Hizo un esfuerzo por volver a la partitura que descansaba en el atril, pero sentía náuseas y mil agujas le pinchaban las piernas, que le flaquearían en cualquier momento. Tuvo la sensación de que se desconectaba de sí mismo, como si el entorno no fuera real. Poco a poco, La Fenice empezó a dar vueltas a su alrededor y la visión se le nubló. Al final, una fuerza superior lo engulló hasta que la visión de Jaume se fundió a negro. Su cuerpo cayó desplomado ante el murmullo de asombro del público.

La música enmudeció de golpe y Víctor corrió hacia el primer violín, tumbado inconsciente en el suelo del escenario. En una rápida reacción, el maestro cerró el libro de partituras, donde alguien había colocado una foto de Clara Guevara.

49

—Siga mi dedo con la mirada.

El médico desplazaba el índice a izquierda y derecha en bucle. El músico, compungido, obedecía como un alumno aplicado. Sus iris iban hacia donde los llevaba el dedo del facultativo, largo como el de un pianista y arrugado a causa de la edad. Jaume, agotado, sentía el cuerpo de plomo, la boca pastosa y la cabeza a un paso de estallar. Se tocó por encima de la sien y el dolor se multiplicó exponencialmente. Seguro que le saldría un morado feo de esos tan aparatosos. Aunque había recuperado el conocimiento, todavía tenía un velo de niebla en los ojos que le daba la sensación de estar entre dos mundos.

El médico apartó el dedo. Después rebuscó en el maletín, de donde sacó una linterna de bolsillo con la que le apuntó a un ojo. En una reacción espontánea, la pupila de Jaume se contrajo. Uno, dos, tres, cuatro y cinco segundos. Luego, exactamente igual en el otro ojo. Cuando la luz dejó de apuntarlo, el violinista examinó el lugar con la mirada. Lo primero que vio fue un mueble bar con un pelotón de botellas de whisky carísimas perfectamente alineadas. Ya sabía en qué camerino estaba. No se acordaba de cómo había llegado ni cuánto rato había estado inconsciente. Lo último que recordaba era la sensación de pérdida de control y La Fenice dando vueltas a su alrededor.

Tenía la nuca y la camisa sudadas. Los pies, en cambio, eran cubitos con zapatos.

Prestó atención y comprobó que no se oía música procedente de la sala sinfónica. Le vino a la memoria que la foto de Clara estaba en la última página del libro de partituras. Por lo tanto, el concierto tenía que haber finalizado. Otra actuación que acababa de forma precipitada. Pensó en Víctor, en Aurora y en el cabreo que debían de llevar encima. El uno por el coste reputacional, y la otra por el coste económico que pudiera derivarse: posibles cancelaciones, posible descenso de la venta de entradas y posible acojone de los patrocinadores. Aurora siempre se ponía en el peor escenario. Dicen que un pesimista es un optimista bien informado. Quizá sea así.

También pensó en Leo, que tendría que torear otra crisis con la maldita prensa.

El médico le tomó el pulso. Lo miraba por encima de las gafas. Enigmático. Serio. Sin un ápice de complicidad. Como si tuviera delante una estatua de mármol. Después le auscultó el pecho y la espalda. Jaume respiró hondo y percibió el olor de la colonia del médico, fuerte y pasada de moda. Podría ser perfectamente número uno en ventas en un hogar de jubilados.

—¿Me llevarán al hospital, doctor?

—No será necesario. Pero le recomiendo que descanse. Intente resolver sus problemas para que sus nervios se calmen. Tiene el corazón y la presión arterial disparados.

El médico miró a Jaume con condescendencia y el músico se volvió con una expresión malhumorada. Que resolviera sus problemas, decía. Mira qué fácil.

—Tenga. —El médico le tendió una receta—. Si siente presión en el pecho, dolor de estómago, sequedad bucal, sudoración o cefalea, tome estas pastillas. En mi opinión, ha tenido un ataque de ansiedad. ¿Había sufrido alguno?

—Alguna vez. —«Pero no así de bestia», pensó Jaume.

—Pues no deje de visitar a su médico cuando vuelva a Barcelona. ¿Viajan mañana?

—Sí, mañana por la mañana. Nos quedaremos unos días en casa y después iremos a actuar a Chicago.

—Les recomendaría que buscaran a un sustituto para ese desplazamiento.

—Allí vive mi hermano. Me hacía mucha ilusión ir y que me viera actuar. —El objetivo, en realidad, no era otro que despedirse en persona.

—Ya tendrá otra ocasión. Ahora necesita tranquilidad.

Otra ocasión. Con qué facilidad le organizaba la vida sin tener ni puñetera idea de los problemas que cargaba a hombros. El médico, ajeno a todo lo que se le pasaba por la cabeza a Jaume, estrechó la mano del músico y se marchó del camerino con un portazo. En ese momento, a solas, Jaume se dio cuenta de que nunca volvería a ver a su hermano. Que el abrazo de hacía dos Navidades sería el último. Una nube de tristeza se instaló por encima de él.

Imaginó la carcajada cínica de la voz robótica al verlo inconsciente en el suelo del escenario. Ensañándose y recreándose en su sufrimiento. ¡Desgraciado! Fuera quien fuese, estaba pisándoles los talones y no se detendría hasta conseguir su objetivo. Pero esa noche en La Fenice Jaume se convenció de que pronto dejaría de ser su problema. El final estaba muy cerca.

50

Ya era noche cerrada cuando los miembros de la OFB llegaron, en silencio y cabizbajos, al hotel Sina Palazzo Sant'Angelo, justo en frente del Gran Canal. Las alrededor de cuarenta personas que formaban la expedición caminaron en procesión los pocos minutos que separaban La Fenice del hotel. Cada uno parecía cargar con una roca invisible que le encorvaba los hombros, fruto del temor a ser la siguiente ficha del dominó en caer. En este mundo no hay nada que se extienda más rápido que el miedo.

En la cola y a unos metros de distancia, Leo y Víctor acompañaban a Jaume, que caminaba afligido y a paso de tortuga por las calles de Venecia, ya vacías a esa hora de la noche. Durante el trayecto, el primer violín no abrió la boca ni siquiera para resumir lo que le había dicho el médico.

Cuando llegaron por fin a la puerta del hotel, vieron a través del cristal de la recepción que los demás músicos subían a las habitaciones. No era una noche para salir de juerga. No tocaba.

—Subo a mi habitación, chicos. La noticia ya ha circulado y está por todas partes. Tengo que hacer varias llamadas a los medios.

—Claro. Muchas gracias, Leo.

—No seas tonto. ¿Gracias por qué, Jaume?

—Por el paseo, por la compañía y por estar siempre ahí.

Jaume le estrechó la mano y le agradeció el paseo, la compañía y estar siempre ahí con una mirada cómplice que Leo le devolvió. Después, el jefe de prensa entró en el hotel para subir a su habitación, donde lo esperaba una larga lista de llamadas, justificaciones y mentiras que los periodistas se tragarían o no. Víctor y Jaume lo siguieron con los ojos hasta que desapareció tragado por el ascensor.

El director y el primer violín se quedaron solos. Se sentaron en unas sillas en la terraza del hotel, amurallada por arbustos en los laterales y a escasos dos metros de la orilla del Gran Canal. Jaume sacó un paquete de cigarrillos y ofreció uno a Víctor, que lo aceptó asintiendo con la cabeza. Después le ofreció fuego y se encendió el suyo. Todavía con el traje de gala de la actuación, aspiraron con ganas avivando el color naranja de la punta del cigarrillo, que ardía con fuerza. La soledad de la noche daba pie a la intimidad.

—He visto la foto de Clara. —Con la primera frase, Víctor fijó el rumbo de la conversación.

Jaume siguió fumando. Mirando al vacío. Expulsó un aire lleno de nicotina y agotamiento a partes iguales. Después de unos segundos pensativo, desembuchó:

—Lo tenemos muy cerca.

El silencio de Víctor parecía otorgar.

—Han enviado el vídeo de Nápoles a mi hija.

—Hostia… ¿Todo entero?

—No, solo una parte… Unos segundos.

—¿Se ve algo?

—No. Solo a Clara.

—¿Zoe sabe algo?

—No. Pero ni te cuento el sarao que ha montado Elsa. —Volvió a expulsar humo—. Supongo que es normal… Si envían un vídeo como ese a tu hija, qué quieres.

—¿Cómo coño lo habrán conseguido?

—Ni puta idea, Víctor. No sé si veis los vídeos muy a menudo, pero siempre os he dicho que eso de filmar...

Los dos tenían la mirada clavada en el Gran Canal y se mimetizaron con el silencio de la noche mientras fumaban una calada tras otra. Eran amargas como la vida que se escapaba entre los dedos. Jaume espiró lentamente. Justo después sintió un pinchazo agudo que se le reflejó en la cara. Con el índice y el pulgar se apretó el puente de la nariz y cerró los ojos con fuerza. Aguantaba el intenso dolor provocado por el cáncer. Cuando el muy cabrón le dio un instante de tregua, continuó:

—¿Sabes, Víctor? Todo eso del vengador, lo de Nápoles, las amenazas... Lo llevo fatal.

—Ha habido otras fiestas.

—No como la de Nápoles. Se nos fue de las manos. Una cosa son putas o las que se ponen a tiro para hacer puntos y ascender en la orquesta. Pero aquello... Aquello fue diferente.

—Si tú lo dices...

—Sabes que sí.

—Clara también se puso hasta las cejas de farlopa con todos nosotros.

—No todos.

—Vale, todos menos el idiota de Toni, que se trincó una botella de whisky él solito... Ya sabemos que con un dedal no tenía ni para empezar. Pero eso no cambia nada, Jaume. Clara se hizo la estrecha después de calentarnos la polla toda la noche. Que no hubiera empezado.

—No falta tanto para que Zoe sea como ella.

La respuesta de Víctor fue una mirada glacial y desafiante a la vez, pero Jaume cogió el toro por los cuernos.

—¿Qué te crees? ¿Que no se me ha ocurrido que puedo correr la misma suerte que Toni? Dicen que lo más difícil es matar por primera vez. Que si lo superas... Bueno, que después ya es más fácil. No te preguntaré si Toni fue el primero.

Mejor no responder. En el pasado de Víctor, la honestidad no había ido siempre de la mano de la ética.

El maestro aprovechó el silencio para desviar la mirada al otro lado del Gran Canal, con el Palazzo Pisani Moretta y el Palazzo Tiepolo en el horizonte; sobrios, nobles y fieles representantes de la arquitectura veneciana tradicional. Una brisa se levantó para peinarle la barba y el agua de la principal arteria de la ciudad.

Víctor miró en todas direcciones, pero no había nadie. La soledad de la noche lo catapultó a Hamburgo. Pensó en Toni, en la Elbphilharmonie y en lo que pasó allí. Pero en Venecia consiguió controlarse.

—Vas a hablar, ¿verdad? —Hacía rato que la pregunta le rondaba por la cabeza.

Jaume se quedó mudo mirando la temida agua. Dio una calada que le provocó un ataque de tos violento. Se ahogaba. El dolor de pecho era infernal. Y él venga a fumar. Claro que de perdidos... Cuando se recuperó, lanzó la colilla al agua y, luego, el primer violín respondió:

—No quiero ir a la cárcel, Víctor. Entrar con la etiqueta de violador... Vivir entre rejas, sentir que en cualquier momento pueden matarme, apuñalarme o violarme... No quiero... Pero sobre todo me da pánico pensar en mi mujer y en mi hija. ¿Qué dirán de mí? —Jaume apretó los labios mientras negaba con la cabeza—. No, Víctor. No voy a hablar. Soy demasiado cobarde y egoísta para hablar. No podría mirar a la cara a Elsa ni a Zoe.

—¿Y qué vas a hacer?

Jaume miró fijamente a Víctor. Tenía un terror atroz dibujado en los ojos. Estaba acorralado en un callejón sin salida y el destino lo esperaba con una larga lista de reproches y ganas de ajustar cuentas. Empapado de sudor, pálido y con las extremidades y la barbilla temblorosas, Jaume se levantó de la silla. Avanzó los escasos dos metros hasta el Gran Canal mientras Víctor lo seguía con la mirada de cuervo. Una vez en la orilla, saltó al agua para adelantar unos meses el final que el cáncer le tenía preparado.

El instinto humano le hizo entrar en pánico ante la incapacidad de nadar; movió piernas y brazos con movimientos desesperados para mantenerse en la superficie, pero, en esa lucha desigual, el agua, a la que tanta fobia tenía, lo absorbió sin remedio hacia el fondo. La inhalación de líquido comportaría la falta de oxígeno y la asfixia extrema. A la parada respiratoria le seguiría la parada cardiaca. A continuación, la actividad del cerebro disminuiría y en pocos minutos quedaría dañado irreversiblemente. En ese periodo de tiempo, el del adiós definitivo, el cerebro produciría alucinaciones, como una luz al final del túnel o el recuerdo de los seres queridos. Luego llegaría la muerte. El punto final. Después, la temperatura corporal descendería hasta el nivel de la ambiente, el llamado *algor mortis*. Un muerto nunca estará más frío que el medio que lo rodea.

Impasible, fumando y sentado en la orilla, Víctor observó cómo Jaume se ahogaba sin hacer el menor esfuerzo por salvar la vida de su amigo. Cuando el Gran Canal dejó de burbujear, lanzó el cigarrillo al agua y subió a su habitación.

Cuarta parte

Nessun dorma!
Nessun dorma!
Tu pure, o principessa,
nella tua fredda stanza,
guardi le stelle
che tremano d'amore e di speranza!
Ma il mio mistero è chiuso in me.
Il nome mio nessun saprà!
No, no, sulla tua bocca lo dirò
quando la luce splenderà!
Ed il mio bacio scioglierà
il silenzio che ti fa mia!
Il nome suo nessun saprà...
E noi dovrem, ahimè, morir! Morir!
Dilegua, o notte!
Tramontate, stelle!
Tramontate, stelle!
All'alba vincerò!
Vincerò!
Vincerò!

51

Una mano, cubierta de manchas y arrugada, subió la cremallera que encerraba el cadáver de Jaume en el plástico opaco de una bolsa mortuoria.

Samuel, Leo y Víctor lo miraban en un macabro plano picado —de arriba abajo— con el que tendrían que convivir el resto de su vida. La próxima vez que vieran a Jaume ya estaría en una sala de velatorios de Barcelona y después de pasar por las manos de un tanatopráctico que lo dejaría presentable para emprender el viaje hacia la eternidad.

Vivimos sin tener presente que cualquier día puede ser el último, parecía pensar Samuel cuando el servicio funerario se llevó el cuerpo. No pudo evitar que una lágrima le resbalara por la mejilla hasta la boca. Notó su sabor salado y el regusto a tristeza que llevaba implícito.

Su amigo había muerto. Habría dado cualquier cosa por volver atrás, por poner el cronómetro a cero y por que, vistas las consecuencias, lo de Nápoles nunca hubiera sucedido.

Tenía ganas de llorar a lágrima viva, de gritar y de maldecir la vida. Pero allí, al pie del Gran Canal, donde Jaume había exhalado su último suspiro, los ojos de Samuel chocaron con los de Víctor, que le devolvió una mirada de granito. Tan abrumadora que daba la impresión de que fuera a durar toda la vida.

De acuerdo.

Entendido.

Quedaba claro que no era momento de hablar ni de montar un numerito, lo que no impedía que Samuel estuviera furioso. Apretó los maxilares y los puños para intentar apaciguar la ira provocada por un enfado que le costaba controlar. Ese poderoso sentimiento, el de la rabia, nace como consecuencia de la frustración. En el caso de Samuel, era fruto de varios hechos irreversibles: el asesinato de Toni, la muerte de Jaume y que la voz robótica supiera lo que había sucedido en Nápoles.

Cólera, tristeza, miedo, impotencia e incertidumbre. Un cóctel explosivo de consecuencias imprevisibles.

Ajeno a toda esa mezcolanza de sentimientos acumulados, el inspector de los *carabinieri*, Nicola Padovan —casi sesenta años bien pactados con el diablo—, tenía el triste papel de informar a una colega de Barcelona de que la bola de nieve se había hecho un poco más grande. Detrás del cordón policial encontró un rincón en el que hablar con ella sin que lo oyeran.

—¿Cómo? ¿Ahogado? —Conociendo los precedentes, la incredulidad de Martina estaba más que justificada.

En su escritorio de la comisaría de Les Corts, resopló mientras intentaba liberar aunque fuera un poco de la mala leche que acababa de generarle la noticia.

Más leña al fuego.

Más fiscalización de sus superiores.

Más presión social.

Sabía que tendría que sacar lo mejor de sí misma para abstraerse de todo y seguir adelante con el caso. ¿Qué clase de poli sería si se daba por vencida? Ella, que llevaba el significado de la palabra «policía» grabada a fuego en el corazón, sabía que una buena poli no hacía estas cosas.

Se pasó la mano por la cabeza mientras escuchaba las explicaciones del inspector Padovan, que llegaban desde Venecia.

—A primera hora de la mañana, un turista ha visto el cuerpo flotando en el Gran Canal y ha dado la alarma. No sé si lo sabe, pero en la actuación de la OFB en La Fenice, anoche, Jaume Muntaner se desmayó cuando el concierto estaba a punto de terminar. Se recuperó, volvió al hotel y después...

—La madre que me parió... ¿Sabe que es el segundo cadáver de la OFB en cuestión de días?

—Lo sé. Y también sé que tuvo un pequeño show en el Palau de la Música hace unas semanas. Por eso la llamo. No estoy al corriente de los precedentes, sargento, pero en esta ocasión parece claramente un suicidio.

—¿Por qué está tan seguro?

—Hemos podido revisar la cámara de seguridad de una parada del *vaporetto* cercana. Jaume Muntaner saltó al agua por voluntad propia. Por las imágenes, parece evidente que no sabía nadar.

—¿Cómo que no sabía...?

—Lo ha oído bien, sargento.

—Se ha suicidado.

—Se tiró al agua por voluntad propia. Vistas las imágenes, no hay discusión posible. Si saltó sin saber nadar... Sí, es un suicidio.

—De acuerdo... Gracias, inspector. ¿Podría enviarme las imágenes?

—Claro. *Subito*.

Martina colgó el teléfono con un sonoro gruñido que retumbó por las dependencias de la unidad de investigación. Justo después entró en internet. Tuvo que bajar hasta el segundo o tercer *scroll*, pero, efectivamente, los principales portales se habían hecho eco de la noticia de que la noche anterior un músico de la OFB se había desplomado en La Fenice en pleno concierto. La información se había redactado a medianoche, hora arriba, hora abajo, según el medio.

Consultó el reloj: las ocho y media de la mañana. La noche anterior se había metido en la cama a las once, se había levantado a las siete, había entrado a trabajar a las ocho, y antes de las nueve ya tenía un follón de campeonato en la mesa para desayunar. Muy buenos días.

Cuando se difundiera la noticia, esos breves situados ahora en un segundo o tercer *scroll* escalarían posiciones hasta convertirse en un titular a cinco columnas. No tenía la menor duda.

Con el precedente de Toni Guasch, la muerte de Jaume Muntaner haría las delicias de los medios de comunicación, sedientos de cualquier historia con tirón que disparara los oyentes, los lectores, los telespectadores y los clics. El caso apuntaba a ser de esos de los que se hace un documental de *true crime*, lo peta en audiencia y los productores se forran. Si ella saldría como una heroína o como una incompetente dependería de su capacidad para resolverlo.

Una alerta sonora avisó a la sargento. Abrió el WhatsApp web en el ordenador y vio que tenía un mensaje del inspector Nicola Padovan con el vídeo de la cámara de seguridad del *vaporetto*. Clicó.

El Gran Canal de Venecia en un plano abierto.

Comune di Venezia y las 00.34 h sobreimpresionado en la parte inferior derecha.

La calidad de la grabación la sorprendió gratamente.

Amplió las imágenes a pantalla completa para no perderse ningún detalle.

Efectivamente, Jaume Muntaner salía, a paso ligero y decidido, de los arbustos que amurallaban los laterales de la terraza del Sina Palazzo. El primer violín de la OFB saltó al agua por voluntad propia. Después de chapotear unos instantes, se ahogó y el Gran Canal volvió a la calma.

Al parecer, Nicola Padovan tenía razón. Un suicidio. Fácil de certificar y aquí se acaba la historia. Pero ese caso era demasiado enrevesado para una conclusión tan sencilla. Debía haber algo más.

Amorrada a la pantalla del ordenador, Martina vio el vídeo en bucle al menos treinta veces. Quizá incluso más. Examinando cada centímetro cuadrado de la imagen. Sabía por experiencia que los pequeños detalles resuelven grandes casos. En un momento dado, abrió los ojos como platos y se acercó a la pantalla hasta casi tocarla con la nariz.

Adelante, atrás.

Adelante, atrás.

Adelante, atrás.

De repente esbozó una sonrisa condescendiente. Después de que Jaume Muntaner se ahogara, un objeto minúsculo caía al agua desde la terraza del Sina Palazzo. Era alargado y con la punta naranja. No había que ser muy lista para adivinar que era un cigarrillo.

Sentada en el escritorio, miró la imagen detenida mientras pensaba quién podía ser tan hijo de puta para presenciar la muerte de una persona y quedarse fumando tranquilamente sin hacer nada para ayudarla. Las suposiciones empezaron a surgir de inmediato.

52

Como un alma en pena, Elsa transitaba por una densa niebla de dolor como nunca antes había experimentado. Cargando una pesadez que le nacía en la boca del estómago y se expandía por todo el organismo, llegó a la comisaría de Les Corts, donde la habían citado para declarar por la muerte de Jaume.

Un agente la recibió en un tono cálido que Elsa, en su condición de viuda recién estrenada, agradeció con una mirada que pretendía ser amable. Para una media sonrisa ya no se vio con ánimos. No tenía el cuerpo para eso. El agente la condujo hasta una sala de declaraciones en las dependencias de la unidad de investigación. La estancia estaba fría como una nevera, con mobiliario sencillo a juego con el de todo el edificio. Se sentó y, frente a ella, al otro lado de la mesa, Martina inclinó la barbilla ligeramente a modo de saludo.

—Ante todo, señora Garcia, déjeme decirle que la acompañamos en el sentimiento.

Se dio cuenta de que no hacía mucho le había dicho exactamente la misma frase a Francina Garçon. Sin embargo, a diferencia de la madre de Toni, la esposa de Jaume no tuvo fuerzas para levantar la mirada, que tenía clavada en la mesa.

Martina consultó sus notas para repasar las preguntas y, como si accionara el interruptor de las emociones, Elsa empezó a sollozar. Aun así, la testigo no esperó a que le preguntaran y disparó primero con voz entrecortada.

—Jaume no sabía nadar —arrancó de repente como si lo llevara en la boca desde casa.

—Eso nos ha parecido por las imágenes.

—¿Tienen imágenes? —La pregunta rezumaba la angustia que la consumía por dentro.

—De una cámara de seguridad —dijo Martina después de asentir con la cabeza—. Tranquila, de momento no le pediremos que las vea.

—Se lo agradezco —respondió de corazón—. ¿Sabe? A Jaume le daba vergüenza no saber hacer algo de niños. —Un suspiro fue el preludio de las lamentaciones—. No sé... No sé por qué lo hizo. Éramos felices, las cosas nos iban bien. Zoe...

Cuando el nombre de la niña le salió de los labios, los sollozos desembocaron en un llanto ahogado. En adelante, madre e hija deberían avanzar por un empinado camino de soledad que no haría otra cosa que reavivar la tristeza a cada paso.

Jaume había dejado un problemón con el que ella tendría que lidiar sola. Criar a Zoe, hacerla una mujer de provecho, ir del brazo de los interrogantes y convivir con tanto dolor que podría llenar una piscina de lágrimas. La invadía la sensación de que de repente no conocía a la persona con la que había compartido media vida y que ya no tendría respuestas al montón de preguntas que le rondaban por la cabeza, la mayoría de las cuales se apoyaban en la muleta del maldito «y si».

Y si hubiera hecho.

Y si hubiera hablado.

Y si hubiera dicho.

Y si hubiera escuchado.

Y si hubiera visto.

Y si, y si, y si.

Elsa tardó unos minutos en recuperar la calma. Los ojos hinchados y rojos, y la cara desencajada habían borrado todo rastro de la mujer esnob y altiva sobre la que había edificado su fachada.

Con el llanto de la testigo más calmado, Martina sacó unos documentos que dejó en la mesa. Lo hizo con delicadeza, como si fueran de cristal. Elsa, descolocada, tardó unos segundos en entender que ella era la destinataria.

—¿Qué es esto?

—Un informe médico, señora Garcia.

—¿Un qué...?

—Su marido tenía un cáncer terminal.

Un terremoto la sacudió por dentro mientras una mano invisible le pegaba una bofetada de esas que te dejan marca para siempre. «Cáncer terminal» le resonó por dentro a un volumen altísimo y con un eco infinito.

Durante unos instantes le pareció como si el aire de la comisaría se acabara. Consciente de que era cosa de los nervios, inspiró y espiró un par de veces para intentar recuperar la calma. Después tragó una saliva que le raspó la garganta. Tenía el mismo regusto amargo que las palabras que acababa de oír.

—El origen estaba en el colon, pero había metástasis.

—No sabía nada. —El hilo de voz era casi imperceptible.

Con las manos temblorosas, cogió los papeles. Incapaz de mantenerlos a la altura de la mirada, los apoyó en la mesa y se encorvó ligeramente hacia delante. Sus ojos llorosos leyeron esa retahíla de términos médicos que acababan con «las neoplasias diagnosticadas son malignas, irreversibles e incurables, por lo que el tratamiento recomendado es el paliativo». Una sentencia de muerte.

Elsa quería encontrar en la frialdad de esas líneas una explicación de lo que había hecho Jaume.

Cuánto nos quería.

No quería hacernos sufrir.
Era todo corazón, todo bondad.
Generoso hasta el final.
Una buena persona.
De repente, todo cobraba sentido.

—¿Acompañó a su marido al médico?

—No. Ya le he dicho que no sabía nada.

—¿Notó en él algún comportamiento extraño últimamente?

—No.

—¿Algún comentario? ¿Algún detalle?

Elsa movió la cabeza a izquierda y derecha.

—¿Habló con él del vídeo que recibió Zoe?

—Sí, lo hablamos justo cuando aterrizaron en Venecia.

—¿Qué le dijo?

—Me pidió que no lo denunciara hasta que él llegara a Barcelona.

—¿Por qué se lo pidió?

—Dijo que quería estar a nuestro lado.

—Pero usted vino a comisaría, ¿verdad?

—Sí, de inmediato.

—¿Por qué?

—Alguien había enviado un vídeo de una violación a mi hija. ¿Qué se supone que debe hacer una buena madre?

Y ante una respuesta como esa no hubo nada que rebatir.

La sargento había interrogado a una gran cantidad de mentirosos a lo largo de los años, y Elsa no parecía formar parte de este club. Ninguna mirada esquiva, ninguna señal delatora y ninguna respuesta incoherente. Probablemente su vida había sido una gran farsa, pero ya tendría el resto de sus días para descubrirlo y digerirlo (que seguro sería lo más complicado).

—¿Creen que la muerte de Jaume puede estar relacionada con el mensaje que recibió Zoe, sargento?

—Estamos investigándolo —contestó Martina encogiéndose de hombros.

¿Y qué iba a decirle? Pues eso, una evasiva como una casa. De manual.

Pero, con suerte, esa misma tarde podría arrojar un poco de luz al caso. Estaba previsto que en unos minutos la OFB aterrizara en Barcelona procedente de Venecia. En cuanto lo hicieran, estaban citados en comisaría para declarar en calidad de testigos.

53

La vida de un fotoperiodista no es tan apasionante como la gente cree. Todo el santo día de aquí para allá cubriendo ruedas de prensa, presentaciones y chorradas diversas que el jefe de sección de turno crea oportunas. Dentro de este último grupo, la jefa de cultura de *La Tribuna* había tenido la brillante idea de cubrir la llegada de la OFB al aeropuerto de El Prat. El primer violín de la orquesta, Jaume Muntaner, había muerto ahogado en el Gran Canal de Venecia. Una tragedia que había hecho enviudar a una prestigiosa arquitecta y que dejaba huérfana de padre a una adolescente que de repente había aprendido lo puta que es la vida. Como titular susceptible de recibir clics era de lo más potente.

Un suicidio, se decía. En cualquier caso, era el segundo cadáver en pocos días y, a caballo entre la información y el amarillismo, había que hacer el seguimiento de la noticia. Esta fue la orden que recibió Joan Ferrer Comas, conocido como JFK entre los colegas de profesión. Sacando el hígado por la boca, el fotoperiodista pudo entrar por la puerta de llegadas del aeropuerto de Barcelona pocos minutos antes de que aterrizara el vuelo procedente de Venecia. Se dio cuenta de que el amarillismo disfrazado de información no era patrimonio exclusivo de

La Tribuna y de que un buen puñado de medios querían estirar el chicle de esa historia. La profesión volvía a decepcionarlo porque —llámalo romántico, llámalo idiota— todavía creía en eso de que el periodismo mejoraba el funcionamiento democrático de la sociedad.

Las esperas con los compañeros de profesión eran un buen momento para charlar; los rumores adquirían la categoría de noticia y los chismes saltaban de una redacción a otra. El mundo de la prensa es muy pequeño, y mantener los secretos era todo un arte.

El murmullo de los profesionales de los medios acabó cuando se abrieron las puertas mecánicas. Fue el pistoletazo de salida de una competición a codazos para tener mejores fotos que la competencia. Ya se sabe que en el campo de batalla no hay amigos y que, si no matas, te matan. Al día siguiente, nadie quería aguantar un ataque de cuernos de su director porque la portada de la competencia llamaba más la atención.

Con esta premisa, y siendo perro viejo, JFK atropelló a todos los que tenía delante, ya fueran cámaras de televisión, periodistas alcachofa en mano u otros fotoperiodistas como él, para situarse en primera fila. Que les dieran a todos, que la mejor imagen sería suya y la publicaría *La Tribuna*.

Los miembros de la OFB empezaron a salir y una enfurecida tormenta de flashes les cayó encima. Leo encabezaba la expedición. Detrás de él, Víctor, Samuel, Nàdia y los demás salían con cara de palo y la mirada fija en el suelo. El jefe de prensa de la orquesta abría camino entre los periodistas repitiendo una consigna que a los profesionales de los medios les entraba por una oreja y les salía por la otra.

—No vamos a hablar. Haremos un comunicado oficial. Muchas gracias.

Y de ahí no lo sacaban, pero los periodistas ni caso. Seguían insistiendo.

La comitiva llegó a la altura de JFK, que, en primera fila, disparó la cámara a menos de un metro de Leo, quien quedó deslumbrado por el flash. Instintivamente, echó la cabeza hacia atrás y cerró los ojos con fuerza. Una cortina de fosfenos oculares, la sensación visual de percibir una especie de manchas luminosas, centelleó en la oscuridad. Se detuvo en seco. Cegado. Oía el griterío de la terminal. Tenía que caminar. Salir de allí. Rápido. Pero le costaba Dios y ayuda abrir las contraventanas de la cara.

Víctor, que iba justo detrás de él, le dio un ligero empujón que si hubiera podido hablar habría dicho algo así como «No te pares. Larguémonos de aquí». Leo optó por seguir caminando con los ojos medio cerrados mientras los puntos de luz le llovían por todas partes.

Poco a poco, la presión sobre la retina fue disminuyendo y, en consecuencia, los fotorreceptores se diluyeron progresivamente.

La presión de los medios —como las hienas: cazan en grupo, después de aislar a la presa y perseguirla entre todos para al final disputarse el trofeo— se prolongó hasta el aparcamiento, donde los integrantes de la OFB subieron al autocar, que se piró rápido de allí.

Fuera del aeropuerto, y por la autovía de Castelldefels, el silencio de las primeras filas se contagió a todos los asientos. Víctor, Leo y Samuel no se dirigieron la palabra ni mantuvieron contacto visual. No era necesario. Todos sabían cuál era la versión oficial que debían declarar. Y pobre del que se desviara un solo milímetro.

Ya en la ciudad de Barcelona, el autocar enfiló la Gran Via y la calle de Entença arriba hasta la travesera de Les Corts, donde se detuvo justo delante de la comisaría de los Mossos d'Esquadra. Allí bajaron los miembros citados a declarar: Víctor, Leo, Samuel, Marc, Nàdia y hasta nueve músicos más. Todos ellos se encontraron con Aurora, que los esperaba fuera de las dependencias policiales.

Entraron en comitiva y, uno tras otro, se identificaron. A continuación pasaron por un arco de seguridad, al final del cual los esperaba Martina con una expresión de condescendencia.

—Bienvenidos. Ahora los harán pasar a la sala de espera. Un consejo: tómenselo con calma. Tenemos para un rato.

54

Entrar a declarar en una comisaría infunde respeto, y quien lo niegue miente de mala manera. Allí dentro, cualquiera con dos dedos de frente sabe que deja de llevar las riendas y que el control pasa a manos de un ente superior, que, si te pilla, seguro que te tocará pagar el pato.

Todos los miembros de la OFB citados eran plenamente conscientes de ello. Incluso Víctor, que, por mucho que viviera en su mundo de millonario, sabía muy bien que el lastre que cargaban de un tiempo a esta parte era demasiado pesado. Como no estaban detenidos, los trece citados no declararían en el sótano, donde estaba la zona de las celdas, sino en una dependencia de la planta cero. Mientras tanto, esperarían en una sala contigua y austera, a juego con el mobiliario del edificio.

Sillas azul marino.

Paredes blancas.

Luz fluorescente.

Aire frío.

Ambiente tenso. La atmósfera estaba tan cargada que alguno incluso podría calificarla de irrespirable. Pero eso ya eran percepciones.

La espera estaba dominada por un silencio denso que nadie se atrevía a romper para no desencadenar la ira de Víctor. Cualquier suspiro, estornudo o chasquido de los labios se amplificaba, y el riesgo de que la furia del maestro estallara aumentaba. Así que mejor no lanzar la moneda al aire y a pasar los nervios como se pudiera.

Mientras tanto, un piso más arriba, en el comedor de la comisaría, Martina, Fede y Aran terminaban de comer sin prisa. En plena hora punta, trabajadores y agentes llenaban el comedor, donde las diversas conversaciones formaban un murmullo.

—¿Hasta cuándo los tendrás ahí?

—Que pasen hambre, Fede. Así estarán más nerviosos.

—¿A por quién vamos?

—A por el núcleo duro: Víctor Alemany, Samuel Ros, Aurora Molina y Leo Duart.

—¿Y por qué has citado a otras nueve personas?

—Para retrasar la declaración de los peces gordos. Quiero ver si unas horitas en comisaría les hacen perder un poco la paciencia y hablan más de la cuenta.

A medio trago de café, el móvil de Fede emitió una alerta acústica. Lo desbloqueó y, al ver lo que le habían enviado, el rostro le cambió radicalmente.

—Hostia, sargento, acabo de recibir el informe de la Unidad de Salud Pública sobre la relación de la OFB con el narcotráfico.

El cabo enmudeció esperando la reacción de Martina, que se quedó mirando un punto fijo de la mesa. Colocaba en una balanza imaginaria los pros y los contras de cada una de sus opciones. Fede tenía más capacidad lectora y de síntesis. Aran, en cambio, mostraba mucha más agilidad mental para conectar temas en un interrogatorio.

—Fede, termina esta mierda de un trago, te encierras en un despacho y te tragas el informe de arriba abajo.

—¿Y los interrogatorios?

—Los haremos Aran y yo. Los llevamos bien preparados, irán bien. A ver si, cuando acabes, los músicos todavía están aquí y tenemos algo más con lo que presionar.

—Es larguísimo, sargento. No sé si...

—Tú inténtalo. Aran y yo nos vamos abajo. —La sargento se levantó de la mesa—. Venga, en marcha. Vamos a por esta pandilla de...

Cualquier insulto habría podido completar la frase de Martina, pero se quedó flotando en el aire para que los cabos eligieran por sí mismos el que creyeran más adecuado.

Tres horas después de haber empezado las declaraciones, Aran y Martina ya habían hablado con los nueve primeros testigos, que, como esperaban, apenas dijeron nada de provecho. Sin embargo, el objetivo de desgastar a los testigos clave estaba surtiendo efecto; el agente encargado de las custodias había informado a Aran de las quejas reiteradas tanto de Víctor Alemany como de Aurora Molina.

El avión de la OFB procedente de Venecia había aterrizado a las doce y media. Entre una cosa y la otra, los músicos se presentaron a declarar a las dos. Tres horas después empezaban los interrogatorios que los investigadores consideraban claves. Los nervios pueden ser de lo más traicioneros en una espera larga, y todo se había tramado con este objetivo. Un vaso de agua, dos turnos para ir al baño, paladas de indiferencia y para de contar. Cuanto más contra las cuerdas, mejor.

Con el paso de las horas, Samuel, Víctor, Leo y Aurora sentían pesadez en las extremidades y la cabeza ligeramente nublada. El viaje, el concierto, la muerte de Jaume, los nervios, el levantamiento del cadáver, el regreso y la aglomeración de medios de comunicación en el aeropuerto. Demasiadas cosas. Habían sido dos días difíciles, y tres horas en la sala de una comisaría esperando que la ruleta sacara su número para declarar no ayudaba. Ya solo quedaban cuatro. No había que ser un genio para adivinar que los habían dejado para el final, y eso los señalaba con el dedo. Habría que ceñirse estrictamente al guion. Todo lo que se salieran de él comportaría problemas.

Fueron pasando uno tras otro. El informe que redactó Aran incluía las diferentes declaraciones:

Samuel Ros (músico de la OFB):

—No sé qué decir. Mi amigo ha muerto.

—Es verdad. No sabía nadar.

—Imposible. Si hubiera tenido cáncer, yo lo habría sabido.

—¿Clara Guevara? Prácticamente no tenía relación con ella. Sí, claro que me enteré de su muerte. Me supo muy mal.

Leo Duart (jefe de comunicación de la OFB):

—Subí a mi habitación a dormir. Estaba muy cansado y aún tenía que trabajar. ¿Se cayó al agua?

—¿Cáncer? ¿De verdad?

—No, no lo sabía.

—Sin duda es una desgracia, sargento. La mala suerte se ha cebado con nosotros.

—¿Que si realmente creo que es mala suerte? Naturalmente. ¿Qué si no?

Aurora Molina (gerente de la OFB):

—¿Cáncer? No, no lo sabía.

—Un suicidio... Quizá no quería afrontar el sufrimiento.

—¿Clara Guevara? Un día nos envió un burofax en el que decía que cesaba su actividad como cantante.

—Nunca hemos retenido a nadie en contra de su voluntad.

—¿Que extrabajadoras de la orquesta denuncian abusos sexuales? Mire, sargento, hablaré como gerente de la OFB, pero sobre todo hablaré como mujer: si alguna vez me entero de algo así, pongo patas arriba la orquesta hasta descubrir al responsable, echarlo y entregarlo a la justicia. Puedo asegurarle que tenemos tolerancia cero con este tipo de conductas. Cero. ¿Queda claro?

Víctor Alemany (director de la OFB):

—¿Jaume se suicidó? Me parece increíble.

—No. No sabía que tenía cáncer.

—¿Terminal? Ostras, no.

—Nunca había visto esta foto. ¿Dice que la enviaron a casa de Toni Guasch?

—Sí, las reconozco. Son la madre y la hija de Toni.

—Claro que puedo leerlo. Pone «Cumple, Toni».

—¿Me pregunta que con quién tenía que cumplir Toni? No tengo ni puta idea.

—Sí, claro que me parece raro que hayan muerto dos personas de la orquesta en poco tiempo. ¿Por quién me ha tomado?

—Hemos tenido dos muertes, no tres. Cuando Clara Guevara murió, ya no formaba parte de la OFB.

—No sé por qué dejó la orquesta. No nos dijo nada. Solo que quería irse.

—No. No pregunté nada. Si una persona no quiere estar en una de las mejores orquestas del mundo, lo mejor es que se vaya.

—¿Dice que extrabajadoras de la orquesta denuncian abusos sexuales? ¿Lo han denunciado y yo no me he enterado? Esta afirmación es muy grave, sargento. ¿Tiene pruebas que la sustenten? Porque no las encontrará.

—Si no tiene más mentiras que contar, con su permiso, me voy. No tengo por qué aguantar esto.

—Mire, sargento, si descuelgo el teléfono, puedo hundirle la carrera en un abrir y cerrar de ojos. Puedo llamar al presidente del Gobierno o directamente al rey. No vuelva a difamarme o sus días en el cuerpo de los Mossos están contados. ¿Me ha entendido?

Y hasta aquí.

Víctor Alemany fue el último en declarar. Se marchó haciendo gala de su talante: sin despedirse, cerrando de un portazo y dejando acritud flotando en el ambiente.

Martina resopló llena de frustración. Tanta guerra psicológica y solo había sacado evasivas, mentiras y chulería. Se frotó la cabeza con fuerza. La manicura de colores le peinó un tarro que no dejaba de dar vueltas sin llegar a ninguna certeza, aparte de que esa tarde no habían avanzado ni un solo paso.

Aran la miraba sin saber qué decir. A veces es mejor callarse, porque la probabilidad de meter la pata es elevada.

—Estos hijos de puta están saliéndose con la suya.

—Dejémoslo por hoy, sargento.

¿Y qué iba a decirle? Pues lo que le pareció más sensato en ese momento. Cabeza fría, mañana será otro día.

—Tienen un relato sólido y no se desvían ni un milímetro los cabrones. Así no los pillaremos nunca.

—No tan rápido. —Fede apareció por la puerta y levantó un expediente muy grueso—. He terminado el informe de la Unidad de Salud Pública. ¿Quieres saber qué dice?

55

Martina abrió la ventana de la sala de declaraciones con la esperanza de que el aire fresco de la noche disipara, aunque fuera un poco, el mal sabor de boca que flotaba en el ambiente tras la declaración de Víctor Alemany. Había sido tensa, pesada y desagradable. De esas que sacan lo peor de una misma y que obligan a contar hasta diez para no hacer nada de lo que puedas arrepentirte. Pero, por suerte, eran ya muchos años de lidiar con lo peor de cada casa, y la piel de la sargento había mutado en una corteza dura como el granito.

Por orden de Martina, Fede no había estado presente en las declaraciones de los miembros de la OFB, y todo eso que se había ahorrado. Encerrado a cal y canto, había estado examinando el informe enviado por la Unidad de Salud Pública sobre las conexiones entre la Filarmónica de Barcelona y el narcotráfico. El equipo de la sargento les había facilitado información después de los hallazgos a raíz de la muerte de Toni Guasch en la Elbphilharmonie, y a partir de ahí la USP tiró de un hilo enmarañado en una madeja llena de aristas puntiagudas. Ahora era el momento de exponer lo que habían descubierto a Martina y Aran.

Esa acabaría siendo otra jornada interminable, y ya sumaban unas cuantas. El reloj avanzaba peligrosamente hacia la medianoche y amenazaba con provocar un grave cansancio a los investigadores, pero el café —para unos de máquina y para otros de cafetera— sería el fiel aliado de siempre que alargaría la capacidad de concentración un rato más. Valdría la pena. Después de haber leído la documentación, Fede estaba convencido.

El cabo se lo contó a Martina y a Aran con pelos y señales.

—La cocaína entra en España por la Costa da Morte. Laureano Mosquera, O Pai, pacta con los colombianos la entrega desde su escondite. Una vez en Europa, O Pai tiene varias maneras de blanquear el dinero. La que nos afecta: Barcelona. T&M Group es la base de operaciones con tres patas: la organización de conciertos, la agencia de viajes y Lírica Events. Todas pivotan sobre la OFB y están controladas por Aurora Molina. La primera pata del entramado es World Music Travel. Su único objetivo es organizar los viajes de la OFB. El pasado año declaró gastos que ascendían a cinco millones. Sorprenden conceptos como traslados de pianos, afinación y control de humedad. Estos servicios siempre van incluidos en la contratación de la orquesta. Entran en lo que se llama el *rider* técnico. Por lo tanto, son gastos que imputan, pero que no tienen.

—No sabía que ahora eres técnico de sonido…

—No lo soy, Aran. Hice una visita a Daniel Mañaricúa en el Palau de la Música.

—Vaya, que se inventan facturas. ¿A cuánto asciende la broma?

—Blanquean un millón y medio, sargento. Y esto solo con World Music Travel.

—¿Y qué tienes de Lírica Events?

—Lírica Events —prosiguió Fede— limpia el dinero por tres vías: organizan viajes para acompañar a la OFB por todo el mundo; lo llaman el VIP Experience. Que, por cierto, cuesta un ojo de la cara. Según su contabilidad declarada, diez mil euros por concierto; en toda la gira, cuatrocientos sesenta mil. La segunda vía es a través del merchandising que venden en los conciertos: más de doscientos setenta y cinco mil euros en cuarenta y seis actuaciones. Seis mil euros por concierto. Sinceramente, no sé si es mucho o poco.

—Tú no has ido a un concierto de música clásica en tu vida, ¿verdad, Fede? —La cornada de Aran llegaba en tono socarrón.

—¿Se nota mucho?

—De lejos, nene. Esto es una bola de las gordas.

—¿Y la tercera pata? —preguntó Martina.

—Compran entradas de los conciertos que ellos mismos organizan para después volver a venderlas a través de portales como Viagogo y StubHub. La suma total llega a un millón doscientos mil euros. El dinero, una vez limpio, entra en un entramado de empresas pantalla y se le pierde el rastro.

—¿Y con esto no podríamos detenerlos ya, Fede?

—La Unidad de Salud Pública no los ha pillado en ninguna descarga. Para ellos sería la estocada final. Confiscan mercancía, detienen al proveedor...

—Dejarlos hacer y que metan la pata hasta el fondo.

—Exactamente, Aran.

Fede terminó la explicación dando un trago de café. Martina se quedó mirando, pensativa, la oscuridad calmada que entraba por la ventana. Después de unos segundos, volvió a la vida.

—Bien jugada la carta de Víctor Alemany. Es difícil que alguien piense que en realidad es una tapadera. Fede, coordínaos con la Unidad de Salud Pública para presentar esta documentación al juez y solicitar una orden para que la Comisaría General de las Tecnologías de la Información y la Comunicación pinche los teléfonos de Aurora Molina, Leo Duart, Arnaldo Quiroga y Víctor Alemany.

—Sí, sargento.

—¿Y Samuel Ros, Marc Pombo y Nàdia Abad?

—Son mindundis, Aran… A ver cómo lo ven los de Salud Pública, pero de momento me parece que no hace falta. Si ellos lo creen necesario, pues adelante.

—Los narcos se gastan fortunas en especialistas en telecomunicaciones que preparan teléfonos encriptados ocultos detrás de alias. Por ahí nunca los pillaremos, sargento —aventuró Aran.

—Quiroga es un perro viejo que ha trabajado para pesos pesados del narcotráfico. No lo pillaremos así, como dices. Pero Aurora Molina y Víctor Alemany son del mundo de la música y están nerviosos después de las muertes de Guasch y Muntaner. Algo se les escapará por los canales habituales de comunicación. Estoy segura.

—¿Quieres atraparlos en una descarga?

—Eso afecta a la Unidad de Salud Pública, Aran. No es este nuestro objetivo.

—¿Y para qué pincharles el móvil?

—No hemos resuelto nuestra parte del caso y creo que, llegados a este punto, triangularles los móviles puede ayudarnos. Tanto a la Unidad de Salud Pública como a nosotros. En lo que a nosotros respecta, tenemos un montón de cosas en el aire. ¿Quién colgó a Toni Guasch en el Palau de la Música? ¿Y su muerte en Hamburgo con todas las sospechas de la policía alemana? ¿Y el vídeo que recibió Zoe Muntaner? ¿Y la muerte de Clara Guevara? Es evidente que todo está relacionado. Pero ¿quién y qué está detrás de todos estos hechos?

—¿Clanes rivales?

—¿Y los de Salud Pública no sabían nada? ¿Ninguna información de ningún confidente? No me lo trago, Fede.

Los tres investigadores enmudecieron durante unos instantes, sumidos en sus pensamientos. Martina volvió a pasear la mirada por la ventana. En el cielo se había extendido un grupo de estrellas que anunciaban una noche plácida.

—Si localizáramos al hombre que amenazó a Clara Guevara… Aran, ¿has encontrado dónde acabaron todas sus pertenencias?

—Se enviaron a Buenos Aires. Esta es la dirección. —Aran giró el portátil hacia Martina con Google Maps a pantalla completa.

—La chica no tenía familia aquí. Averigua quién hizo los trámites.

—De acuerdo, sargento.

—Y, Fede, pide a Salazar que curse una orden internacional para registrar las pertenencias de Clara Guevara y habla con la Interpol para el enlace con la policía federal argentina. Me voy a Buenos Aires.

56

Dicen que el tango es uno de los bailes más difíciles del mundo. Es necesario impregnarse de una cierta atmósfera de melancolía, tener un buen sentido del ritmo, mucha elasticidad y una técnica depurada de abrazar a la pareja, porque es la forma de comunicarse con ella.

En algún lugar del barrio de La Boca, en Buenos Aires, Martina se quedó boquiabierta, fascinada, con un par de porteños que bailaban como si levitaran sobre el pavimento. Lo de bailar el tango era un arte que mantenía tradiciones difíciles de romper: el hombre dirigía y marcaba el ritmo, y la mujer lo seguía aportando belleza y sensualidad. Martina se imaginó bailando así con Irene y no pudo evitar esbozar una sonrisa mientras pensaba cuál de las dos pisaría más a la otra.

Después de dejar atrás a los tangueros, se adentró aún más en La Boca hasta el Caminito —un museo al aire libre en forma de pasaje—, entre bohemios, pintores, escultores y con milongas de fondo como banda sonora. Una especie de Montmartre en el culo del mundo.

Martina se entretuvo otro rato con un artista callejero que dibujaba a un turista con carboncillo. Tenía expuestos los retratos de Carlos Gardel, Evita Perón, el papa Francisco, Diego

Armando Maradona y Lionel Messi. Patriotismo, música, religión y fútbol convertido en religión. Un resumen sencillo de una nación compleja, que, pese a encadenar una crisis tras otra, no perdía ni una pizca de orgullo patriótico.

La sargento recorrió la calle de los conventillos; viviendas con paredes de chapa pintadas de infinidad de colores con combinaciones estridentes. Esas antiguas casas de inmigrantes españoles e italianos eran en la actualidad uno de los diez puntos más fotografiados del mundo —o eso decían los autóctonos para vender el producto, que de aquello sabían un rato—. El lugar era bonito, pero Martina pensó que en las postales quedaba mejor. Malditos programas de retoque de imágenes, ya no sabías qué era verdad y qué no.

Martina dejó atrás la parte más pintoresca y siguió por un camino mal asfaltado hasta entrar en lo que parecía una villa: un conjunto de viviendas informales producto de ocupaciones de tierra urbana vacante, que proliferaban por la ciudad. Contrastaba enormemente con el monumental centro de Buenos Aires.

No le costó mucho encontrar la dirección que le había indicado Aran. Era un edificio de dos pisos y de ladrillo visto, de los más altos de la zona. Martina lo comprobó varias veces en el móvil y, en efecto, era el lugar que buscaba.

El enlace de la Policía Federal Argentina, un tal Ignacio Miguel Bermejo, no había llegado. A Martina nunca le había gustado esperar ni trabajar con desconocidos. Habría preferido ir a Buenos Aires sin pedir nada a la Interpol, pero cualquier prueba que consiguiera no sería válida en un juicio. La consiguiente cara de idiota y el descrédito profesional serían mayúsculos. Así que mejor hacer las cosas como debía.

Después de treinta minutos de espera, la sargento empezaba a estar hasta el gorro de Bermejo. Miró el móvil y comprobó que no tenía ni un triste mensaje.

Entonces vio a un hombre saliendo del portal y, antes de que la puerta se cerrara, consiguió meter el pie y se coló. Ya le daría las explicaciones pertinentes al policía federal cuando se dignara a aparecer.

Ya dentro, subió por una escalera hasta llegar al rellano del segundo piso. Baldosas rústicas, pared estucada y luz de fluorescente parpadeante. No era precisamente una oda a la modernidad.

El edificio debía de ser más viejo que la sargento, sin ascensor y con un patio de luces donde predominaba un olor a fritanga que Martina se llevaría impregnado en la ropa como recuerdo de la visita. La puerta del piso era de madera laminada; debía de estar de moda en tiempos de la dictadura militar, como las greñas y las patillas de Carpanta. Resopló y llamó al timbre. Pronto sabría si cruzar el Atlántico había servido para algo. Unos pasos firmes y ruidosos se acercaron desde el otro lado. Una mujer que debía de rondar los treinta años, chupada y sin arreglar, abrió la puerta. Sostenía en brazos a un bebé que no llegaba a los seis meses. Nada más abrir, la mujer soltó sapos y culebras, como si ya supiera quién había llamado.

—¡Puto conchudo! ¡Hijo de remil putas! Te he dicho un millón de veces que no llames... —La mujer se dio cuenta enseguida de que no era el puto conchudo ni el hijo de remil putas que ella se temía. Se quedó mirando a Martina un breve instante antes de reaccionar—. Perdón... Creía que era otra persona. Disculpá.

—No se preocupe. Vengo a ver a Eva Ayala.

La mujer —un palillo con los pómulos hundidos y la nariz perfilada— alteró su expresión, que se convirtió en temerosa y desconfiada a la vez.

—¿De parte de quién?

—Me llamo Martina. Era amiga de su hija Clara.

—Clara está muerta.

—Lo sé. He dicho «era» amiga.

—Este... No está. No está. La señora Eva no está en casa.

—¿Sabe cuándo puedo encontrarla?

—El caso... es que no vive acá.

—¿Y sabe dónde vive?

—No.

—¿Y quién es usted?

—¿Y a vos qué carajo te importa?

Martina sacó la placa y la mujer se quedó de pasta de boniato.

—¿Me dirás la verdad ahora?

—Esa placa no sirve acá, gallega.

—Estoy esperando a mi enlace de la Policía Federal Argentina. Es bastante sencillo de comprobar. —Martina sacó el móvil del bolsillo, marcó y se lo colocó en la oreja.

—Pará, pará... Me llamo Dalma Gusmán.

57

A Dalma Gusmán se le heló la sangre. Esa gallega podía convertir en realidad los miedos que la asediaban cada noche cuando cerraba los ojos. Eran miedos legítimos, racionales y palpables. Esa emoción, el miedo, es compleja y no aflora por una única causa, aunque en el caso de Dalma Gusmán había un factor determinante, que era la ansiedad. Ella siempre buscaba anticiparse a los hechos e imaginar todas las situaciones posibles, en las que, naturalmente, el escenario más catastrófico alimentaba a sus monstruos, que mostraban las garras. Cada uno maneja el miedo como sabe y puede.

Dalma Gusmán tragó una saliva cargada de nervios mientras una gota de sudor le resbalaba por la espalda.

—¿Dónde está Eva Ayala?

—En un centro sanitario. Internada.

—¿Por qué? ¿Qué tiene?

—Alzhéimer.

—¿Y su familia?

—Su marido y su hermana murieron hace tiempo, y su hija... Bueno, ya lo sabe.

En la voz de Dalma Gusmán no quedaba ni rastro del tono desafiante de hacía solo unos instantes, cuando había abierto la puerta. Su mirada era nerviosa y su voz apagada. Con las cartas boca arriba, se había convertido en dócil como un perrito faldero que espera una galleta. Cuando queda claro quién tiene la sartén por el mango, las cosas siempre se clarifican y ponen a cada uno en su lugar.

—¿De qué conoces a Eva Ayala?

—Llevaba un par de años limpiándole el departamento. Empeoró mucho de su enfermedad, y, cuando la internaron, dejé de cobrar y...

—¿Cuánto hace que vives ilegalmente aquí? Porque estás de ilegal.

—Unos meses. Yo tenía otro laburo, pero cuando mis jefes se enteraron de que estaba embarazada me despidieron.

—¿No tienes trabajo?

—De vez en cuando me sale algún departamento que limpiar, pero nada fijo.

Qué vida la suya. Con el orgullo a la altura del betún y los pantalones por los tobillos, Dalma Gusmán mendigaba limpiar la mierda de los demás por cuatro chavos que la ayudaran a sobrevivir. El trabajo dignifica a las personas, decía aquel. Y qué más.

Empatizaba con esa mujer. Claro que sí. No era de piedra. Pero una cosa era empatizar y otra muy distinta ceder.

—¿Las pertenencias de Clara llegaron aquí?

—Sí.

—Quiero verlas. —Martina hizo el gesto de entrar en el piso.

—No hablará con la policía argentina, ¿verdad?

—Tú muéstrame las pertenencias de Clara. —Mejor haber tirado millas y no esperar al agente de la Policía Federal Argentina. Todo sería más sencillo.

Dalma gesticuló con la mano, lo que la sargento interpretó como permiso para entrar. Sin decir nada más, la inquilina caminó por la casa. Martina, detrás de ella, seguía a ese saco de huesos que cargaba al bebé, quien dormía como un angelito, ajeno a los problemas de su madre.

En el piso sobrevolaba un hedor mezcla de moho, olor a cerrado y tabaco. Aun así, la casa no estaba desordenada. Una camita de bebé destartalada en el comedor era la única nota discordante.

Al final del pasillo, Dalma se detuvo delante de una habitación.

—Están acá. —Señaló con la barbilla.

Martina pulsó un interruptor, y una bombilla que colgaba de un cable en medio del techo se iluminó y dio un aire amarillento a la estancia. La habitación era un puñetazo presidido por una cama con un cabezal de madera y un armario a juego. Allí dentro, la peste a cerrado superaba la del resto del piso. Era tan fuerte que Martina sintió que se le revolvía el estómago. Imaginó a los ácaros rezando para que alguien abriera la ventana para ventilar la habitación y tener aire fresco. Escuchó esas oraciones ficticias e hizo el gesto de subir la persiana, pero enseguida entendió las dificultades por las que pasaban en esa casa.

—Por favor, no. Por favor.

Más que pedirlo, Dalma lo suplicó. No respiraba ese aire por gusto, sino porque no podía permitirse que alguien la viera y la denunciara. En un país con el cuarenta por ciento de pobreza, no quieras encontrarte viviendo en la calle con un bebé de seis meses. Así que todo cerrado a cal y canto. La sargento se preguntó qué sentido tenía intentar pasar desapercibida con un bebé de meses que debía de llorar a medianoche cada dos por tres. Pero no era esa su preocupación.

Dalma señaló un armario y Martina no tardó en abrirlo. Había varias cajas de cartón embutidas; si sacaba una, las demás corrían el peligro de caerse. El armario estaba tan desordenado que dolía mirarlo. Con cuidado para evitar que el castillo de cajas se derrumbara, la sargento las sacó una a una y las fue dejando encima de la cama.

Mientras tanto, Dalma acunaba al bebé bajo el dintel de la puerta sin atreverse a decir nada. La sargento revolvía ropa, documentos, libros, fotografías y un montón de objetos más apilados en las cajas sin orden ni criterio alguno.

—¿Todo llegó así?

—Más o menos.

—¿Falta algo?

—No.

La mirada de Martina, fija y sin pestañear, lo decía todo.

—Lo juro.

Martina rebuscó en una de las cajas. Debajo de unas partituras vio un ordenador portátil. Era plateado, de marca cutre, con un adhesivo de la bandera argentina. Lo cogió y pulsó el botón para encenderlo.

—¿Es el ordenador de Clara?

Un ligero movimiento de la cabeza fue todo lo que Dalma hizo para decir que sí.

La sargento se sentó en la cama con el ordenador en el regazo y, después de unos segundos, tachán, la pantalla de inicio se encendió con una foto de Clara Guevara radiante en el escenario de lo que parecía un gran teatro. Más adelante, Martina sabría que era el teatro Colón de Buenos Aires.

—¿Cuándo llegó todo esto?

—Poco después de que Clara muriera.

—¿Cuánto tiempo después?

—No sabría decírselo.

—¿Desde Barcelona?

—Sí.

—¿Esto es todo?

Dalma asintió. Martina miró la pantalla, que esperaba la contraseña, con la foto del teatro Colón de fondo. Desbloquearlo sería labor de los informáticos.

La sargento se levantó y recorrió con la mirada todo lo que había elegido para llevarse: documentación, un cepillo con pelo y el ordenador, que sin duda era trofeo de caza mayor. Después lo metió todo en una mochila y se marchó del piso sin decir ni mu. Dalma rezó para que la gallega le guardara el secreto.

Mientras Martina bajaba la escalera, sonó su teléfono.

—Martina Roca.

—Sargento Roca, soy el cabo Ignacio Miguel Bermejo. Disculpe la demora.

—Tranquilo, hombre, solo ha sido una horita de nada.

—Ya estoy en el punto de encuentro, pero no la veo.

—Llego en unos segundos.

Efectivamente, unos segundos después Martina salió del portal con la mochila a la espalda, y allí estaba el cabo.

—Soy la sargento Martina Roca.

—Ignacio Miguel Bermejo, un gusto, sargento. ¿Subimos?

—No, no será necesario, cabo.

—¿Cómo que no?

—Acabo de salir de la casa de Eva Ayala. Usted se demoraba y he tenido que intervenir. Espero que no le sepa mal.

No sabía qué demonios decirle. ¿Que no soportaba la falta de puntualidad? ¿Que quería hacerlo sola? Así que optó por esta respuesta y poner cara de quien no ha roto un plato en su vida.

—No joda, sargento… Me busca un quilombo.

—Qué va, cabo. No se preocupe. En serio. Mire. —La sargento abrió la mochila—. Me he llevado alguna documentación y un ordenador. Se lo detallaré todo en el informe.

—Joder con la gallega… De acuerdo…

58

Un letrero, tan oxidado como los residentes, anunciaba la entrada del Centro Sociosanitario Nueve de Julio. Martina lo pasó de largo para entrar en un jardín lleno de malas hierbas y donde se extendía una alfombra de hojas secas que crujían bajo sus pies con cada paso.

La pintura del centro —un caserón dejado de la mano de Dios— estaba tan desconchada que las paredes parecían leprosas.

Martina abrió la puerta de entrada, que chirrió mendigando gotas de aceite lubricante. Ya dentro, no tardó en percatarse de que allí el tiempo se había detenido hacía años. Sin apenas luz, el ambiente era tan pesado que daba la impresión de que se le fuera a subir a hombros en cualquier momento.

Mostró la placa en el mostrador de la recepción, y una mujer de expresión arisca y desconfiada señaló un pasillo mal iluminado.

Martina se adentró en él. En el trayecto, de apenas una veintena de metros, vio a residentes con palanganas para vomitar, cánulas nasales, bolsas de orina y un montón de material médico más. Una mujer, sentada en una silla, la siguió con una mirada en la que se reflejaba la impotencia de cuando ya todo te importa un bledo. Martina le dedicó una leve sonrisa, pero la vieja no hizo ni el esfuerzo de devolvérsela. Total, ¿para qué?

El paisaje iba acompañado de una banda sonora repetitiva.

—¡Enfermera! ¡Los pañales! ¡Enfermera! ¡Los pañales!

El grito, ahogado y cargado de angustia, procedía de una de las habitaciones del pasillo. La sargento vio por el rabillo del ojo a un hombre de pelo enmarañado medio incorporado en una cama. Sus ojos perturbados chocaron con los de la sargento y se puso todavía más nervioso.

—¡Enfermera! ¡Enfermera! —bramó mientras extendía el brazo.

Martina dejó atrás las súplicas del anciano y siguió pasillo adelante. Justo a continuación se cruzó con una enfermera que empujaba una silla de ruedas con un hombre de mirada perdida, cuello arqueado y boca entreabierta, con un hilo de babas colgando.

Qué panorama. Ya es triste que, en la última etapa de la vida, lo más importante sea darte cuenta de que te lo haces todo encima. Lo más jodido era que muchas de esas personas no podían ni aspirar a ese mínimo de dignidad.

Al llegar al final del pasillo, Martina desembocó en una sala con suelo de mosaico y ventanales con el marco de madera, donde varios enfermos se entretenían con juegos de mesa infantiles. Se acercó a un enfermero.

—¿Sabe quién es Eva Ayala?

El hombre señaló con el índice al fondo de la sala, en la que estaba una mujer en una silla de ruedas. Llevaba una chaqueta beis y una manta de lana en el regazo. Unas arrugas que le surcaban la cara de arriba abajo eran el testimonio de los años vividos. Por encima de ella, en un estante, un televisor destartalado con el volumen a todo trapo acaparaba la atención de tres abuelos. Eva Ayala, absorta, no le hacía ni caso. Martina se acercó a ella, se agachó para colocarse a su altura y le cogió la mano.

—Hola, Eva —dijo con voz cálida.

Pero la mujer, ausente, ni siquiera giró la cabeza. El silencio iba acompañado de una mirada perdida en algún punto del horizonte.

—Eva, ¿me oye?

—No insista. No hablará.

Esa voz, agudísima, procedía de la nuca de la sargento. Al darse la vuelta, se encontró con un hombre de unos sesenta años con el pelo blanco a juego con la bata que llevaba puesta.

—Me llamo Martina Roca. —Le mostró la placa—. Vengo de Barcelona y soy sargento de policía. Estoy investigando la muerte de la hija de la señora Ayala.

—Doctor Santiago Vilar Seoane.

El médico le estrechó la mano con fuerza y la miró a los ojos. Luego invitó a la sargento a sentarse en el punto más alejado de la sala para poder hablar con tranquilidad. Lejos del volumen ensordecedor del televisor.

—¿Qué le pasa? —Martina quería corroborar la versión de Dalma Gusmán.

—Alzhéimer.

—¿Cuánto tiempo lleva aquí?

—No llega a dos años. Su médico de cabecera recomendó que la internaran. Al principio le costó aceptarlo. Era muy reticente. No quería decirle nada a su hija...

—Clara.

—Eso, Clara. Nos dijo que tenía una gran carrera artística por delante y que no quería arruinarla por su culpa.

—¿Clara llegó a enterarse de que su madre tenía alzhéimer?

—Que yo sepa, nunca se lo dijo. De hecho, creo que ni siquiera le contó que la habían ingresado. «Dejen, dejen... La pibita es feliz con el canto, no le voy a joder la vida», decía. Cuando Clara la llamaba todavía se defendía bastante bien. Pero hace cosa de un año y medio empezó a deteriorarse.

—¿Por qué?

—Cada paciente es un mundo. —El médico se encogió de hombros—. En general, el deterioro se debe a que las células cerebrales se dividen. Cuando los potenciadores reactivan la división celular, es increíblemente perjudicial.

—¿Cuándo empezó ese deterioro?

—Cuando supo que su hija había muerto.

—¿Hay alguna esperanza de mejora?

—Ninguna. Ha perdido el habla y necesita asistencia para todo. Incluso para comer y tragar.

—¿Recuerda que su hija ha muerto?

—Tiene un defecto grave en el conocimiento de la vida. No recuerda ni que tenía una hija.

Martina se quedó mirando a Eva Ayala, que seguía aislada en su mundo interior. Ajena al doctor Santiago Vilar Seoane, a la sargento, al volumen del televisor y a los gritos procedentes del pasillo. Y así sería hasta el momento de su muerte, en el que nadie la lloraría.

Martina había cruzado el mundo y se quedaría sin poder arrancarle ni una palabra; Eva moriría sin poder contar todo lo que sabía. Sus pensamientos, sus recuerdos y su existencia estaban secuestrados por la crueldad del alzhéimer.

Horas después de dejar a Eva Ayala, un avión despegaba desde el aeropuerto internacional Ezeiza de Buenos Aires con destino final a Barcelona, pasando primero por Madrid.

Martina se pasaría el vuelo revisando todos los detalles del caso. Si los informáticos conseguían resucitarlo, el ordenador de Clara podría convertirse en clave para el desenlace. Era como agarrarse a un clavo ardiendo, pero, cuando la desesperación asedia, un clavo ardiendo puede llegar a parecer el brazo de un asiento de terciopelo acolchado.

Todo colgaba de un hilo.

59

Metida en la guarida, trabajaba bien. No le importaba que fuera un sótano oscuro y húmedo. Estaba en calma y concentrada. Caray, tampoco pedía tanto; solo poder currar con tranquilidad. Pero en ese oficio la tranquilidad era un lujo efímero. Por suerte lo sabía, y precisamente por eso no se sorprendió cuando el Nokia, su móvil clandestino, vibró en la mesa. Al ver quién la llamaba, la cara se le tensó aún más de lo que ya era habitual en ella. Adiós tranquilidad. El corazón empezó a acelerársele y el pánico le recordó que había alquilado el alma al diablo que la llamaba. No podía elegir. Responder siempre era de obligado cumplimiento.

—Hola, Trinidad.

—Buenos días, Aurora. Me alegro de escucharte.

La respuesta espontánea del cuerpo al oír ese maldito acento colombiano hacía que todos los pelos se le erizaran hasta convertirse en agujas. El cerebro se ponía en guardia y, a partir de ahí, la reacción en cadena era inevitable: pulso alterado, sudoración, el estómago como una piedra y apretar los dientes con toda la fuerza de la que era capaz. Todo de puertas adentro, por supuesto. De cara a la galería debía parecer impasible. La capacidad de adaptación a cada situación era imprescindible para poder seguir nadando en esa pecera de tiburones.

—Yo también me alegro de escucharte, Trinidad.

—¿Quiro lo tiene todo planificado?

—Sí. Todo planificado. —«Las mentiras están prohibidas», pensó. Y el cuerpo empezó a reaccionarle en consecuencia.

—Perfecto. Pues apunta los detalles de la entrega.

La mano temblorosa de Aurora hizo que la escritura tuviera un trazo irregular. Pese a los nervios, consiguió tomar notas detalladas de todo. Nada más colgar sintió un intenso dolor abdominal que derivó en una sensación de malestar; sabía por experiencia cómo acababan esos síntomas. No era la primera vez que le sucedía después de hablar con el diablo. Se retorció hacia delante con las manos en el estómago y muecas en la cara. Sin darse cuenta, las gafas para la presbicia, que tenía apoyadas en el pelo, se le cayeron al suelo y fueron a parar debajo del escritorio. El dolor era insoportable; corrió hacia el baño, donde estuvo un buen rato vomitando. De allí siempre salía agotada. Cuando se hubiera recuperado, se lavaría la cara y los dientes. Después llamaría a Quiro para transmitirle las órdenes.

60

El Casino de Barcelona era una especie de parque de atracciones hecho a su medida. Allí podía fundirse con deleite el dineral que ganaba sin el menor escrúpulo. Las ciudades europeas aún tenían que comer mucha sopa para llegarle a la suela del zapato a Las Vegas, pero, aun así, debía reconocer que como sucedáneo daba el pego.

De entre todas las modalidades, la ruleta era la preferida de Quiro, solo superada por las timbas clandestinas de póquer, claro. Eso era otro nivel.

El crupier —con pajarita en el cuello y sonrisa de plástico— urgía a los jugadores a colocar las fichas en la mesa. La cosa tenía que ir rápido, era primordial no darle al cliente mucho tiempo para pensar. La media era de una partida por minuto. Si la mejoraba, la dirección del casino quizá le daría la galletita de nombrarlo empleado del mes. Más partidas eran más ingresos para el casino y más propinas para el crupier, así que todos contentos. ¿Lo de que la banca siempre gana? Pues exactamente eso. En el casino solo perdían los clientes, y, mientras quisieran dejarse la pasta apostando, el chiringuito no cerraba ni para Dios.

—Hagan juego, por favor. —Vamos, que el tiempo es oro.

Cuando los jugadores hubieron distribuido un buen puñado de fichas en el tapete verde, el crupier se puso en marcha. Mientras la bolita giraba alrededor de la ruleta, el Nokia de Quiro le vibró en el bolsillo de la americana. Chasqueó la lengua y, malhumorado, lo sacó para mirar la pantalla, donde parpadeaba con insistencia el número de Aurora. Se la imaginó maldiciéndole con su vocecita insoportable, y ese simple hecho le arrancó una sonrisa socarrona y placentera a la vez.

Mientras la bolita seguía rodando por la ruleta, silenció el móvil y centró su atención en el juego. En ese momento, sus prioridades eran otras.

Desde la guarida, en la calle Hospital, Aurora se acordó de toda la familia de Quiro. Dejó el Nokia en la mesa, junto al iPhone. Odiaba vivir con dos móviles, el oficial y el clandestino. Consecuencias de tener una doble vida. Pero eso acabaría más temprano que tarde. Llevaba tiempo planificándolo y, en su interior, cada vez se edificaba con más fuerza la idea de un futuro en el que ese *modus vivendi* no tenía cabida. Libre de presiones familiares, de ambiciones profesionales absurdas, de fantasmas del pasado, libre de Trinidad, de descargas y de blanquear.

El sonido estridente del iPhone, su teléfono oficial, la despertó de unos sueños vitales que tendrían que esperar. Se palpó la cabeza con la mano buscando las gafas para la presbicia, pero solo encontró pelo. Abrió la funda que estaba en la mesa y allí tampoco estaban. Mientras tanto, el iPhone seguía sonando. Con el móvil en la mano, extendió el brazo todo lo que pudo. Entrecerró los ojos y vio, borroso, el nombre de Víctor Alemany. Era imperativo responder. Pasó el índice de izquierda a derecha de la pantalla.

—Hola, Víctor.

—¿Qué es esa mierda de Roma que me ha comentado Leo?

—Esa era la educación de la máxima autoridad mundial en música clásica.

—Presentamos el concierto del Teatro dell'Opera.

—¿De verdad me estáis pidiendo que vaya a Roma a una puta presentación?

—Si vas, el primer ministro ha confirmado su presencia, y eso nos daría mucha repercusión en los medios. Para la venta de entradas...

Aurora enmudeció de repente: el Nokia vibraba en la mesa. Quiro le devolvía la llamada. Él siempre tan oportuno.

—Espera un momento, Víctor, por favor. Tengo que responder una llamada importante.

Desde el otro lado, a Aurora le llegó un murmullo de Víctor en señal de desaprobación. Sintiéndolo mucho, el maestro tendría que esperar. Que ella supiera, nadie se había muerto todavía de eso.

Aurora se cacheó a sí misma buscando las gafas. No las encontraba ni en la cabeza, ni colgadas en el cuello de la camisa, ni en la mesa. Luego miró a su alrededor, pero las puñeteras no aparecían. Mientras tanto, el Nokia con el número de Quiro seguía insistiendo. Aurora dejó el iPhone con el que hablaba con Víctor en la mesa y cogió el Nokia. El cerebro le plantó la cara de Trinidad en el centro de sus pensamientos. Le había dicho que Quiro lo tenía todo planificado. Mierda. Había mentido. Era una mentira pequeña, pero en este caso a Trinidad el tamaño le daba absolutamente igual. Odiaba las mentiras.

Mirar a los ojos y decir la verdad.

Siempre.

No hacerlo tenía consecuencias.

Mierda de presbicia. Sin gafas no veía tres en un burro. Aurora desistió de buscarlas y descolgó.

—¿Qué querías? —Las maneras de Quiro tampoco eran mucho mejores que las de Víctor. En los dos casos, genio y figura hasta la sepultura.

—Un momento, Quiro.

Aurora cogió el iPhone y extendió el brazo lo máximo posible para poder ver, aunque fuera un poco, la pantalla. Quería silenciar la conversación para que Víctor, a la espera, no la oyera. Pero, me cago en todo, el índice de Aurora tecleó por error el icono de contactos en lugar del de silenciar la llamada, que estaba justo al lado.

—Quiro, perdona.

—¿Qué querías?

—Ya lo tengo todo. La descarga será el día veintiuno. A las tres de la madrugada. Toma nota de las coordenadas.

Quiro sostuvo el cigarrillo entre los labios y el Nokia entre la oreja y el hombro para escribirse con un bolígrafo las coordenadas 41°10'08.1"N 1°48'58.9"E en la palma de la mano izquierda.

—Anotado. Aún tenemos unos días, pero vamos justos. ¿Cuánto?

—Trinidad dice que quinientos veinte kilos.

—¿Qué? ¿Quinientos veinte?

—Exacto.

—Pero... ¿estáis zumbadas o qué? ¡Es muchísimo más del doble que la última vez! ¡No es lo que me dijiste!

Mientras tanto, el iPhone de Aurora seguía sin estar silenciado y, al otro lado del teléfono, Víctor era el invitado inesperado de una conversación desagradable. Estaba con el teléfono en la oreja y tumbado al sol en la piscina de su casa. El tono iba subiendo. No está de más decir que todo lo que fuera minar la moral de Aurora le divertía.

—A mí no me grites, Quiro. Móntatelo como quieras, pero debes tenerlo todo preparado para el día veintiuno.

—Serás imbécil... ¿Crees que esto se improvisa? ¡Nada de lo que tengo preparado sirve! ¡Nada! ¡No hay suficientes fuerabordas, ni descargadores, ni avistadores que alerten de la pasma, hostia!

—Pues soborna a pesqueros... ¡A mí qué me cuentas! —Aurora habría hecho cualquier cosa menos admitir que había mentido a Trinidad.

—Soborna a pesqueros, dice... —Quiro puso los ojos en blanco—. No tienes ni puta idea. Contrata tú a un violinista, que creo que alguno os falta.

—Ya tengo a uno... Y todas las entradas del próximo concierto vendidas. Yo sí que hago mi trabajo. Quinientos veinte kilitos, Quiro. Búscate la vida. Y una última cosa: a mí no vuelvas a hablarme así en tu puta vida.

—Te lo dije una vez y te lo repito: te hablo como me sale de los cojones.

Quiro colgó dejándola con la palabra en la boca. Manda huevos con el quinqui. Aurora soltó un gruñido que combinaba mala leche e impotencia a partes iguales.

Resopló un aire embadurnado de cansancio. A modo de pataleta, lanzó el Nokia a la mesa de mala gana. El dispositivo aterrizó al lado del iPhone, que aguantaba la llamada de Víctor. Lo habría colgado encantada, pero no podía.

—Y ahora el otro figura... La madre que me parió...

Aurora se desahogó antes de hablar con Víctor. Lástima que la presbicia le hubiera jugado una mala pasada; volvió a pulsar el icono de contactos.

—Víctor, perdona. Ya vuelvo a estar aquí. Era una llamada muy importante.

—Aquí estoy. Si no te importa, preferiría no saber nada de vuestras entregas ni oír cómo tu subalterno se te mea encima.

—Pero ¿qué dices?

—No sabes ni silenciar el móvil... Dile al primer ministro italiano que el figura irá a Roma.

Víctor colgó sin dejarle tiempo para responder. Los dos hombres más odiosos sobre la faz de la Tierra la habían humillado en menos de un minuto. Había días en que realmente era mejor no salir de casa.

Aurora cerró los ojos y se reclinó en la silla. Quería morirse. Odiaba dar argumentos a cualquiera de esos dos para menospreciarla.

Apoyó los codos en las rodillas y con las palmas de las manos se sujetó la cabeza, que estaba a punto de estallarle. Inclinada hacia delante, clavó la mirada en el suelo. Un día duro. Uno más. Estaba hasta el gorro.

Cuando la nebulosa interna se despejó un poco, vio debajo de la mesa las gafas con uno de los cristales hecho añicos. Debían de habérsele caído sin que se diera cuenta. Las recogió del suelo. De ahí quizá también tendría que recoger un pedacito de su dignidad y la autoestima entera. Estaba cansada de esa vida. Seguro que, si se miraba en el espejo, le devolvía su imagen demacrada. Así que se lo ahorraría. Harta, cerró el ordenador y se marchó a casa.

Lo que no sabía Aurora era que, mientras ella se dirigía a la puerta, su destino podía estar decidiéndose a treinta kilómetros de allí. En la sala de escuchas de la Comisaría General de las Tecnologías de la Información y la Comunicación, ubicada en el Complejo Central de los Mossos d'Esquadra, una cabo acababa de tomar notas sentada delante de una hilera de pantallas que reproducían ilustraciones de efectos sonoros. Después se quitó los cascos y marcó un número desde el móvil. Al cabo de un par de tonos, respondieron.

—Tenemos día, hora y lugar de la próxima descarga. Coordínese con la Unidad de Salud Pública y vayan preparando un operativo, sargento Roca.

61

La vanidad de Martina sufrió un ataque de incontinencia que le dibujó una gran sonrisa, de esas que llenan la cara de oreja a oreja. Lo sabía. Sabía que Aurora Molina, una mujer de la música que había pasado al lado oscuro, metería la pata. Ahora ya tenían pruebas y podrían actuar en consecuencia.

Cerró el puño como si fuera una deportista que celebra un punto decisivo. Aunque era consciente de que todavía no podía cantar victoria. ¿Qué clase de poli sería si vendía la piel del oso antes de cazarlo? Una buena poli no hacía estas cosas.

Antes de que acabes, no te alabes.

Jamás.

Ya habría tiempo para las celebraciones y los golpecitos en la espalda.

Se levantó de golpe para ir a reunirse con Fede y Aran. Los cabos estaban en sus escritorios, concentrados en las pantallas del ordenador. Redactaban informes —odiosos, pesados y necesarios— que les robaban horas y paciencia.

La sargento se plantó delante de ellos y soltó la noticia.

—Han hecho la cagada que estábamos esperando.

Los cabos levantaron la cabeza en una perfecta coreografía espontánea.

—Me juego un café a que ha sido Aurora Molina. Esa cara de amargada no puede traer nada bueno.

—Bingo, Fede —dijo Martina.

—Me debes un café, Aran.

—A ver, puto roñoso, ¿me has visto jugarme algo? Págate tú la mierda esa que te metes. Cuéntanos, sargento.

—La entrega será el veintiuno de junio a las tres de la madrugada. A cincuenta y dos millas náuticas de la costa del Garraf. Tenemos las coordenadas.

—¿Cuánto?

—Quinientos veinte kilos.

—No está nada mal.

—Sí... No está mal. Coordinaos con la Unidad de Salud Pública e informad a Salazar.

—Sí, sargento.

—Otra cosa, Aran. ¿Cómo vamos con el ordenador de Clara Guevara?

—Los de sistemas me dicen que hay dos personas de baja y que están hasta arriba de trabajo. Intentarán tenerlo pronto.

—¡Sieeeeeempre igual, hostia! ¿Tanto cuesta craquear una contraseña?

Aran se encogió de hombros bajo una camiseta unas cuantas tallas demasiado grande. En ese momento, un agente interrumpió la reunión improvisada para anunciar una visita que no estaba programada.

—Sargento, ha venido una señora que se llama Carme. Quiere hablar con usted. Dice que se conocen.

—Carme... —El cerebro transportó a Martina al edificio donde vivía Clara Guevara—. Hazla subir a la sala de reuniones, por favor.

El agente, ceñudo, asintió con la cabeza y dio media vuelta.

—¿Quién es Carme, sargento?

—La vecina de Clara Guevara... Quién sabe... Quizá nuestro día de suerte todavía no se ha acabado.

No habían pasado ni cinco minutos cuando Carme entró por la puerta. Su presencia, pero sobre todo su perfume, llenó la sala de reuniones. Era tan dulce que empalagaba. Casi podía masticarse.

Llegaba vestida de veintiún botones, con maquillaje a paladas y bisutería dorada colgando de las orejas. Conociéndola, sus amigas tendrían que escuchar la batallita en la comisaría hasta el aburrimiento. «¿Os he contado alguna vez el día que fui…?».

La mujer se sentó en la silla. Ante los investigadores, se sentía la protagonista del momento. Todos pendientes de ella. No recordaba la última vez que había sido el centro de atención de nada y, quieras o no, aquello no dejaba de ser una aventura en medio del tedio rutinario en el que se había convertido su vida desde hacía unos años.

Así pues, se frotó el cuello y, como si continuara la conversación que había mantenido con la sargento el día que se conocieron, fue directa al grano. Sin saludar a los cabos ni hacer ninguna introducción de cortesía. A saco.

—Me dijo que si recordaba algo se lo dijera.

—Sí, Carme. ¿Qué quiere contarnos?

—No sé si saben que un músico de la Orquesta Filarmónica de Barcelona murió ahogado en Venecia.

—Algo hemos oído, sí.

—Bien. El caso es que la prensa se ha hecho mucho eco de la noticia.

—¿De verdad, Carme? ¿Qué me dice? —El tono ácido de Martina derramaba sarcasmo por todas partes.

—Sí, sargento. Yo siempre leo el periódico mientras me tomo el café en el bar. Me va muy bien para informarme del precio de la electricidad, y así sé a qué hora puedo poner las lavadoras para ahorrar…

—¿Y? —la urgió Martina.

—Pues que ahora ya sé quién era el hombre que venía a ver a Clara y que la amenazó con aquello de «¡No lo denuncies! ¡Por tu bien es mejor que te calles!».

Los investigadores se miraron como si una música de suspense sonara de fondo y fuera a culminar con el nombre que estaban esperando.

—¿Y cómo se llama ese hombre? —preguntó Martina.

—El caso es que no lo sé.

—Y entonces... qué demonios ha venido a...

Carme sacó del bolso un ejemplar de *La Tribuna* y lo plantó encima de la mesa como lo haría un jugador de póquer con la carta que sentencia la partida. Señaló, enérgica y repetidamente, con el índice la foto de la portada.

—¡Este es el hombre!

Los investigadores observaron fijamente el periódico bajo el dedo de la vecina. Después se miraron expectantes hasta que Martina abrió la boca.

—¿Este? ¿Está segura, Carme?

—Completamente, sargento. Ya le dije que esa cara no la olvidaría en la vida.

El índice de Carme, firme sobre la portada de *La Tribuna*, señalaba la fotografía en primer plano de Leo Duart en el aeropuerto cuando, al volver de Venecia, advertía a los medios de que no habría declaraciones sobre la muerte de Jaume Muntaner.

62

Nada más abrir la puerta de su casa, Leo vio llegar a Martina, Aran y Fede acompañados por cuatro agentes de los Mossos d'Esquadra. De repente, su cielo interior se llenó de nubes negras que amenazaban tormenta. La sargento, con ojos de loba hambrienta de justicia, le entregó un documento.

—Tenemos una orden de registro, señor Duart.

Leo cogió el escrito firmado por el magistrado Evaristo Salazar y lo leyó con detenimiento.

Más claro, agua.

No tenía ningún margen de maniobra, así que, a regañadientes, se apartó para que los investigadores y los agentes entraran en la intimidad de su casa.

—¿Puedo preguntar qué buscan, sargento?

—Poder, puede. Pero no le responderé.

Por el tono, era evidente que le tenía muchas ganas. La sargento le ordenó que se sentara en una silla de la sala de estar mientras los agentes y los investigadores registraban el piso. Un agente en un dormitorio, uno en el otro, uno en la cocina, uno en el comedor, Fede y Aran en el despacho, y Martina supervisando cada movimiento. Revolvían armarios, cajones, carpetas, absolutamente todo. No dejarían ni un palmo sin inspeccionar.

El piso era grande y moderno. Predominaban los tonos blancos y las líneas sencillas minimalistas. Había un par de réplicas de cuadros de estilo cubista con colores estridentes y una única foto en un marco plateado en la que una mujer y una chica sonreían en una estampa feliz. Leo, impotente y rabioso a la vez, presenciaba cómo los mossos manoseaban sin el menor tacto objetos que formaban parte de su vida. Recuerdos de unos tiempos que con toda seguridad fueron mejores.

Inquieto y sentado, lo miraba todo mientras intentaba deshacer el nudo que le atornillaba el estómago. Según lo que encontraran, tendría que responder una carretada de preguntas incómodas. De esas que te dejan con el culo al aire y la conciencia removida.

El registro parecía ir para largo, y, si encontraban el ordenador y los discos duros externos que tenía escondidos, estaría sentenciado.

A medida que pasaban los minutos, parecía más inevitable y, efectivamente, al cabo de un rato acabó sucediendo. Aran los llevaba en las manos. Una gota de sudor frío le resbaló por la espalda.

—¿La contraseña, por favor? —preguntó Aran.

Leo se encogió de hombros a modo de respuesta.

—Puedo hacer venir a un informático, pero no me hará perder el tiempo ni pondrá a prueba mi mala leche, ¿verdad, señor Duart?

Detrás de Aran emergió la figura de la sargento con una mirada inquisidora. No tuvo que añadir nada más. Leo, entre la espada y la pared, sabía perfectamente que tenía las de perder.

—Barcelona1992.

Ahora ya solo quedaba confiar en que lo hubiera escondido bien.

Aran hizo un gesto afirmativo con la cabeza, introdujo la contraseña e inició la navegación por el portátil para escudriñar las entrañas.

—¿Por qué borró el historial de búsquedas?

La pregunta se quedó en el aire, sin recibir respuesta.

Aran siguió con el registro del ordenador hasta que se topó con un vídeo.

Al clicar, unos sonidos le cambiaron la expresión del rostro. Instintivamente, empezó a apretar los dientes, a presionar los labios y a endurecerse por dentro. De la pantalla salían gemidos, pánico, gritos de auxilio y carcajadas.

Leo cerró los ojos con fuerza mientras un escalofrío se ensañaba con su espina dorsal; desde la nuca hasta el culo. Lo habían cazado. Estaba convencido de haberlo borrado, pero de alguna manera los investigadores lo habían recuperado.

—¡Sargento!

Martina se acercó por detrás y se inclinó hasta colocarse a la altura de la pantalla. La miró y de inmediato sintió una hoguera en el pecho fruto de una rabia que le estaba costando Dios y ayuda dominar. Levantó la mirada, furiosa, y la dirigió a Leo.

—¿Puede decirme por qué tiene en el ordenador el vídeo completo de la violación de Clara Guevara?

¿Lo de las preguntas incómodas que te dejan con el culo al aire y la conciencia removida? Pues eso. Leo prefirió el silencio y no hablar en vano. Sabía que, a partir de ese momento, cada respuesta podría añadir una piedra más a la mochila.

—¿No tiene nada que decir? Vaya… Y también se callará si le digo que usted amenazó a la señora Guevara cuando fue a verla a su casa.

—¿Quién? ¿Yo? ¿Amenazar a Clara? Pero ¡qué dice!

—Sí, usted. «¡No lo denuncies! ¡Por tu bien es mejor que te calles!», le dijo, y luego dio un puñetazo en la puerta. ¿Le refresca esto la memoria, señor Duart?

—Qué coño… Se lo dije con ironía.

—Sí, claro. Ahora lo llaman ironía… La señora Guevara quería denunciar esta violación y usted la amenazó.

—¿Quién se lo ha dicho? ¡Nunca amenacé a Clara!

—Más le vale que tenga un buen abogado.

Mientras Fede le leía sus derechos, Martina se concedió la satisfacción de ser ella la que esposara a Leo Duart.

63

El coche patrulla descendió por la rampa que daba acceso al aparcamiento de la comisaría de Les Corts. Ya dentro, estacionaron en una plaza que enjaulaba el vehículo con una reja que iba del techo al suelo y que se deslizaba por unas guías ancladas en el pavimento. Justo delante de la zona de custodia.

Fede y Martina bajaron del vehículo y mantuvieron a Leo esposado en el asiento trasero, vigilado por un agente uniformado que no le quitaba los ojos de encima.

Los dos investigadores dejaron sus respectivas armas de fuego en un armario blanco con consigna que descansaba a pocos metros de la puerta de entrada a la zona de custodia. Allí no podía haber ningún arma; si un detenido conseguía robar una a un mosso, se montaría un revuelo de padre y muy señor mío.

Cuando el jefe de turno autorizó su entrada, Martina y Fede trasladaron a Leo desde el coche enjaulado en el aparcamiento hasta la sala de recepción de detenidos. La estancia —luz fluorescente, mobiliario austero, pared azul, diez metros cuadrados como mucho— estaba equipada con un doble sistema de cámaras con micrófono incorporado. Todo lo que se decía o se hacía podía ser visto y escuchado por un juez, llegado el caso. Aunque a Leo ya se le había hecho un cacheo previo en el momento de la detención en su casa, volvieron a cachearlo. Le ofrecieron ropa auxiliar nueva de trinca —un chándal y una camiseta negra—, pero él la rechazó negando con la cabeza.

Una vez comprobado que no llevaba nada encima, los investigadores presentaron al detenido en la recepción del área de custodia. El lugar estaba presidido por una mesa de control y una pared llena de pantallas desde donde se hacía el seguimiento de cada una de las celdas ocupadas. Si a alguno de los detenidos se le ocurría montar follón o autolesionarse, los agentes de servicio —grandes como armarios— entrarían para reducirlo. Todo quedaría grabado por si un juez pedía las imágenes. Cuando Martina entró en el cuerpo, conocía el recelo de los más veteranos a que todo se grabara, pero con el paso de los años se dieron cuenta de que este sistema les daba seguridad jurídica; en caso de problemas, no había mejor prueba para demostrar qué había pasado allí dentro.

En la mesa de control, Fede hizo pasar el índice de Leo por un escáner, pero el sistema no detectó el lofograma porque nunca antes lo habían detenido. Así pues, lo ficharon y a partir de ese momento tendría el dudoso honor de pasar a formar parte de la base de datos del fichero PERPOL, que compartían la Policía Nacional, la Guardia Civil, la Policía Foral de Navarra, la Ertzaintza y, evidentemente, los Mossos d'Esquadra. Además, se abriría una ficha en la que se detallaría absolutamente todo sobre su estancia en los calabozos de Les Corts. Declaraciones, problemas de salud, comidas, quejas, incidentes. Todo.

A continuación, Fede hizo el recuento de los objetos personales del detenido y los metió en una bolsa de plástico: cartera, llaves, reloj, cinturón, móvil y la cadena. Cuando el cabo le quitó la cadena, Leo lo miró como si le arrancaran el corazón. De alguna manera, estaban haciéndolo. Todos los objetos quedarían custodiados hasta el momento en que saliera en libertad, que, por cómo pintaban las cosas, no parecía que fuera a ser a corto plazo.

Martina, Fede y el detenido avanzaron por el pasillo. Dejaron atrás la enfermería, donde siempre había un médico y una enfermera disponibles por si algún detenido llegaba herido o debía seguir una pauta de medicación. Para los facultativos, Leo sería un paciente. Pero para la policía sería un detenido. Con todas las diferencias que eso comportaba, que, la verdad sea dicha, no eran pocas.

Tras la llegada, el registro, la identificación y la toma de huellas, entraba en el ala dura de la zona: la de las celdas. Había treinta y cinco en total. Estaban divididas en las de hombres, las de mujeres y las de menores, que ocuparían temporalmente hasta que la fiscalía los reclamara. Por allí pasaban veinticinco mil presos al año, que se dice pronto.

Los investigadores y el detenido continuaron por un pasillo en el que había una zona de duchas y una salita donde los agentes tenían material de defensa, como escudos y cascos, por si tenían que entrar a reducir a algún arrestado. Allí les caía de todo: escupitajos, mordiscos, puñetazos, arañazos y todas las fechorías que pueda imaginarse. Así que mejor prevenir, que los malos, ya que se ponen, no se quedan con las ganas.

Antes de llegar a la celda, Fede le dio a Leo un colchón limpio —de camping y forrado de plástico azul— y una manta de un solo uso. Pronto sabría dónde colocarlo y el dilema que le supondría.

Por último, llegaron a la celda. La puerta se abrió y, un par de pasos después, ya estaba dentro. Leo recordaría el resto de su vida la sensación de entrar. Tras el sonoro portazo, se le cayó el mundo encima. Hizo un repaso mental de todo lo que lo había llevado hasta allí. Resopló mientras el corazón le repicaba a toda mecha.

La celda era alargada, con paredes de cemento visto, un banco de piedra para poner el colchón azul que le habían dado y un aseo con un pequeño muro delante para preservar la intimidad. La penumbra a duras penas dejaba entrever las dimensiones de ese cuchitril, pero a ojo calculó que debía de medir unos doce metros cuadrados. El fortísimo olor a lejía casi conseguía cubrir el de humedad, sudor y orina. Un lugar frío. Triste y decadente. Lo que vendría a ser una celda, vaya. En ningún lugar del mundo existen celdas bonitas. Y que ningún político te venga con historias, porque sería malversar la verdad.

Leo se volvió, pero el cabo y la sargento ya no estaban. Observó los barrotes. Eran azules, de hierro reforzado, y entre uno y otro no pasaba la mano. Recorrió la celda con la mirada. Había una cámara que lo vigilaría todas las horas que estuviera allí. Por ley, serían setenta y dos como máximo. Así que paciencia.

La celda que le había tocado era para dos personas. Vio un colchón en un lado del banco de piedra. Estaba vacío. Proyectó la vista más allá y, al fondo, detrás del pequeño muro, distinguió a un hombre que se levantaba de la taza del váter. Al momento le llegó el tufo, que, mezclado con los demás olores, le provocó una arcada que le rascó el esófago con un regusto a vómito. Cómo tenía que verse, con lo escrupuloso que era y lo acostumbrado que estaba a dormir en hoteles de cinco estrellas…

El compañero de celda pasó por delante de Leo sin decir ni pío. Ni lo miró a la cara. Como si fuera transparente. El hombre —ojos de búho, flaco como un palillo y necesitado de una ducha— se acercó a los barrotes y gritó a pleno pulmón:

—¡Jefe! ¡Tire de la veinticuatro!

Leo, aún con el colchón bajo el brazo, miró al palillo, que se tumbó en su rincón del banco de piedra. De repente, la cadena del váter se tiró sola por arte de magia.

—¿Hay que avisar?

—Tiran ellos. Es para que no nos pasemos el día tirando de la cadena.

El preso, veterano en eso de pernoctar en Les Corts, ya dominaba lo de avisar después de cagar. Por su condición de reincidente, también sabía que el váter tenía un sistema de rejilla que permitía controlar las defecaciones de los presos, no fuera a ser que quisieran eliminar cualquier cosa que se hubieran escondido en el ano. La policía no es idiota.

Leo colocó el colchón en el lado vacío del banco de piedra. Antes de tumbarse, se enfrentó a un dilema: poner la cabeza a los pies sudados de su compañero de celda o colocarla contra el pequeño muro que tapaba el váter. Una elección nada sencilla para un hombre delicado como él. Movió la cabeza de izquierda a derecha repetidamente, como si viera un partido de tenis. Al final, ni lo uno ni lo otro; eligió el camino de en medio y optó por sentarse en el centro del colchón.

Qué panorama tenía por delante. Miró a su alrededor. Virgen santa. Sabía que encontrarse en esa situación era una posibilidad; solo quería poder contar su versión de los hechos. Confiaba en tener la oportunidad.

64

Bajo la negra noche de una luna nueva, en algún punto del Mediterráneo, la fueraborda de Quiro se balanceaba justo sobre las coordenadas fijadas. El zumbido del mar, que normalmente lo relajaba, estaba poniéndolo nervioso. De hecho, llevaba días estándolo. Odiaba no tenerlo todo bajo control y, por culpa de Aurora, esa noche sentía que se encontraba fuera de juego.

Estaba tan histérico que se habría fumado diez paquetes de tabaco seguidos, uno detrás del otro. Cuando te dedicas a según qué, tienes que hacer las cosas bien o mejor dejarlo correr; un resbalón puede llevarte a descarrilar, y eso son muchos años fuera de circulación. No creía en Dios, ni en el karma, ni en nada parecido. Así pues, él, que no era de confiar en la suerte, ahora no tenía más remedio que hacerlo.

Se dio cuenta de que había borrado la orquesta de sus pensamientos. Debían de estar camino de Chicago. Calculando el cambio horario, ya debían de haber llegado. O Pai, Trinidad y Aurora estarían la mar de contentos con la barbaridad que ingresarían. Todo eso se hacía por la pasta, ¿no? Por tener más, más y más. Si la sabían disfrutar o no era harina de otro costal.

Apuró el cigarrillo y lo tiró al mar. Luego consultó la hora. Esa gente llegaba tarde. Encendió otro cigarrillo, que aspiró con la avidez que generan los malditos nervios.

Se sacó un papel del bolsillo, escrito con bolígrafo, donde estaban las coordenadas del punto de encuentro. Las contrastó con las del navegador. Clavadas. No se había equivocado. Él no se equivocaba. Nunca. Era perro viejo en el oficio. Precisamente por eso no podía quitarse de encima la mala espina que le daba la carga extra impuesta por Trinidad y acatada por Aurora sin rechistar.

—¿Dónde estáis, hostia...? —protestó en voz alta.

A lo lejos vio una fueraborda que surcaba el mar dejando una estela de espuma a su paso. Cuando llegó a su altura, distinguió al joven mestizo que la pilotaba. Lo rodeaba un aura de seguridad y empoderamiento que, a su edad, solo podía ser fruto de la inconsciencia. «Aún estás a tiempo de no meterte en esta mierda», pensó Quiro. Pero qué coño, no era su padre, así que a trabajar.

—¡Rápido!

—¡Vamos lanzando!

El joven era colombiano. Ya tenía calados los acentos latinos. Detrás de él, un gorila —este ya peinaba más de una cana— asomó la cabeza. Entre los dos empezaron a enviar fardos de una fueraborda a la otra. Iban lo más rápido posible, pero mover quinientos veinte kilos no era cosa de dos minutos. Se acordó de toda la familia de Aurora y de Trinidad. Tanto de los vivos como de los muertos.

Un ratito después miró la cubierta de la otra fueraborda. Quedaban pocos fardos. Cuando cargara el último, se piraría de allí a toda prisa.

Faltaban menos de diez paquetes cuando vio un grupo de lanchas acercándose a toda velocidad. El zumbido intenso de las hélices de un helicóptero les hizo levantar la mirada al cielo negro, donde un potente foco los señalaba como si fueran los protagonistas en un escenario. Las lanchas llevaban soporte aéreo. La cosa se complicaba.

—¡La tomba! ¡La tomba! —exclamó el colombiano.

La tomba, la pasma. Quiro sintió que el corazón se le salía por la boca. Veía, desesperado, que las lanchas llenas de agentes antidroga armados hasta los dientes se acercaban a toda velocidad. Dio una vuelta de trescientos sesenta grados; los habían rodeado. Contó seis embarcaciones. Conocía muy bien ese modelo de la policía: un Fórmula 1 del agua con ocho motores de trescientos caballos cada uno. Si los ponían al límite, alcanzaban una velocidad punta de unos setenta nudos. Un cohete del mar.

En cambio, su fueraborda —de casco rígido, con cabina y la capacidad de albergar la carga de quinientos veinte kilos— era ideal para las aguas bravas del Atlántico. Muy diferente de las fuerabordas que llevaba la policía, adecuadas para mares como el Mediterráneo, de aguas mucho más mansas.

Seis contra uno, en una carrera desigual. No podría ni tildarse de persecución. Había salido cruz. Un baño de realidad que había tardado casi tres décadas en llegar. En algún momento, más tarde o más temprano, todo el mundo del gremio acaba cayendo. Ese era el suyo. Había tenido muchos años para pensarlo y, por suerte, sabía lo que debía hacer punto por punto. Una buena temporada en la cárcel ya no se la quitaba ni Dios, pero ahora el objetivo era destruir las máximas pruebas posible. Una carrera contrarreloj para reducir años de condena.

Quiro se puso manos a la obra. Sacó las tarjetas SIM de los dos Nokia, las lanzó al agua por babor y justo después hizo lo mismo con los teléfonos. Luego cogió tres hachas de un baúl de la cubierta y lanzó una al colombiano y otra al gorila canoso, que las cogieron al vuelo.

—¡Rápido! ¡Venid! ¡Tenemos que hundirla!

—¡¿Estás loco, malparido?! —exclamó el joven.

—¡Tenemos que eliminar todo lo que podamos!

Los dos narcos saltaron a la fueraborda de Quiro y, hachas en mano, empezaron a destruirla mientras las lanchas de los Mossos y el helicóptero se acercaban irremediablemente en una cuenta atrás dramática.

Consiguieron abrir una vía, y el casco de la fueraborda empezó a tragar agua, pero no a la suficiente velocidad. Con agua hasta los tobillos, Quiro comenzó a tirar fardos de cocaína por la borda, pero la montaña de paquetes era demasiado grande.

Quizá habría podido hundir una embarcación más ligera.

Quizá habría podido tirar por la borda menos fardos.

Gracias, Aurora.

Gracias, Trinidad.

Dios os lo pague.

Una de las lanchas de la policía se colocó a su altura y un agente encapuchado y con chaleco antibalas lo apuntó con un subfusil de asalto.

—¡Manos arriba!

Los tres narcos obedecieron y cinco agentes subieron a bordo de la barca, que seguía inundándose. Una vez esposados, los trasladaron a una embarcación de la policía, donde les leyeron sus derechos. Desde allí, Quiro calculó que debían de quedar unos noventa fardos a bordo. La sobrecarga que Aurora no tuvo el valor de rechazar y que él tuvo que acatar. La policía estaba salvándola a toda prisa antes de que la embarcación sucumbiera en el fondo del mar. Esas eran las pruebas que lo condenarían a pasar una larga temporada entre rejas.

65

Chicago: la ciudad del Hancock, del lago Michigan y del viento. Era raro pasear por ella sin Jaume, su amigo. Con la ilusión que le hacía ir y con la tabarra que les había dado con ese viaje. No se lo quitaba de la cabeza ni un segundo. Era imposible no pensarlo. «Allí vive mi hermano», había repetido millones de veces. Habría ido a ver el concierto y después los habría llevado a cenar a algún *steakhouse* de la calle Madison, y quién sabe cómo habría acabado la noche.

Samuel no había tenido el valor de llamarlo para invitarlo al concierto. Se autoexcusaba con la cantinela de que no servía para esas historias del duelo, tan feas de sobrellevar. Una voz en su interior, puñetera ella, lo reprimía diciéndole que actuar así era como esconder la cabeza debajo del ala. Ya se sabe que a nadie le gusta enfrentarse a la muerte. Pero cuando toca, pues toca.

Paseando por el Riverwalk, Samuel pensó en cuánto habían cambiado las cosas en un abrir y cerrar de ojos. Desde hacía unas semanas, las noches eran insoportablemente largas. «No dormirás», había presagiado la voz robótica. Y a fe de Dios que, quien fuera que moviera los hilos de esa locura, lo había conseguido. Eran ya unas cuantas madrugadas con los ojos como platos clavados en el techo mientras veía las caras de los muertos desfilar en la oscuridad. Miradas vacías, bocas abiertas, caras perfiladas y pálidas como un mal presagio. La una, las dos, las tres... A lo tonto, podía plantarse en las cuatro de la madrugada como quien no quiere la cosa con los difuntos dándole vueltas en la cabeza. Y él, aún, que podía contarlo. Aunque oír el aliento imaginario de la voz robótica recordándole la fatídica noche en Nápoles estaba volviéndolo loco. Las madrugadas con palpitaciones, tics nerviosos y el corazón acelerado se habían convertido en el pan de cada día. Y, a la mañana siguiente, la cabeza enturbiada no se aclaraba ni después del cuarto café.

Y así un día tras otro.

Y una semana tras otra.

Bajo los ojos, unas ojeras violáceas acompañadas de bolsas se habían convertido en un rasgo habitual de su rostro cada vez más castigado.

Estaba reventado. Físicamente, pero sobre todo mentalmente. «No dormirás». Más que una advertencia era una maldición. Quien no duerme sabe lo que es. A largo plazo, los efectos sobre la salud te dejan molido.

Debilitamiento del sistema inmunológico.

Aumento de peso, del riesgo de sufrir diabetes, enfermedades cardiovasculares e hipertensión.

Vulnerabilidad a la depresión y la ansiedad.

Con toda esta retahíla de malos augurios, la reducción del deseo sexual y la aceleración del proceso de envejecimiento eran *peccata minuta*.

A Samuel no le apetecía el concierto del día siguiente. El cuerpo lo tenía en Chicago, pero la cabeza estaba en Barcelona. Muertos al margen, el hecho de que Leo estuviera detenido en una celda de la comisaría lo consumía por dentro.

¿Qué contaría?

¿Cumpliría con el guion?

¿Qué había encontrado la policía en su casa?

Para ponerle la guinda, Víctor seguía en su realidad paralela. En un principio, haber pisado la comisaría parecía que le había hecho tener los pies en el suelo y que había metido todo su excedente de autoestima en el cajón de los trastos, pero fue un espejismo. Esa era una de las consecuencias de rodearse de aduladores, fama y montañas de cocaína. Nunca terminas de saber en qué mundo vives.

El Riverwalk, el paseo a orillas del río Chicago, se prolongaba hasta donde le alcanzaba la vista. Jaume tenía razón, era precioso. Se extendía algo más de dos kilómetros ciudad adentro desde el lago Michigan. A ambos lados, restaurantes, bares, cafeterías y jardines flotantes convivían con los barcos que navegaban por el río. En condiciones normales, habría sido agradable pasearlo en compañía. Pero prefirió hacerlo solo. No tenía el cuerpo para estar con los demás músicos y sus especulaciones sobre los hechos que los habían llevado a la primera plana mediática. El ambiente entre los miembros de la OFB se había envenenado; las conversaciones giraban en torno a una única temática y, sinceramente, ya tenía bastante con sus voces interiores para oír también las de los demás.

El atardecer era frío. El viento soplaba tan helado que cortaba la cara. A la altura del puente levadizo DuSable, Samuel notó que el teléfono le vibraba en el bolsillo. La cara se le transformó por completo al ver que su madre, desde Mallorca, lo llamaba al otro lado del Atlántico. Allí debían de ser las tres de la madrugada. Un presagio de sombra oscura se formó en su interior en pocos segundos. ¿Cuándo una llamada en plena madrugada ha traído buenas noticias? Antes de descolgar, resopló y se preparó para lo peor.

—Samuel, hijo, quería esperar a mañana por la mañana, pero no puedo dormir. He recibido una foto.

Los pelos de todo el cuerpo se le erizaron al instante mientras sentía un escalofrío. Parecía que la tierra fuera a abrirse bajo sus pies en cualquier momento.

La narración de su madre empezó en un tono nervioso hasta transformarse en un llanto ahogado.

Una foto, un punto de mira y una orden. «Cumple, Samuel».

Su imaginación viajó hasta Mallorca, donde su madre debía de haber llorado hasta las tantas sin entender nada, pobre mujer. Pero su hijo no era un angelito, y alguien tenía la firme voluntad de desenmascararlo.

Cuando colgó, el teléfono emitió una alerta sonora para anunciar que había llegado un mensaje desde Mallorca. En la pantalla vio dos imágenes: una de su madre rodeada con un punto de mira y otra con la amenaza. Más o menos lo mismo que había recibido Francina Garçon, la madre de Toni.

La angustia se reflejó en la cara de Samuel. Los muy hijos de puta tenían palabra. Apretó los dientes con fuerza. Todo su interior se revolvió. Sentía un vacío enorme en el vientre, directamente vinculado a la ansiedad y los nervios. La tensión le provocó tanta angustia que lo obligó a correr hacia la orilla del río Chicago para vomitar. Los espasmos lo dejaron para el arrastre. Arrodillado en la orilla, inspiraba y espiraba profundamente. Como si se recuperara de un esprint de cien metros.

Miró hacia el agua: el vómito flotaba en un vaivén asqueroso. Un grupo de gente, ajeno a sus problemas, lo observaba con asco. Como si fuera una cucaracha del calibre de un pulgar.

El viento gélido le peinó la cara como si quisiera, a su manera, castigarlo con una especie de reprimenda. Se limpió la boca con la manga. La tenía seca, pastosa y con un regusto a bilis que Dios nos libre de que a alguien le llegara su aliento.

Algo más recuperado, se levantó y se sentó, solo, en uno de los bancos del Riverwalk. Tenía la mirada temerosa y dubitativa.

No quería ser el siguiente en morir. Ni quería cargar con la muerte de su madre sobre una conciencia ya muy castigada. Le habían tocado a su madre, y esa era una línea roja. Ahora sí. Sabía cuál era el camino que seguir. Y actuaría en consecuencia.

66

Las tres en punto. Había llegado la hora y no había recibido la llamada. Esperaría sesenta segundos. Ni uno más. Si el silencio se prolongaba, Trinidad pondría en marcha el plan B de inmediato.

Miraba fijamente el reloj del móvil. Sin pestañear. Con tensión, pero sin nervios. No era la primera vez que vivía una situación como esa. Llegado el momento, había que actuar con determinación y con las mínimas monsergas posibles.

Un minuto después, el silencio continuaba. Debía correr. No disponía de mucho tiempo.

Trinidad introdujo la clave en el teclado electrónico de la caja fuerte. La puerta antipalanca se abrió y cogió un fajo de billetes, una pistola y un sobre del que sacó varios pasaportes. Tenía una buena colección de falsificaciones: uno mexicano, uno suizo, uno estadounidense, uno chileno y uno español. Tras unos instantes de duda, al final eligió el español. Era, con diferencia, el más logrado. El tacto y el soporte eran clavados a los de uno auténtico. Un agente de policía experto en documentoscopia no detectaría ninguna anomalía con un simple vistazo al microscopio. Tendría que esforzarse de lo lindo y examinar con cuatro ojos los detalles, que eran sencillamente inmejorables; el fondo de impresión en offset y no fotomecánica, las microinscripciones, las imágenes cambiantes con hologramas, las luces ultravioletas, el tipo de tinta OVI y el interior de la guarda estampada con calcografía. Todo. Le habían dado relieve utilizando la técnica del *embossing* y, además, tenía un grabado láser solo visible a contraluz. Ese pasaporte era una puñetera obra maestra, un Ferrari de las falsificaciones. Había costado una fortuna, pero pasaría cualquier control policial de cualquier aeropuerto del mundo. La única manera de descubrir el engaño era a través de unas tintas minúsculas, que, fuera de un laboratorio, eran del todo indetectables. Sería perfecto para esquivar cualquier control policial.

Excepto el arma, Trinidad lo metió todo en una mochila, se puso un casco de moto con visor negro y cerró la puerta de la habitación tras de sí. En el comedor, el guardaespaldas que siempre la acompañaba hizo el gesto de incorporarse del sofá, pero antes de que pudiera hacerlo Trinidad lo fulminó con dos disparos a bocajarro. Pim-pam y adiós muy buenas. Después se guardó el arma en el dorso del pantalón. No era nada personal. Simplemente, se remitió a eso tan manido de que los negocios son los negocios. No se podía ir por la vida dejando cabos sueltos.

Tomó una garrafa de gasolina y roció el cadáver, los dos Nokia antiguos que utilizaba, los pasaportes descartados y todo el piso. El tufo del carburante echaba para atrás, pero, cuando se trataba de eliminar pistas y ADN, era mejor no andarse con remilgos. Recorrió la vivienda de un lado a otro con la mirada. Cuando se aseguró de que todo había quedado bien rociado, encendió una cerilla, y el fuego se propagó por todas partes en un instante.

Trinidad bajó tres pisos de escalera a toda prisa. Ya en la calle, cogió la moto que tenía preparada para una situación como esa y se largó cuando las llamas ya asomaban por el balcón. Los bomberos, la policía y los de la científica encontrarían un cadáver y se daría el pistoletazo de salida al juego de las suposiciones. Pero ahí se quedaría, porque certezas no tendrían ninguna. Todo serían cenizas.

Desde que había expirado el plazo hasta que había subido a la moto habían pasado menos de dos minutos. El silencio también habla y hay que escucharlo con atención. Por alguna razón, la operación se había torcido y había actuado en consecuencia. Un par de horas de moto y estaría encerrada a cal y canto durante semanas. Sería una sombra en la niebla hasta que las aguas volvieran a su cauce.

Mientras Trinidad iba de camino hacia un piso franco seguro, en el otro extremo de Barcelona, Aurora no quitaba ojo de encima al teléfono. Como si así fuera a recibir la llamada tranquilizadora que esperaba. Pero no llegaba. Pasaban quince minutos de la hora límite. Había caminado de un extremo a otro del pasillo un montón de veces. Una treintena, como mínimo. Al otro lado de la ventana, la oscuridad parecía advertir de qué color se pondrían las cosas si no espabilaba. Tenía frío y ligeros escalofríos en la espalda. También las tripas revueltas. Era la manera en que su cuerpo reaccionaba a los nervios y las dudas que la consumían.

El silencio se prolongaba. Deberían haberla llamado hacía dieciséis minutos. Quizá era otra insolencia de Quiro. O quizá todo se había ido al garete. Miró la bolsa. Estaba lista para huir. Esperando a que alguien la levantara por las asas para largarse. No era la forma ideal de empezar una nueva vida. Tendría que hacer de la necesidad virtud.

De repente, la imagen de sus padres se plantó en medio de sus pensamientos. No sintió ni una pizca de calidez. Todo lo que había tenido que soportar a lo largo de su vida era un cortafuegos implacable. ¿Qué les diría si venían mal dadas y la pillaban? Pues que, como todos en esta sociedad, ella también tenía una cara oculta y que había aprendido a interpretar su papel a la perfección, pero que por desgracia se le había caído la careta. Lo cierto era que, llegados a ese punto, sus padres y su beneplácito le importaban una mierda. O eso quería creer.

Se ajustó las gafas y volvió a mirar el reloj. Pasaban diecisiete minutos de la hora límite. Había cobertura y el móvil funcionaba a la perfección. Basta. Tenía que esfumarse. Algo no iba bien. No tardaría en saber de qué se trataba, porque, unos pisos más abajo, un grupo de ocho agentes de la Unidad de Salud Pública subían la escalera con pasos cortos y seguros hasta apostarse delante de la puerta del piso de Aurora. Una vez allí, hicieron una cuenta atrás y, al llegar a cero, la reventaron con un mazo y entraron en el piso de la gerente de T&M Group y la OFB como depredadores en torno a su presa.

Todo sucedió muy rápido. Antes de que Aurora pudiera reaccionar, dos agentes la encañonaban. Solo tuvo una opción: levantar las manos y aceptar la realidad. Si quería una nueva vida, ahora la tendría sí o sí.

67

Más de una hora después del último bis, el patio de butacas improvisado en el césped del pulmón verde de Chicago, el Millenium Park, estaba casi vacío. Había tenido lugar un concierto memorable que los asistentes recordarían durante mucho tiempo. Algunos de ellos, quizá por la euforia del momento, lo comparaban con la actuación de Luciano Pavarotti en el Campo de Marte de París, al pie de la torre Eiffel, en 1993. *Viaje al corazón de Europa*, con la Orquesta Filarmónica de Barcelona, dirigida por Víctor Alemany, se había grabado, y en cuestión de semanas se emitiría en todo Estados Unidos en horario de máxima audiencia. El gran maestro entraría en millones de hogares estadounidenses para plantar la bandera de su talento y así conquistar definitivamente un mercado que era goloso como ningún otro en el mundo.

Desde el escenario, Samuel miraba la fuente Crown, The Bean y la silueta urbana de Chicago con una melancolía que le envolvía el alma. Se sentía débil. Demasiadas ausencias a su alrededor. Y, para rematarlo, no se quitaba a su madre de la cabeza. Debía de estar llorando desconsolada en el fondo de un pozo de angustia al que él la había empujado. Pobre mujer; a pesar de lo mucho que había sufrido en la vida, tenía buena salud y aún le quedaban años por delante. No se lo merecía.

Unos pasos procedentes del otro lado del escenario interrumpieron sus pensamientos y captaron su atención. Era Víctor, que, aún embriagado por el gran concierto y las ovaciones, se acercaba a él por detrás. Samuel se puso en alerta y la melancolía desapareció como el vaho en un espejo. El maestro no debía enterarse de nada; ni de la amenaza ni de lo que se le pasaba por la cabeza. Los otros habían hablado y mira cómo les había ido.

Víctor se sentó a su lado y le dio un golpecito en la espalda con la palma de la mano.

—Ojalá Jaume hubiera podido estar aquí.

Samuel notó que se le humedecían los ojos. Por suerte, pudo controlarse antes de que la barbilla empezara a temblarle y la cosa acabara en llanto. Era imperativo bajar el telón de las emociones y mostrarse como un bloque de hielo.

—Qué le vamos a hacer... —Lo acompañó de un suspiro—. Las cosas cambian.

—Todo cambia, Samuel. Constantemente. Hay que saber adaptarse a cada nueva situación de la vida.

—Tienes razón. —No le llevaría la contraria. Ahora tocaba sonsacarle información—. ¿Sabes algo de Leo?

—Nada de nada, todavía.

—¿Has movido hilos?

—Sí, he hecho llamadas —mintió Víctor—. Es lo que hacen los buenos jefes, ¿no? Ayudar a los suyos cuando lo necesitan. A los leales, claro.

—Leo es leal.

—No tengo ninguna duda. Me lo ha demostrado mil veces. Con la de hostias que le ha pegado la vida y siempre ha estado al pie del cañón.

—¿Qué te han dicho tus contactos? ¿Saldrá pronto?

—Si no le encuentran nada muy flagrante, sí, saldrá pronto —mintió de nuevo.

—Hostia, ojalá, Víctor.

—¿Tú has recibido alguna comunicación? —Los dos entendieron comunicación como eufemismo de noticias de la voz robótica.

—No.

—¿Y tu familia?

—Nada.

—Perfecto. Si hay alguna novedad, me lo dices. ¿Entendido?

—Claro que sí, Víctor. No te preocupes. ¿Crees que pueden buscarnos las cosquillas?

—¿Las cosquillas? —El director chasqueó la lengua con aire altivo—. Sé demasiadas cosas de gente importante para acabar juzgado por algo que, permíteme que te lo diga, tampoco es para poner el grito en el cielo. No jodamos... Ella nos calentó. Si no hubiera empezado... Es una pena, porque esa chica habría podido hacer carrera. Pero, al margen de eso, todavía no ha nacido la persona que pueda hundirme. Créeme. Aquí —levantó el móvil— tengo los teléfonos de todos los que cortan el bacalao. De todos. Y muchos de ellos me deben algunos favores. Ya sabes que siempre me he movido bien fuera del escenario. Si tú supieras lo que yo sé de toda esa gente, estarías la mar de tranquilo.

—Entonces no caeremos.

—¿A quién puede interesarle que yo caiga? A ver, soy reconocido mundialmente y un hombre de éxito bien relacionado. ¿Por qué van a creerse unas acusaciones aisladas en mi contra? Todos los peces gordos se han fotografiado conmigo, o me han galardonado, o han cenado en mi casa, o me han elogiado en público, o me han invitado a la boda de sus hijos. No me tocarán los cojones porque una tarada se haya ahorcado por culpa de que, supuestamente, le tocamos una teta.

Era innegable que Víctor hablaba desde el convencimiento. Pero Samuel se dio cuenta de que, mientras que él siempre utilizaba la primera persona del plural —que era tanto como decir que estaban en el mismo barco—, el maestro se limitaba a la primera persona del singular.

—Pero tenemos una piedra en el zapato, Víctor.

—¿Una piedra...? Ah, la sargento Roca. Esa hija de puta... Que se prepare. Después de las muertes de Toni y de Jaume, pensé que lo mejor era no montar ningún pollo. Pero le ha tocado los cojones a la persona equivocada. La aplastaré como una mosca.

Samuel sabía que podía ser así perfectamente. Víctor tenía a su alcance cerrar la boca a toda fuente de problemas. Se rodeaba de gente con poder para imponer un determinado relato; para construir verdades de cartón piedra que el ciudadano de a pie se tragaba como la más inmaculada de las verdades. Mandatarios, empresarios y políticos le reían, reverenciales, las gracias al rey indiscutible de la música clásica. Pero bastaba con que un juez fuera a contracorriente para que los problemas lo engulleran. Solo uno. Una oveja negra, una manzana podrida de la cesta. Un Evaristo Salazar cualquiera. Ese barro también formaba parte del camino.

La historia estaba llena de ídolos caídos. Y todo porque una opinión discernía de la mayoría obediente. Pero eso no entraba en la órbita de Víctor. Samuel creía que era imposible que entrara alguna vez. Era indomable. Cuando te sales con la tuya durante tanto tiempo, no te planteas que lo que haces esté mal.

La conversación había reafirmado lo que ya sabía: que Víctor estaba convencido de que cuando él entraba en un sitio era como si se separaran las aguas del mar Rojo. Y de ahí no lo moverías; ni con un amigo en la cárcel, ni con dos muertos de por medio.

Si Samuel no quería vivir toda la vida con ojos en la nuca para evitar que lo apuñalaran por la espalda, debía tomar la iniciativa. Su supervivencia pasaba por pactar con la realidad. En menos de veinticuatro horas llegarían a Barcelona. Tenía hasta entonces para fijar los términos y las condiciones de ese pacto.

68

No tenían del todo claro si estaban follando, haciendo el amor, follando con amor o qué coño era. A veces, la línea entre una cosa y otra es tan fina que resulta casi imperceptible. Dependiendo de a cuál de los dos se le preguntara, probablemente la respuesta sería una u otra. En cualquier caso, a Marc le encantaba sentir ese tronco que hacía que cada centímetro de su piel se estremeciera y con el que tocaba el cielo del placer sexual.

Con pasión desenfrenada, Jordi aceleró el movimiento de caderas y Marc reaccionó con espasmos musculares y pidiendo con gestos más de ese veneno prohibido que lo hacía entrar en otra dimensión para conocer el éxtasis.

Gemidos, clímax y fuegos artificiales. Después llegó un silencio dulce en el que los dos parecían flotar por encima de un lecho de placer.

Pero el móvil de Jordi mandó al traste ese momento de nebulosa idílica. Al ver la pantalla, su mirada cambió radicalmente. Se volvió tan voraz que la habría envidiado la más malintencionada de las víboras. Encendió un cigarrillo, que aspiró con ansia, mientras hablaba con el teléfono sujeto entre la oreja y el hombro, y se vestía a toda prisa. Cuando se hubo ajustado el nudo de la corbata, miró a Marc y le lanzó un beso que dejaba suspendida en el aire la incertidumbre de si habría una próxima vez. Con él nunca sabías si era un «hasta la próxima» o un «hasta nunca», y eso al gran Marc Giró le daba mucha pena. Cada despedida era una puñalada en el corazón porque el amor que sentía por ese hombre lo mataba.

Jordi salió del camerino y cerró la puerta tras de sí. De cara a la galería, y lejos de la intimidad, siempre procuraba velar por una reputación ganada a pulso durante años de carrera. Jordi Cidoncha era un periodista de raza, estrella indiscutible de las tardes televisivas, y una hiena que había tachado la palabra «escrúpulo» del diccionario.

—¡Pues presiónale, coño! —exigió con el teléfono pegado a la oreja.

Jordi Cidoncha seguía la conversación por el móvil e iba asintiendo con la cabeza mientras se pasaba la lengua por el paladar rebañando el sabor a tabaco. Aparte de un sueldo astronómico, fumar en el camerino era uno de los privilegios que le había concedido la dirección de TV21. Sabía que era malo para la salud, que debía dejarlo. Pero eso sería más adelante. Que de alguna manera había que apaciguar la tensión.

—Muy bien, pues dile que o lo entrevisto en el programa y lo canta todo, o publicamos las fotos. Que a su mujer le encantarán. —Un vistazo al reloj lo puso en alerta—. Te dejo, que entro en directo. Quiero una respuesta hoy.

Colgó sin esperar a oír nada más. Él siempre tenía la última palabra. En todo. Incluido el campo del amor, el sexo o el sexo con amor.

Camino del plató, Jordi Cidoncha atravesó un pasillo larguísimo con retratos de tamaño póster de los presentadores estrella de TV21 colgados en las paredes. Allí se exponía una abundancia de talento. Una especie de paseo de la fama de ganadores de Ondas y premios nacionales de periodismo con sonrisas falsas, postureo infinito y, salvo alguna excepción, un pozo sin fondo de ego. Cuando pasó por delante del póster de Marc Giró, no pudo evitar que una sonrisa traviesa le resbalara por debajo de la nariz. Si los camerinos hablaran, más de uno se quedaría boquiabierto.

Una asistente —treinta y muchos años, indumentaria informal e intercomunicador— se acercó a él mientras caminaba hacia el plató.

—¿Ya han salido las audiencias?

—Aquí las tienes. —La asistente le dio un papel que Cidoncha leyó mientras caminaban—. Líderes por decimoquinto mes consecutivo, Jordi.

—De puta madre. Y, con lo de ahora, lo petaremos. ¿Dónde está?

—En el plató.

—¿Solo lo tenemos nosotros?

—Sí. Solo nosotros.

—Es una bomba. Preparad los cortes más destacados y enviadlos a todos los medios con la mosca del programa.

—Lo haremos. No te preocupes.

—Y tomad planos abiertos para que se me vea.

—Está todo previsto, Jordi. —También tenía previsto sobreimpresionar la dirección de X @JordiCidoncha y un primer plano de su perfil bueno. Conocía al dedillo sus obsesiones.

—¿Quién lo ha conseguido?

—Tu querida Judit Gilabert. Tendrás que decir que la exclusiva es suya.

—Claro, mujer. No dudes que lo haré.

En el tono de Jordi había fugas de sarcasmo para llenar un embalse entero de rencor. Él llevaba hasta las últimas consecuencias eso de quien la hace la paga. Y a Judit Gilabert hacía tiempo que le había hecho la cruz. Era de las que no se callaban ni una, y eso, con el orgullo que se gastaba Jordi, era algo que no perdonaba. Se la cargaría tarde o temprano.

Entró en el plató desde donde se emitía su programa: una nevera enorme con cámaras robotizadas y mobiliario estilo escandinavo que definía a la perfección eso de que menos es más.

Se sentó a la mesa del presentador haciendo caso omiso del invitado. A duras penas levantó la barbilla un instante, y con eso debería darse por saludado.

Mientras esperaba la señal para entrar en directo, Jordi repasó mentalmente la entrevista con toda la concentración del mundo. Pero durante unos instantes la perdió pensando en lo que había pasado hacía unos minutos en el camerino y sintió que algo le aleteaba en la barriga. Enseguida movió la cabeza para sacudirse las imágenes de encima y volvió a centrarse en el trabajo.

El técnico hizo una cuenta atrás con los dedos: cinco, cuatro, tres, dos, uno, y bajó el índice. Jordi miró a cámara y, por el pinganillo, el director del programa le dio paso. «Estás dentro».

—Buenas tardes, soy Jordi Cidoncha y aquí empieza *La tarde de TV21*.

Por este orden entraron la sintonía del programa, un primer plano del presentador y su nombre sobreimpresionado en el tercio inferior de la pantalla.

—Son las seis de la tarde y tres minutos. Hoy les traigo una exclusiva en la que llevo mucho tiempo trabajando y que estoy convencido de que dará la vuelta al mundo. Nos acompaña Samuel Ros, músico de la Orquesta Filarmónica de Barcelona. Señor Ros, buenas tardes.

—Buenas tardes.

De repente, a Samuel se le cayó el mundo encima. Durante el vuelo de vuelta desde Chicago había intentado mentalizarse de cómo sería ese momento. Tenía mucho frío. Apenas podía controlar el temblor. Culpa de los nervios, seguramente. Y es que la puesta en escena impresionaba. El plató de televisión, las cámaras, los focos, la presencia de Jordi Cidoncha y la mirada de asco de la asistente. Tendría que empezar a acostumbrarse a esas miradas.

Intentó no imaginar la reacción de Víctor, aunque era inevitable. En el mundo de la música clásica, él ocupaba la cima del poder y estaba a punto de destronarlo de un plumazo. De rebote, diría adiós a su carrera musical, a la mayoría de sus amistades y a la vida tal como la había conocido hasta ese momento. Pero, por encima de todo, pensaba en su madre. Daba igual si no volvía a dirigirle la palabra, pero no le pasaría nada por su culpa.

Pensó en Toni, en Jaume y en el daño que haría a sus familias. Acusar a muertos que no pueden defenderse. Era difícil caer más bajo. Quizá ahora Elsa y Francina atarían cabos y entenderían muchas cosas. Aunque ya no podrían hacer preguntas ni exigir respuestas. Pero dudas las tendrían todas. Y no hay peor compañera de viaje que la incertidumbre. Vivir con esa inquietud el resto de su vida no les resultaría fácil. Sería una buena bofetada. Lo sentía. Lo sentía de verdad.

No había ido a la televisión por convicción, sino por rendición. Se sentía acorralado. Y porque quizá su conciencia ya no tenía capacidad para albergar más malestar.

Había llegado el momento de poner encima de la mesa una verdad que hasta entonces había estado encubierta.

—¿Por qué ha aceptado la invitación del programa, señor Ros?

—Vengo a denunciar a los culpables de unos hechos horribles.

69

El alcohol, la droga y no saber detener a tiempo una situación que se les había ido de las manos fueron los pilares del alegato de Samuel ante los telespectadores. «No era al cien por cien consciente de mis actos. Estaba gravemente perjudicado por el consumo de alcohol y cocaína, y eso afectó a mis capacidades. Estoy muy arrepentido y pido disculpas de todo corazón». Daba igual el porcentaje de verdad que en realidad contenía esta frase. Víctor, el único testigo vivo junto con Samuel, sería el primer interesado en corroborar punto por punto esa versión. Los abogados defensores podrían utilizar el alcohol y la cocaína como atenuantes para intentar reducir la responsabilidad criminal. Así que, por regla de tres, se convertiría en una verdad de veinticuatro quilates.

En cuanto Samuel contó quién y qué, Jordi Cidoncha hizo la pregunta que se hacía toda la audiencia: ¿por qué lo confesaba tanto tiempo después en un programa de máxima audiencia? Pues por el peso que cargaba en la conciencia. ¿Qué otra cosa podía decir? El músico obvió toda referencia a las amenazas de la voz robótica que habían forzado su capitulación. Confiaba en que, de cara al juez, la confesión y el arrepentimiento público en un medio de comunicación de alcance nacional fueran atenuantes para una eventual reducción de condena.

Jordi Cidoncha alargó la entrevista hasta los cuarenta minutos y dio paso a la publicidad para ponerle el punto final. A partir de ese momento habría tarifa plana para el descrédito de la Orquesta Filarmónica de Barcelona y de los cuatro bastardos que habían violado a Clara Guevara.

Adiós carrera musical.

Adiós patrocinadores.

Adiós ayudas públicas.

Adiós prestigio cultivado durante años.

Adiós futuro.

Hola proscripción.

A la OFB más le valía cerrar el chiringuito, porque de una crisis de reputación como esa no habría escapado ni Houdini. Y aun así faltaba la gota que colmaría el vaso: el cuerpo de Mossos d'Esquadra todavía no había hecho públicas las detenciones de Aurora Molina y de sus secuaces en medio del Mediterráneo. Sin duda, lo peor estaba por llegar.

Cuando el regidor de *La tarde de TV21* anunció que «estaban fuera» y que, por lo tanto, la publicidad «estaba dentro», Jordi se levantó para consultar la repercusión de la entrevista en las redes. Me gustas, retuits y nuevos seguidores eran siempre bienvenidos para satisfacer la necesidad de gratificación instantánea en la cruel jungla de inmediatez e hiperconectividad tecnológica en la que se había convertido el periodismo.

El presentador no se despidió de Samuel, que se quedó clavado en la silla como un pasmarote, paralizado, mientras el mundo seguía girando a su alrededor. Su mirada, totalmente inexpresiva, era una puerta abierta al vacío. Tantas vueltas que le había dado en la cabeza y ya estaba hecho. Se había abierto en canal y ahora solo tenía que esperar a que buitres de todo tipo y condición fueran a devorarlo.

Al otro lado de la balanza estaba su madre. Pensó en ella, aliviado. Se daría un hartón de llorar. Pero no le pasaría nada por culpa del tarambana de su hijo. Dios nos libre. Eso sí que habría sido un lastre en la conciencia. No habría habido atenuante que mitigara un sentimiento de culpa tan grande.

Samuel levantó la mirada hacia el fondo del estudio: bajo los focos y tras las cámaras reconoció a Aran Bosch. Recordaba su cara de las declaraciones en el Palau de la Música y en la comisaría de Les Corts. Detrás de él había dos agentes uniformados. Quedaba formalmente inaugurada una nueva vida que seguro sería peor. El de esa tarde era el inicio de una serie de actos de supervivencia. Los primeros pasos serían el calvario del juicio, que iría seguido de unos años en chirona. Unos cuantos, seguramente. El revuelo mediático que se montaría a raíz de la entrevista sin duda influiría en el jurado y el juez. Si le tocaba una jueza, la había cagado.

Procuraba no pensar en las historias que se contaban sobre los violadores y las cárceles. Era algo que sobrevolaba por sus pensamientos, pero que todavía no había aterrizado. Ya se lo encontraría y ya lidiaría con ello. Creía intuir cuáles eran los límites detrás de los muros. Decían que solo hay una cosa peor que convertirse en un juguete sexual en la cárcel: ser un chivato. A ellos se les reserva un trato aún más especial. Tendría que improvisar y adaptarse para sobrevivir.

Durante las pausas publicitarias, los platós de televisión son un ir y venir de técnicos, invitados, asistentes y otras personas. En medio de ese batiburrillo, la mirada de Samuel se topó con la de Aran Bosch. Había llegado el momento. Pero antes tenía una última cosa que hacer. Sacó el móvil del bolsillo y escribió un wasap a Víctor. Breve. No hacía falta más. Era sentido, eso sí. Escrito desde el corazón. Cómo se lo tomara, ya sería cosa suya.

Después se levantó y estiró la espalda; las vértebras crujieron para quejarse. No esperó a que fueran a detenerlo. Caminó, despacio y cabizbajo, en dirección a la salida del plató para ir al encuentro de los mossos d'esquadra. Jordi Cidoncha, al que no se le escapaba ni una, leyó la jugada y mandó mover las cámaras robotizadas para que grabaran el momento de la detención. Otra exclusiva de un vanidoso confeso. Jódete, Canal 4.

—Hola, cabo Bosch. Supongo que han venido a detenerme.

Samuel extendió los brazos hacia delante y ofreció las muñecas.

70

En el salón de su casa, Víctor leyó el mensaje en el que Samuel se disculpaba por el camino de piedras que le dejaba por delante. Toda una vida de favores bajaba el telón con un «lo siento» para justificar una puñalada por la espalda de esas que no te esperas y que sin duda son las que más duelen.

En la mesita de la sala de estar, Víctor tenía una botella de whisky, un vaso lleno hasta arriba, un billete enroscado y mucha más cocaína de la que su cuerpo podría tolerar. Fumaba compulsivamente, presa de la furia, y, por primera vez en su vida, también por la impotencia de ver que la persona a la que el mundo había admirado ya no existía. Las reverencias, el respeto y el reconocimiento se habían ido a tomar por saco en cuestión de minutos y, con ellos, también esa aura de divinidad que lo había acompañado.

Cristina lo había plantado y se había largado de casa. En una maleta de ruedas había metido toda la ropa y la dignidad que pudo para ir tirando hasta que llegaran tiempos mejores. Su pacto libertino no incluía, en absoluto, las conductas denunciadas por Samuel y no quiso escuchar explicación alguna. Si hurgaba su interior, se daba cuenta de que Víctor era perfectamente capaz de hacerlo. La dominación, la cocaína, la agresividad, la escasa tolerancia a las negativas y la cantinela de la adicción al sexo. No hay peor ciego que el que no quiere ver, y, durante muchos años, ella miró hacia otro lado. La comodidad de una cuenta corriente que no te la acabas tiene estas cosas.

De fondo, el televisor llenaba el silencio después de la tormenta con Cristina. Jordi Cidoncha había preparado una tertulia en la que periodistas harían de juristas, de policías y de psicólogos para analizar el patrón sistemático de abuso de poder y de abuso contra las mujeres relatado por Samuel. El maestro estaría en el centro de una diana donde las palmaditas en la espalda, habituales hasta entonces, se convertirían en afilados dardos envenenados.

Víctor se bebió un vaso de whisky de un trago y a continuación volvió a llenarlo hasta arriba. Después de la priva iba la coca.

Priva, coca.

Priva, coca.

Priva, coca.

Una cosa llevaba a la otra. Demasiados años castigándose el cuerpo para no saberlo. Era prisionero de ese maldito círculo vicioso. Su particular rueda de hámster.

Mientras tanto, esos charlatanes tenían carta blanca para decir lo que les diera la gana en *La tarde de TV21*:

«Víctor Alemany utilizaba el poder para imponer su cultura del miedo y del acoso. Esta práctica acabó con la vida de Clara Guevara».

—La puta de Clara... No teníais ni idea de quién era y ahora resulta que la conocéis todos.

El diálogo unidireccional con la televisión era fruto de una emoción tan potente como la rabia. Su llama se expandía a gran velocidad por el interior de Víctor como respuesta a una situación injusta que echaba por tierra su imagen y su posición social. Lo percibía exactamente así. El sentimiento de rabia iba acompañado de frustración, irritación, enfado y hostilidad.

Nadie había hablado de él en esos términos jamás. No estaba preparado para una bofetada de realidad de esa magnitud.

Negaba con la cabeza mientras preparaba la enésima raya de cocaína, que esnifó como si se acabara el mundo. Siguió con esa espiral diabólica preparándose otra de inmediato, que consumió con la misma voracidad. Después tamborileó la mesita con la yema del dedo índice y se lo chupó para rebañar los restos de polvo blanco. Sabor amargo. Placer prohibido.

«Víctor Alemany se aprovechaba de su jerarquía. Sabiendo lo sucedido, su posición de dominio lo convierte en un violador».

—¿Violador? ¿Yo? ¡Que yo también tengo madre y una hermana, hostia!

Desde la estupefacción de quien creía ser víctima de una cacería, el maestro tenía la convicción de que a ese tribunal de la Inquisición formado por periodistas no les importaba ni la verdad ni las personas. Lo querían a él en forma de trofeo, de medalla. Era un asesinato social en toda regla.

La confesión de Samuel había descarrilado su vida. Con todo lo que había hecho por él… Siempre lo había considerado como de la familia, y mira cómo se lo pagaba. De desagradecidos está el mundo lleno.

Sintió un escalofrío que llegó acompañado de sudor. Cuando se dio cuenta, estaba empapado, con la camisa pegada al pecho y a la espalda. El atardecer había asomado hacía rato. La ventana se había convertido en un espejo donde se reflejaba su imagen demacrada con la cara desencajada, la barba desgarbada y las pupilas dilatadísimas.

Priva, coca.

Priva, coca.

Priva, coca.

La rueda de hámster.

Llamó a Aurora mientras movía el pie arriba y abajo con ansiedad. El móvil le temblaba en la mano. Daba señal, pero esa idiota no respondía.

El corazón, desbocado, le repicaba a toda velocidad. Cada latido era un martillazo más fuerte que el anterior que se amplificaba por todo el cuerpo. Se llevó la mano al pecho. Iba muy rápido. La farlopa, la subida de adrenalina y los putos nervios. Todo era culpa de Samuel. Sintió que una gota de sudor le resbalaba por la sien. Se la secó con la mano y se notó caliente, como si tuviera fiebre. Se tocó las mejillas. Le hervían. Del pecho le salían sofocos que se extendían sin control por todo el cuerpo.

«Estos personajes actúan así por la sensación de poder que les proporciona —seguía Jordi Cidoncha—. Si no pasabas por su cama, no actuabas con él y vete a saber si podrías tener otra oportunidad en el mundo de la música. Clara Guevara estaba en una posición vulnerable. No me extrañaría que empezaran a salir mujeres que contaran sus vivencias personales con este sujeto».

Víctor era consciente de que, a partir de ese día, empezaría a circular un mercado negro de historias sobre él. Muchas serían verdad, algunas las exagerarían y otras serían una gran mentira, pero todas se darían por válidas.

—Ahora resulta que estos hijos de puta lo saben todo de mí...

Se notó la voz temblorosa y distorsionada. Inspiró y espiró aceleradamente. Le costaba respirar con normalidad.

Volvió a llamar a Aurora, pero nada. Sintió como si el estómago le empezara a subir por la garganta. Preparó otra raya, que fue nariz arriba en un santiamén.

«Personas así, con ese poder, confían en sus conocimientos y su influencia, y creen que nunca tendrán problemas —afirmó un tertuliano—. Este señor ha violado, vejado y agredido a una mujer. Que todo el peso de la ley caiga sobre él».

«Disculpad —interrumpió Jordi Cidoncha—, porque nos llega una última hora de los servicios informativos. Conectamos con nuestro compañero Pere Gómez Masip, desde el plató del Telediario. Buenas tardes, Pere».

«Buenas tardes, Jordi. Efectivamente, tenemos una noticia de última hora relacionada con tu entrevista de esta tarde a Samuel Ros, y es que, según informan los Mossos d'Esquadra, en una operación policial llevada a cabo la pasada madrugada se han requisado más de cien kilos de cocaína y se han practicado varias detenciones vinculadas directamente con este operativo, entre ellas la de la gerente de T&M Group y de la Orquesta Filarmónica de Barcelona, Aurora Molina. Por el momento no tenemos más detalles de la operación. En otro orden de cosas, informamos de que el escándalo en torno a Víctor Alemany no ha hecho más que empezar. Después de la confesión que acabamos de oír en tu programa, Jordi, han surgido voces en las redes sociales que reclaman reacciones en el mundo de la lírica y piden que grandes escenarios como el Metropolitan de Nueva York, la Ópera de Los Ángeles y el Royal Albert Hall londinense cancelen las actuaciones que tienen programadas con Víctor Alemany. También se reclaman reacciones políticas, y los partidos de la oposición han pedido al Gobierno, a través de las redes sociales, que se retiren todas las condecoraciones otorgadas a Víctor Alemany y que el Gobierno se persone como acusación popular en el caso. Ampliaremos esta y otras informaciones en el *Telediario* de esta noche».

«Estaremos atentos al *Telediario*. Muchas gracias, Pere Gómez Masip».

Después de años transitando por laberintos desaconsejables con conductas delictivas, Víctor tendría que enfrentarse, con toda probabilidad, a una pena de cárcel. Aunque sin duda la peor pena sería la condena al ostracismo. Él, que siempre había cuidado especialmente la relación con los medios de comunicación para proyectar su imagen, vería ahora que la bola de nieve se haría cada vez más grande. Era consciente de que, cuando te cae encima, ese tsunami no lo detiene nadie.

Aurora estaba detenida. Por eso no respondía. Se la imaginó en una celda. Amargada, con su cara de uva pasa. No le dio ninguna pena, pero eso no impedía que fuera consciente de que cada vez venían peor dadas.

«El abuso físico comporta abuso emocional. Podemos afirmar sin riesgo a equivocarnos que el señor Víctor Alemany destrozó muchas vidas».

—¡Hijos de puta!

Lanzó el vaso de whisky contra el televisor con toda la fuerza de su brazo musculado. La pantalla dibujó varias grietas que nacían desde un mismo punto.

Estaba acorralado.

Llamó al móvil personal del presidente, pero no le cogió el teléfono. Después, al ministro de Interior, y tampoco. La gente es muy falsa.

No dejaba de hacer muecas, de pasarse la lengua por los dientes y de aspirar compulsivamente por efecto de la droga.

Otro vaso hasta arriba para dentro.

Otra raya para dentro.

Notó humedad bajo las fosas nasales. Se pasó la muñeca y dos carriles de sangre dejaron su rastro.

De pronto le pareció oír un ruido a lo lejos. Todas las alarmas internas se le pusieron en guardia. Subió corriendo la escalera hacia el primer piso. Entró en su dormitorio para asomarse al balcón. Entonces sí, confirmó sus sospechas. El ruido de fondo que oía eran sirenas. Las luces azules de tres coches patrulla resaltaban en la oscuridad. Se acercaban a gran velocidad por la carretera que llevaba a su casa de la zona alta de Barcelona. Detrás, seguro, llegarían los buitres de los periodistas, y con ellos la pena del *Telediario*: salir esposado en horario de máxima audiencia. Él, el gran maestro, convertido en criminal.

Víctor bajó la escalera tambaleándose. Oía las sirenas cada vez más cerca, hasta que enmudecieron de golpe. Segundos después oyó a través del jardín unos portazos de los coches patrulla. En la sala de estar, Víctor respiraba acelerado. Paseó la mirada por la vitrina de las vanidades. La medalla de la Orden de las Artes y las Letras de Francia, la Cruz de Sant Jordi, el Grammy, las fotos con Obama, con Messi y con el santo padre. Adiós a una vida de éxito.

Los mossos aporreaban la puerta al grito de «policía». Reconoció la voz de la sargento Roca. Esa desgraciada acabaría ganando la partida.

Sintió que las piernas le fallaban y de inmediato cayó acurrucado. El cuerpo le temblaba descontrolado. Apretó con fuerza los ojos. Quién te ha visto y quién te ve.

De repente, Víctor experimentó un dolor intenso y opresivo en el centro del pecho acompañado de un fuerte ardor. El dolor se extendió hacia el brazo izquierdo y la mandíbula. Sintió náuseas y las dificultades para respirar se agravaron. Una especie de apnea en plena consciencia. Las vías respiratorias se habían cerrado del todo. Se ahogaba y lo sabía. La mente se le llenó de terror mientras su cuerpo buscaba aire con urgencia, pero, por más que lo intentaba, no entraba ni una pizca. El dolor en el pecho era infernal; como si un puñal al rojo le atravesara el corazón. De fondo, la policía seguía aporreando la puerta.

—¡Mossos d'Esquadra! ¡Abra, señor Alemany!

Su cuerpo reaccionó con movimientos frenéticos en busca desesperada de un poco de aire. La disminución del flujo sanguíneo provocó que el rostro palideciera con rapidez. Un zumbido en los oídos fue lo último que oyó antes de dejarse ir y caer en un balanceo oscuro que le hizo perder la conciencia hasta desplomarse en el suelo.

Cuando los agentes consiguieron derribar la puerta de la entrada, Martina ya no le encontró el pulso. Víctor Alemany nunca sería juzgado por sus actos.

71

La noche había sido larga. Entre la llegada de la comitiva judicial, el examen forense, el levantamiento del cadáver y el registro, el grupo de investigadores se marchó a las tantas de la casa de Víctor Alemany. Apenas habían podido maldormir un par de horas, y aún gracias.

Esa mañana cargaban con una especie de resaca que comportaba pesadez en el cuerpo y una visión nublada que solo se desvanecería con unas cuantas horas de descanso. Hasta que llegaran, café a saco y, qué le vamos a hacer, a joderse.

El adiós del gran maestro —la autopsia certificaría infarto agudo de miocardio por sobredosis de cocaína— había levantado un gran revuelo mediático que abrió los informativos, las portadas de los periódicos y los grandes programas radiofónicos. Muchos de ellos, quizá todos, lo habían entrevistado, alabado o encumbrado en algún momento del pasado reciente. Pero resultó que el gigante tenía los pies de barro, y ahora, con las evidencias delictivas encima de la mesa, donde dijeron blanco decían negro y sacarían a relucir una verdad absoluta que Mark Twain resumió con aquella frase de que «las personas son como la luna. Siempre tienen un lado oscuro que no muestran a nadie».

Pese al cansancio y la cantidad de horas trabajadas en las últimas jornadas, la sargento había citado a sus dos investigadores en la sala de reuniones. ¿Qué clase de poli sería si daba fiesta a su equipo teniendo la resolución del caso tan cerca? Una buena poli no hacía estas cosas.

Nada más llegar a la comisaría, Aran leyó un correo del Departamento de Sistemas que llevaba días esperando como agua de mayo. Al instante subió dos pisos y se plantó delante de la mesa del informático.

—¿Has recibido mi mail?

—No. He venido a verte la cara, si te parece. —Aran extendió la mano como quien reclama una deuda.

—Ya está. *Password* petado. Ha sido fácil.

—Joder, majo, pues para ser fácil, no veas lo que has tardado. Corría prisa.

—Sí, ya... —Chasqueó la lengua con ironía—. Para vosotros todo corre prisa siempre. Hala, aquí lo tienes.

El informático —rastas, agujereado de piercings y aires de Steve Jobs de pacotilla— le entregó el portátil de Clara Guevara. En un pósit pegado al aparato estaba escrita la contraseña.

Aran se metió el ordenador en la mochila y se marchó sin despedirse ni darle las gracias. Ya lo tenía calado. Simulaba que para él todo era coser y cantar. Aunque, en realidad, era de los que nunca decían las horas que curraban para evitar que se cuestionara si tenía los conocimientos suficientes para sacar el trabajo. Un impostor con aura de eficiencia. Un auténtico maestro en el vomitivo arte de la falsa modestia y en la utilización de anglicismos al estilo sabelotodo. El infierno está lleno de personas así.

Aran bajó un par de plantas hasta la sala de reuniones. Después de la noche casi en blanco, tanto el cuerpo como la mente le iban a cámara lenta. Por desgracia, el día acababa de empezar y todo hacía suponer que sería largo. Así que paciencia.

Dio un par de golpecitos en la puerta y entró sin esperar respuesta. Martina y Fede, sentados, tenían la mirada fija en el teléfono de Víctor Alemany, que descansaba en el centro de la mesa. Del altavoz salía una voz distorsionada, de esas que ponen en la tele cuando pixelan la cara de alguien que quiere preservar su identidad.

—Escucha esto, Aran.

Martina le hizo un gesto enérgico con la mano para que se acercara. Fede puso desde el principio el mensaje que la voz robótica le había enviado a Víctor Alemany.

La cuenta atrás ha empezado.
Le advierto que no dormirá.

Con ese mensaje, el rompecabezas llenaba muchos de los huecos que hasta ese momento estaban en blanco. Aunque todavía les quedaba alguna pieza por encajar, la grabación allanaba el camino.

—Hostia, era un chantaje…

—Sí, Aran —confirmó Martina.

—Encaja con la información que me ha pasado la Unidad de Salud Pública.

—¿Qué te han dicho?

—Que ninguno de los que participaron en la violación de Clara Guevara formaba parte del entramado de narcotráfico.

—¿Ninguno de ellos? —preguntó Martina.

—Por las escuchas telefónicas, parece que quizá Víctor Alemany sabía algo, pero nada más. Su labor era puramente artística.

—Pero… ¿los músicos y Leo Duart? ¿Solo la violación?

—Ajá. Todo lo relacionado con el narcotráfico lo manejaba Aurora Molina con Arnaldo Quiroga y otros perlas que tenían a sus órdenes. Los de la Unidad de Salud Pública están completamente seguros.

—Por lo tanto, todo lo que afecta a nuestra parte del caso se reduce a una venganza por la violación de Clara Guevara —resumió Fede.

—Exacto.

—O sea, que Samuel Ros no ha confesado porque tuviera remordimientos.

—Hostia, Fede, ¿te has caído del guindo? ¿Y qué te creías? ¿Que lo hacía porque de repente se había vuelto buena persona? —La sargento, incrédula, movió la cabeza—. ¿Hemos encontrado el mensaje de la amenaza en el móvil de Samuel Ros?

—No. Si lo recibió, lo borró.

—Preguntad a los de sistemas a ver si pueden recuperar los mensajes eliminados.

—Sí, sargento —respondió Aran con el imbécil de las rastas en el pensamiento.

—Estoy convencida de que todos los demás lo recibieron y de que Samuel Ros, viendo lo que les había pasado, decidió hablar. Lo que no entiendo es que Clara Guevara no tenía familiares en Barcelona y no le conocemos ninguna amistad. ¿Quién coño estará detrás de todo esto?

—Quizá aquí encontraremos la respuesta.

Aran sacó de la mochila el ordenador que el informático acababa de entregarle y lo depositó en la mesa.

—¿Es lo que creo que es?

—Sí, sargento. El ordenador de Clara Guevara que trajiste de Buenos Aires. Ya nos han pirateado la contraseña.

—De puta madre. ¿Han vuelto las personas que estaban de baja?

Aran se encogió de hombros.

—Da igual... Pero que conste que se lo han tomado con calma.

—Ya sabes, el imbécil ese... Cuando lo hayamos examinado, te contamos lo que hay...

—No, Aran. Espera —interrumpió Martina—. Los de arriba me han llamado hace un rato. El consejero y el mayor han pedido el informe de Víctor Alemany. Y ya sabes que esto va en cascada y ahora presionan para tenerlo lo antes posible. Sé que ayer acabamos tarde, pero tenéis que poneros.

—¿Para cuándo quieren el informe? —El tono de Fede destilaba desesperación y resignación a partes iguales.

—Para este mediodía... Ya sabéis lo que pasa cuando la diña un famoso al que han condecorado.

—Si además era un cocainómano y un violador que trabajaba para una empresa que blanqueaba del narcotráfico, supongo que el informe les correrá aún más prisa.

—Exacto, Aran.

—Putos políticos de m... —se lamentó Fede.

—Puedes decirlo bien alto. Haced el informe entre los dos. Yo examino el ordenador.

Aran le dio el portátil a Martina, que se marchó con el aparato bajo el brazo.

La sargento se encerró en el despacho y plantó el culo en la silla del escritorio con el objetivo de exprimir el ordenador. Lo encendió y una foto de Clara Guevara en plena actuación ocupó la pantalla. Era guapísima. Los ojazos azules hacían juego con el vestido largo de lentejuelas. Se la imaginó en el escenario, emocionada con los aplausos del público y realizando reverencias de agradecimiento. Dicen que nada engancha tanto a los artistas como esta sensación.

La sargento enderezó la espalda, consultó el pósit y tecleó la contraseña. Al pulsar el Return, sonó una sintonía de bienvenida, y una sonrisa le iluminó la cara. Carta blanca para sumergirse en la memoria de la difunta.

A juzgar por cómo tenía organizado el portátil, Clara Guevara era una persona ordenada. Carpetas por temas y, dentro de cada una, subcarpetas llenas de documentos. Los había de todo tipo, aunque predominaban los relacionados con la música. Fotos, contratos, partituras, entradas de sus principales actuaciones y las crónicas que había escrito la prensa especializada.

Después de un par de horas profundizando en la vida de la muerta, Martina se topó con un icono de una grabación de vídeo. Clicó y la cara de Clara Guevara ocupó toda la pantalla mirando a cámara. El contraste con las fotos que acababa de ver era abismal. La noche y el día. Estaba muy desmejorada, con pliegues pronunciados en las mejillas y abultadas bolsas violáceas bajo unos ojos tristes que pedían a gritos un hombro en el que apoyarse. Por la cabeza de Martina pasaron las fotos del expediente policial. Tuvo flashes de varios detalles.

Los ojos fijos y ligeramente abiertos, con pupilas dilatadas.

La mandíbula relajada, con la boca sutilmente desgarrada.

El cuerpo colgado en medio de un desorden que explicaba cómo habían sido sus últimos días de vida.

La sargento resopló como quien se dispone a subir una montaña empinada, se colocó los cascos y pulsó el Play.

Clara hablaba a cámara sin ánimo y con la mirada apagada, como si sus fuerzas hubieran decidido claudicar ante el destino. A medida que avanzaba la grabación, los ojos de Martina iban abriéndose cada vez más hasta llegar a ser dos platos en medio de una cara de estupefacción. Sentía que la adrenalina se disparaba en su interior. Se pasó la palma de la mano por la cabeza. Otro giro de guion. En esta vida nunca lo has visto todo.

Tenía la cabeza hecha una maraña de pensamientos que se conectaban a toda velocidad.

Consultó el reloj: la una y cuarto. Debía correr. Como una exhalación, cerró el ordenador de Clara Guevara y se levantó de la silla para salir a toda prisa del despacho.

—Me voy —anunció al pasar por delante los cabos, sumergidos en la burocracia.

—¿Qué hacemos cuando tengamos el informe?

—Enviádmelo por correo electrónico y se lo pasaré a los de arriba.

—¿Adónde vas?
—Al Registro Civil y a servicios funerarios.
Una partida de nacimiento.
Un libro de familia.
Un certificado de defunción.
El pago de unas exequias.
Con esto habría resuelto el caso.

72

El eco de unos pasos lejanos captó su atención. Iban acercándose poco a poco por el pasillo hasta que se detuvieron ante la celda. Él, tumbado en el colchón, levantó la mirada.

—Duart, ven conmigo —ordenó un agente.

Salir del cuchitril fue un soplo de aire fresco. Después de casi tres días encerrado, tenía el tufo de orina metido en la nariz, la penumbra en los ojos y la humedad en los huesos. También tenía un revoltijo de pensamientos en la cabeza, en su mayoría negativos. Quien se ha encontrado entre rejas sabe cómo las gasta el coco.

El agente acompañó a Leo hasta una de las salas contiguas a los pasillos de celdas de la planta menos uno de la comisaría. Dentro, Martina lo esperaba con un ordenador y un sobre opaco en la mesa. El detenido se sentó.

Un portazo detrás de él anunció que se había quedado solo con la sargento. Entre esas cuatro paredes —pintura desconchada, mobiliario azul y luz gélida— esperaba tener la oportunidad de justificar por fin sus actos.

La investigadora, muda, abrió el ordenador e hizo trotar los dedos por encima del teclado. Instantes después, el mensaje de la voz robótica salió de los altavoces. Martina dejó que

Leo lo escuchara de principio a fin, y que, una vez terminado, un silencio tenso flotara en un ambiente gobernado por la mirada rígida con la que la sargento estaba poniéndolo a prueba, pero él aguantó el tipo sin que ninguna reacción espontánea lo delatara. Tenía aplomo para dar y vender. Sin embargo, si se busca bien, todo el mundo tiene un punto débil. Una tecla que, si se toca, te hunde. Leo se preguntaba si la sargento habría encontrado la suya. No tardaría mucho en saberlo.

—¿Usted recibió este audio, señor Duart?

—No.

—¿Está seguro?

—Totalmente.

—¿Sabía de su existencia?

Aquí, Leo prefirió callarse para no ser esclavo de sus palabras. La sargento, condescendiente, tecleó en el ordenador y lo giró hacia el detenido.

La pantalla mostraba la imagen de un vídeo pausado de Clara Guevara. El mismo que había encontrado en el portátil confiscado en Buenos Aires y que la había hecho salir a toda prisa hacia el Registro Civil y los servicios funerarios hacía solo unas horas.

Al ver la pantalla, Leo sintió un pavor que le nacía del cóccix y le subía por la espina dorsal hasta alcanzarle lo más profundo del alma, donde más duele.

Cuando Martina creyó que el detenido tenía toda su atención centrada en el portátil, pulsó el Play, la imagen se descongeló y Clara empezó a hablar.

«Hola, Leo. Cuando veas este vídeo, yo ya no estaré aquí. Habré puesto fin a la pesadilla que vivo desde hace tiempo. Nunca he acabado de contártelo todo. No he sido capaz. Pero ahora necesito que sepas la historia completa y que entiendas las razones por las que me voy».

Los ojos de Leo se humedecieron y la barbilla empezó a temblarle. Nervioso, miró fijamente a la sargento, que, sin decir ni pío, le devolvió una mirada indulgente. Un largo suspiro parecía querer liberar espacio interior para albergar el dolor que comportaba volver a ver esas imágenes. Clara distaba mucho de la belleza que llenaba el escenario con una voz privilegiada. Había desconectado de su cuerpo. Había perdido el interés en él. Parecía como si lo despreciara y que eso le hubiera generado trastornos como el de abandonar la higiene y la obesidad mórbida. Con una multitud de herpes alrededor de la boca, el pelo enredado y grasiento, un sobrepeso extremo y los dientes amarillentos, tenía el aspecto de haberse entregado a la autodestrucción.

«Todo sucedió en Nápoles, ya lo sabes. Después de la actuación en el San Carlo, yo estaba eufórica. Las felicitaciones, los aplausos... Sabía que Andrea Bocelli estaba en el teatro, y eso fue... Pero que bajara a felicitarme a los camerinos era un sueño hecho realidad. Me dijo que se había quedado impresionado. Que yo tenía una madurez vocal inaudita para mi edad. "Madama Butterfly es como correr una maratón, y tengo la impresión de que tú la harías como si nada", dijo. No tengo palabras para explicar cómo me sentí. Esa noche... toqué el cielo. Pensé que ya podía morirme. Y, de alguna manera, empecé a hacerlo. Después del concierto y de la cena, en el hotel, Víctor me invitó a subir a su suite. "Para celebrarlo con todos", dijo. Empezamos a beber: una copa, después otra y otra... Me lo pasaba bien y, para qué negarlo, estar dentro del círculo reducido de la orquesta, Samuel, Toni, Jaume... y, claro, Víctor, me hacía sentir especial. "Con la actuación de esta noche, es el paso natural", pensé. "Ya formas parte de la élite". Víctor puede ser muy seductor y sabe jugar con su aura para conseguir lo que quiere. Admito que esa noche tuvo un gran poder de atracción sobre mí. Estoy segura de que, si hubieras estado allí, te las habrías ingeniado para agarrarme de la muñeca y sacarme de la habitación. Sé que nunca has querido que se supiera que estabas pendiente de mí, que Víctor debía ser el único gallo del gallinero, pero creo que ese día te lo habrías saltado. Cuando ya llevábamos mucho alcohol encima, Víctor sacó cocaína».

El cerebro de Leo proyectó lo que algunas veces había visto: una montaña de droga en la mesa que los asistentes a la fiesta iban esnifando.

«Había mucha cocaína. O eso me pareció. Solo estábamos Víctor, Toni, Samuel, Jaume y yo. Ahora, con el paso del tiempo, me doy cuenta de lo estúpida que fui. Nos ofreció a todos. Y todos tomamos, menos Toni. No sé por qué lo hice... Por no ser menos, tal vez. Las bromas fueron subiendo de tono. Seguimos un rato mientras la cantidad de coca iba disminuyendo. El tono de la conversación seguía subiendo y fue entonces cuando Víctor me dijo: "Nos la tienes que chupar a todos". Yo... solté una carcajada nerviosa, pero Víctor se me quedó mirando fijamente y enseguida me di cuenta de que no lo había dicho en broma. Entonces intenté huir, pero Toni, Jaume y Samuel me sujetaron mientras Víctor se bajaba el pantalón».

Clara no dijo una palabra durante unos segundos. Desvió los ojos de la cámara con los dientes apretados, buscando fuerzas para continuar.

A Martina le fue imposible no pensar en Irene. Esa mirada, ese resoplido y ese creer que no puedes. Pero ¿qué clase de poli sería si mezclaba lo personal con lo profesional? Una buena poli no hacía estas cosas.

«Supliqué que me soltaran. Les di a entender de todas las formas posibles que no quería. Grité, les dije que pararan... Pero estaban fuera de sí. Víctor... Víctor me dijo que no podía ir con ese vestido ceñido, enseñar el canalillo y calentarles la polla para después marcharme como si nada. Que qué me había creído. Jaume me arrancó el vestido y la ropa interior mientras Samuel me sujetaba. Me quedé desnuda... —La voz empezó a temblar. Hablaba como si las palabras fueran a desmenuzarse en cualquier momento—. Y, mientras los otros me sujetaban, Víctor me violó».

Clara volvió a hacer una pausa. Esta vez algo más larga. Tragó saliva, se mordió los labios llenos de herpes y cerró los ojos con fuerza. Cuando los abrió, su mirada era un reflejo de sus pensamientos.

«Después de Víctor, también me violaron Jaume y Samuel. Uno detrás del otro… "A ver si aprendes a ser obediente", me decían riéndose. Toni se masturbaba mientras miraba y lo filmaba con el móvil. Me amenazaron con hacer circular la grabación. Se taparon la cara para que no se les viera. Pero a mí se me reconocía perfectamente. Solo de pensar que todo el mundo podría ver el vídeo, me moría de vergüenza. No sé cuál de ellos fue el que dijo: "La de pajas que me haré con esto". Hijos de puta… Cuando terminaron, Víctor me cogió por el cuello. Y, mirándome fijamente a los ojos, me dijo: "Si cuentas algo de esto, te juro que te mato con mis propias manos". Me presionaba tan fuerte que no podía respirar. Creía que me ahogaba, que era el final. Cuando me soltó estaba medio mareada; por un momento, el aire no me llegó a los pulmones. Sentí muchísimo miedo y vomité. Después, como pude, me fui corriendo a mi habitación. Sé que no es lo que hay que hacer, que tienes que ir directamente a comisaría por el ADN y todo eso… Pero no pude. Estaba muerta de miedo. Pasé horas y horas en la ducha. Llorando, histérica, temblando. No podía con mi suciedad… Y me dolía todo: abajo, los brazos, el cuello, me arrancaron un mechón de pelo… Pero lo peor está aquí. —Se tocó la sien con el índice—. No dormí en toda la noche. Al día siguiente, en la vuelta a Barcelona, ninguno de ellos me dirigió la palabra. Yo agachaba la cabeza, no me atrevía ni a mirarlos. En un momento dado, en el aeropuerto, mis ojos se toparon con los de Víctor… Y me meé encima… Nunca en la vida he tenido tanto miedo. Al volver a casa, en Barcelona, pasé muchos días llorando. No me veía capaz de volver, pese a la actuación en Nápoles. Le pedí la baja al médico. No me operaron de apendicitis, como dije. Un día decidí que no volvería. Que no podía. Que a la mierda mi carrera artística. Yo sabía que quien está en la lista negra de Víctor lo tiene muy difícil para trabajar. Pero me daba igual. Cuando dejé la OFB, Víctor me envió el vídeo de la violación. A ellos no se les veía la cara, pero a mí sí. Perfectamente. Me dijo que, si quería seguir viva, ya sabía lo que tenía que hacer».

Leo sintió que la alfombra de pelos del antebrazo se le erizaba con un escalofrío. Una arcada asomó, pero, por suerte, consiguió apaciguarla. El temblor en las extremidades fue más difícil de negociar.

«A partir de ese día, mi vida se convirtió en una auténtica mierda, en una pesadilla. Y sigue siéndolo. He engordado cincuenta kilos en cosa de meses, ya lo sabes. La ansiedad me hace comer a todas horas... Y no salgo de casa. No puedo. No soy capaz. Desde hace semanas ni siquiera me levanto de la cama. Tampoco duermo. Estoy en estado de alerta permanente. No consigo superarlo. Me vienen flashes de lo que pasó y tengo pánico. No puedo respirar. Siento que me dará un ataque en cualquier momento. Mi vida... es una puta mierda... Y no quiero seguir así, no puedo más. Sabías una parte de la historia; bueno, pues ahora ya la sabes toda. Quiero darte las gracias por todo lo que hiciste por mí, Leo. Eres un ángel. Cuando llegué a Barcelona me acogiste. Siempre me has guiado y me has ayudado. Te lo agradezco mucho. Pero no puedo más. Sé que tardarás días en ver esto, ahora mismo estáis en Estados Unidos de gira, y tú no miras tu correo personal con mucha frecuencia que digamos. Por eso te lo envío por aquí y no por WhatsApp. No te lo tomes a mal. Es mejor así; no intentarás detenerme. La última vez que nos vimos te enfadaste conmigo porque no los denunciaba. Tengo tu irónico «¡Claro que sí! ¡No lo denuncies! ¡Por tu bien es mejor que te calles!» clavado aquí. —Se señaló la frente con el índice—. Tú y tu ironía... En fin, Leo, sabías que ellos se habían pasado conmigo, pero nunca me he visto con fuerzas para contártelo todo punto por punto. Siempre me ha dado vergüenza. No podía, no me veía capaz. Ahora que sabes toda la historia, espero que entiendas cómo me sentía. Recuerdo a Víctor cuando me ahogaba, me violaba, y el miedo me paraliza. Te quiero mucho, Leo. Me voy con la otra Clara, tu querida hija. Nos haremos compañía allí arriba».

73

El vídeo acabó y la imagen de Clara se quedó congelada de nuevo en la pantalla del ordenador. Dejada de la mano de Dios, secuestrada por los demonios que la devoraban y con el agua al cuello en una sociedad que huye del sufrimiento como de la peste.

Leo empezó a sollozar. Martina sacó un pañuelo de papel y se lo tendió al detenido, que se lo agradeció asintiendo ligeramente.

—Hemos encontrado este vídeo en un ordenador de Clara que confiscamos en la casa de su madre, en Buenos Aires.

Leo, resignado, se encogió de hombros.

—Efectivamente, no recibió el audio de la voz robótica. No me ha mentido. Lo que no me ha dicho es que usted es el autor.

—Todos tenemos secretos.

—Y culpas que nos atormentan. ¿Me equivoco, señor Duart?

Martina sacó unos papeles de una carpeta y los dejó en la mesa. Leo entrecerró los ojos y fijó la mirada para intentar leer algo. Reconoció los encabezados, eran del Registro Civil y de los servicios funerarios de Barcelona.

—Usted pagó el traslado del cuerpo a Buenos Aires, la ceremonia, la incineración y el envío de todas las pertenencias a su madre.

—Le dije que se equivocaba conmigo. —Leo hablaba a trompicones, entrecortado por sollozos.

—Ahora lo sé... Samuel Ros confesó ayer en una entrevista en televisión y se entregó. Y Víctor Alemany murió de un ataque al corazón, también ayer.

No hizo falta que Leo dijera que se había quedado de pasta de boniato. La comunicación no verbal lo hizo por él.

—Un infarto de miocardio por sobredosis... Murió en su casa poco antes de que entráramos a detenerlo. De los cuatro violadores, tres están muertos y uno está en la cárcel. Usted ha ganado, señor Duart.

Leo no solo no sonrió, sino que endureció la mirada. Era difícil describir el vendaval de sentimientos que soplaba en su interior. Pero en ningún caso le daba pena. Más bien al contrario.

Martina sacó una fotografía del sobre que había dejado en la mesa y se la mostró al detenido. Era de una chica joven, no debía de haber cumplido los veinte años. Había perdido el pelo y las cejas por los efectos de la quimioterapia. Sonreía en una escena de complicidad con un Leo unos años más joven; cuando las canas aún no le habían plateado la cabeza y las arrugas no le habían surcado la cara. La chica llevaba al cuello el colgante que le quitaron cuando lo detuvieron y que ahora estaba bajo custodia con el resto de sus pertenencias.

Martina sostuvo unos instantes la fotografía con el brazo extendido y luego la depositó con cuidado en la mesa. Leo la miró, la cogió con la mano temblorosa, se la acercó a escasos centímetros de los ojos y le dio un beso. Por un momento, sus pensamientos viajaron hasta la calidez de tiempos mejores, y la nostalgia le dio una puñalada que le atravesó el corazón. Después, los sollozos se convirtieron en un sentido llanto.

—Las dos se llamaban Clara.

Leo, con los ojos empapados, asintió.

—Se llamaban igual y tenían la misma edad. Su hija murió de leucemia a los veintiún años. —Martina levantó el certificado médico de defunción—. Y cuando, tiempo después, Clara Guevara aterrizó en su vida, la acogió como a la hija que había perdido. Pero, cuando se suicidó, la culpa se ensañó con usted. No pudo salvar a su primera hija y tampoco pudo salvar a esta segunda. Siente que le falló. Que quizá no la ayudó lo suficiente. La culpa derivó en rabia, y la rabia en venganza. Usted colgó a Toni Guasch en el Palau de la Música y envió los mensajes de la voz robótica y las amenazas a sus familias. Contaba con la motivación y los medios para hacerlo.

Lo sabían todo punto por punto. No tenía sentido seguir driblando la evidencia.

—Fui introduciéndome poco a poco en el círculo más cercano a Víctor, ganándome su confianza. Me costó mucho, no crea. Mucho tiempo picando piedra, tragándome marrones... Yéndome a dormir con ganas de vomitar. Cuando empezó a invitarme a sus fiestas después de los conciertos, me convencí de que podría ejecutar el plan. Ya era uno de ellos.

—¿Era uno de ellos?

El llanto se detuvo en seco y a Leo le cambió la cara como si un mando a distancia hubiera pausado sus emociones. Tragó saliva y después dirigió una mirada granítica a la sargento. Esa insinuación era una línea roja que no estaba dispuesto a tolerar.

—Escúcheme bien: nunca he puesto la mano encima a ninguna chica. Nunca. Si me acerqué a esa pandilla de... hijos de puta fue para poder llevar a cabo mi plan. Punto. ¿Queda claro?

—Señor Duart...

—¿Queda claro? —insistió.

—Le creo, señor Duart. Le creo. No le acusaré de eso, tranquilo. Pero debe entender que ha cometido un delito y que tengo que ponerlo a disposición del juez. Necesitará asistencia legal. Si no tiene abogado, le proporcionaremos uno de oficio.

—¿Delito…? ¿Qué delito?

—Delito de amenazas. Bajo coacción, pidió algo a cambio; una confesión pública. Si no se cumplía esta condición, usted amenazaba con infligir daño a otra persona. Esto es un delito tipificado y regulado en el Código Penal.

—Amenazas… Yo lo único que hice fue remover la mierda para provocar una reacción en cadena, pero quería hacerlo hiriéndolos donde más les dolía: en el orgullo. En la imagen. Quitándoles la careta. Por eso la exigencia de la denuncia pública. Quería destruir esa falsa aura que los rodeaba. Si simplemente denunciaba, sería la palabra de uno contra la de los demás. ¿Sabe cuántas veces he oído decir a dirigentes de este país que Víctor representaba un ejemplo para los jóvenes? ¿Que era una gran persona? ¿Que su aportación a la sociedad tenía un valor incalculable?

—¿Y era necesario montar ese follón en el Palau de la Música?

—Necesitaba una buena puesta en escena para que creyeran que la amenaza era real, que iba en serio, que no estaba tirándome un farol. Por eso el show del Palau de la Música. Generarles nervios que provocaran una reacción en cadena. Eso es lo que buscaba, sargento.

—Y lo ha conseguido… Pero ha habido muertos.

—Yo no he matado a nadie. No soy un asesino. Lo han hecho ellos solitos. ¿Y ahora usted me acusará, sargento? ¿De qué? ¿De amenazar a unos violadores? ¿De defender a una chica a la que cuatro bestias reventaron, que no pudo soportarlo y que se suicidó? Colgada hasta… pudrirse. ¿De eso me acusará?

—No tengo más remedio, señor Duart.

—¿Y qué quería que hiciera?

—Denunciarlo y que la justicia actuara.

—Sí, claro... La justicia. La misma que permite a la fiscalía pactar con unos policías que violaron a una chica de dieciocho años para librarse de la cárcel a cambio de hacer un curso de educación sexual. ¿Es esta la justicia de la que me habla? ¿O la que le permite a un juez decir que es abuso y no violación? Menos de dos años de condena y ni siquiera entran en la cárcel. ¿A esto se refiere? Por favor, sargento...

—Le entiendo, pero...

—Pero ¿qué, sargento? Pero ¿qué?

—Pues que, si no confiamos en la justicia, esto será el *Far West*.

—Yo confío en mi justicia. ¿Qué le habrían hecho a Víctor siendo quien era? ¿Un curso de educación sexual y listos? Va, hombre, va... No hace falta que le diga hasta dónde llegaban sus tentáculos. Conocía personalmente a la canciller alemana, al primer ministro italiano y al rey de Inglaterra. Evidentemente, aquí hablaba con el rey y con el presidente del Gobierno cuando le daba la gana. Solo tenía que descolgar el teléfono. ¿Piensa que habrían condenado por la vía penal a un hombre tan poderoso? ¿De verdad, sargento? No la creía tan ingenua. Ni usted ni nadie a quien quiera de verdad ha sufrido lo que sufrió Clara. Porque, si supiera lo que es ese sufrimiento, me entendería perfectamente.

Touché. Las palabras de Leo retumbaron con tal fuerza en el interior de Martina que la dejaron compungida. Proyectó mentalmente las imágenes que tantas veces había imaginado y que tantas veces la habían atormentado: las de Irene violada en una nave industrial abandonada de Poblenou. Y después, en el suelo, desnuda, impotente, sin poder moverse, aterrada. Paralizada por el miedo. Totalmente rota. Al igual que Clara, Irene se duchó y se frotó el cuerpo con todas sus fuerzas, como si eso fuera a borrar lo que le habían hecho. Después de esa noche en Poblenou, llegarían la denuncia, la declaración, la revictimización, las miradas de desconfianza, el no poder soportar que un hombre, fuera quien fuese, se acercara a menos de tres palmos. El levantarse a medianoche, sudada, con pesadillas, al lado de Martina. Las dos sentadas en la cama, de madrugada. Una llorando y la otra consolándola. Una maldiciendo la parálisis que sintió y la otra quitándole de la cabeza que fuera culpable de nada.

Irene había tenido que vivir con la impotencia y la vergüenza de lo que le pasó mientras sus violadores campaban a sus anchas porque ella no los había atrapado. Y Martina lo llevaba muy mal. Qué jodido es el sentimiento de culpa. Pocas emociones se convierten en tan espinosas y peligrosas a la vez. No deja pensar con claridad; a menudo, las causas de este sentimiento están relacionadas con una lucha entre los valores establecidos. Unos valores que, en el caso de Martina, estaban directamente vinculados al hecho de haberle fallado a Irene: una buena poli habría metido en chirona a sus violadores. Esa mancha en su expediente era un lastre muy pesado que no la dejaba avanzar. Pero ahora tenía ante sus narices la oportunidad de enfrentarse a ese sentimiento y, de alguna manera, redimirse.

Martina fijó la mirada en Leo durante largos segundos. Se pasó una y otra vez la mano por la cabeza rapada. Luego contempló su tatuaje en la muñeca, gemelo del de Irene. Lo besó, cerró los ojos con fuerza y respiró hondo.

Entregó a Leo la foto de su hija, de Clara Duart. Después, muy despacio, cogió la documentación que le había mostrado al detenido y, mirándolo a los ojos, la rompió hasta dejarla hecha pedazos. Acto seguido, giró el ordenador hacia Leo y, delante de él, borró el mensaje de Clara Guevara.

—Le comunicaré al juez que su detención queda sin efecto. Ya puede marcharse.

Leo, descolocado, se quedó mudo.

—Sin pruebas, no tengo con qué acusarlo. Todo habrá sido un terrible malentendido. Esto es lo que dirá mi informe. Disculpe la estancia en el calabozo.

—Pero... ¿cómo justificará lo que pasó en el Palau de la Música?

—Una revancha entre clanes de narcotraficantes.

—¿Qué dice?

—Esté atento a las noticias y lo entenderá. En estos tres días han pasado muchas cosas fuera de aquí. Sin saberlo, usted nos abrió el camino de todo. Puede marcharse. Es un hombre libre, señor Duart.

Lo que estaba haciendo ponía patas arriba convicciones que Martina tenía muy arraigadas en su interior. Grabadas a fuego. ¿Qué clase de poli era si dejaba libre a alguien que merece pena de prisión? Una buena poli no hacía estas cosas. Pero ¿qué se suponía que debía hacer una persona que necesitaba reconciliarse con su conciencia?

Una persona puede soportar las desgracias que son accidentales
y llegan de fuera. Pero sufrir por culpas propias
es la pesadilla de la vida.

Oscar Wilde

Agradecimientos

A ti, por haber dedicado unas horas de tu tiempo a leer esta historia. Si has pasado un buen rato, me has hecho la persona más feliz del mundo. Si te apetece, estaré encantado de comentar el libro contigo; me encontrarás en @oriolcanals (X, Instagram y Facebook).

A mi querida Núria Puyuelo, por confiar en esta historia, por guiarme, por ser tiquismiquis con los nombres ;-), por las críticas constructivas y por llevar siempre dibujada en la cara una sonrisa que lo hace todo muy fácil. Eres cojonuda. Gracias a Noemí Sobregués, por su trabajo de traducción impecable, capaz de mantener viva la esencia y la voz de la historia con sensibilidad y precisión. Muchas gracias también a todo el equipo (el equipazo) de Roca y de Penguin Random House por su trabajo. Del primero al último.

Al Área de Relaciones Externas y Protocolo, al Área Regional de Instrucción de Atestados y Custodia de Detenidos y a la Unidad Territorial de Policía Científica de Barcelona del cuerpo de Mossos d'Esquadra, por su inmensa amabilidad y por compartir conmigo sus conocimientos, su experiencia y su tiempo. Cada detalle ha sido oro para la construcción de la trama.

A los auténticos Daniel Mañaricúa y Maribel Palau Verdejo (sí, son reales), por la gran estima que siempre me regalan. Gracias por su generosidad y su paciencia al explicarme todos los rincones del Palau de la Música Catalana sin saber absolutamente nada de la trama.

Muchas gracias también a la querida Isabel Illana y a todos y cada uno de los trabajadores del Palau por su increíble, riguroso y honesto trabajo de velar por esta joya de Barcelona. Por suerte, *No dormirás* es una ficción. Larga vida al Palau de la Música Catalana (entero).

A Martina Ribalta, por poner su conocimiento musical a disposición de la historia y por romperse la cabeza para que todo tuviera sentido. Cualquier error que pueda haber es responsabilidad mía.

A Sergi Rebollo, por ayudarme a encontrar las claves para desenredar la trama cuando estaba atascada.

An die so hilfreichen Freunde Marc Borneis und Franzi Boerner, für ihre unschätzbare Hilfe beim deutschen Teil der Handlung. Vielen Dank, dass ihr mir geholfen habt, Hauptkommissar Jan Petersen und Kommissarin Hanna Schmidt zu erschaffen. (A mis queridos amigos Marc Borneis y Franzi Boerner, por su inestimable ayuda con la parte alemana de la trama. Gracias por ayudarme a crear al inspector jefe Jan Petersen y a la inspectora Hanna Schmidt).

A todos los que me han ayudado y que, por alguna razón, no pueden aparecer en estos agradecimientos. Gracias de todo corazón.

A los amigos y amigas que me rodean. Gracias por estar ahí siempre.

A Max, Patri, Roger, Susanna, Maria, Anna, Guillem, Martí, Montse, Cristóbal, Roger, Sergio, Amparo, Enric, Elena, Sara, Ramón y Lina, por vuestro apoyo en esta aventura increíble que es para mí escribir.

Y a ti, papá. Max y yo buscamos a menudo tu estrella en el cielo. Nos acompaña todos los días.

«Para viajar lejos no hay mejor nave que un libro».

EMILY DICKINSON

Gracias por leer este libro.

En **penguinlibros.club** encontrarás las mejores recomendaciones de lectura.

Únete a nuestra comunidad y viaja con nosotros.

penguinlibros.club